Perfekte Opfer

Perfekte Opfer

13 neue Kurz-Krimis
aus dem **Mörderischen Rheinhessen**

Herausgegeben von Wolfhard Klein

LEINPFAD
VERLAG

Die Handlung und alle Personen sind völlig frei erfunden; Ähnlichkeiten wären rein zufällig.

Umschlag: kosa-design, Ingelheim
Layout: Leinpfad Verlag, Ingelheim
Lektorat: Wolfhard Klein, Ursula Niggemeyer, Angelika Schulz-Parthu
Druck: TZ Verlag & Print GmbH, Roßdorf

Leinpfad Verlag, Leinpfad 5, 55218 Ingelheim,
Tel. 06132/8369, Fax: 896951
E-Mail: info@leinpfadverlag.de
www.leinpfad-verlag.de

ISBN 978-3-937782-89-8

Inhalt:

Finderlohn

Heidrun Immendorf

Joost Armbruster war ein Finder, kein Sammler. Er fand Dinge nicht, um sie zu behalten, auszustellen, abzustauben oder vorzuführen. Er suchte nicht einmal nach ihnen. Er fand sie nur und gab sie weiter. An die, die sie vermissten, und wenn sie sich nicht finden ließen, an die, die sie gebrauchen konnten. Dankbarkeit interessierte ihn nicht. Joost Armbruster war kein Wohltäter. Joost Armbruster war nur neugierig. Wer immer neugierig war, das hatte er einmal irgendwo gelesen, der führte ein gefährliches Leben. Nicht, dass er wirklich nach Gefahr strebte, das wäre ihm auf Dauer zu anstrengend gewesen. Was ihn reizte, war der Kitzel der Entdeckung und das Erleben immer neuer Situationen, in die ihn seine Funde führten. Er liebte den spannenden Moment an Wohnungstüren, vor denen er stand, um zurückzubringen, was er gefunden hatte. Wenn sich seine Vorstellung von den Menschen, die ihm öffneten, mit der Realität maß. Und er genoss die befangenen Momente, in denen sich entschied, ob man ihn hereinbat oder freundlich verabschiedete.

Das Handy, das er an einem Mittwochabend unter einer Bank vor dem Bruchwegstadion fand, überraschte ihn nicht. Handys kamen oft vor, fast so oft wie Portemonnaies, Schlüssel und Handtaschen. Ein Handy war Routine. Ein eingeschaltetes mehr als ein ausgeschaltetes. Ein ausgeschaltetes gab nichts über seinen Besitzer preis; ihn musste man anders finden, mit Zetteln an Hauswänden, im Supermarkt, auf Spielplätzen. Ein eingeschaltetes dagegen war einfach. Man griff sich eine Nummer aus dem Adressbuch heraus, rief an und erklärte die Situation. Meist reichte das schon, der Angerufene identifizierte die Nummer auf seinem Display, gab den Namen heraus und so weiter. Routine. Ein zusätzliches Stöbern im SMS-Speicher war in den seltensten Fällen notwendig, erhöhte aber Armbrusters Vorstellungskraft von der Person, die er in Kürze treffen würde. Wie Blättern in Katalogen war das. Man machte sich ein Bild und verglich es später mit der Lieferung. Mehr nicht.

Bis dahin.

Das Handy vom Mittwochabend war anders, innen wie außen. Ungebraucht sah es aus, ohne Schrammen auf dem Display, ohne Fingerabdrücke und ohne Staub zwischen den Tasten. Nur eine Nummer ist gespeichert. Sie steht dort wie ein einsamer Stuhl in einem kahlen Zimmer. Als Armbruster sie anwählt, wird ihm kalt und er weiß nicht warum. Er ist längst wieder zu Hause, hat sich heißen Tee gemacht, Kekse mit Orangenfüllung in eine Schale gegeben und eine CD eingelegt. Alles ist vorbereitet.

Die Herstellung der Verbindung dauert ungewöhnlich lange. Die Männerstimme, die sich schließlich meldet, klingt müde, aber nicht überrascht. „Hast es dir also anders überlegt", sagt sie. „Hast dir ja viel Zeit gelassen." Armbruster beeilt sich mit einer hastigen Klarstellung, bevor der andere weiterredet, aber da ist schon alles still in der Leitung. Armbruster drückt auf Wahlwiederholung und wartet. Er verbringt den Abend mit Wählen und Warten, sieht fern, isst ein Butterbrot und lässt es dann sein. So kommt er nicht weiter.

Später im Bett stöbert er in den Textnachrichten. Es sind drei, sie haben denselben Absender und sie lassen Joost Armbruster nicht schlafen. Er muss sie finden, die Frau, der das Handy gehört, denn dass es eine Frau ist, weiß er nun. *Agathe*, steht da im Display, *es ist todernst, wenn das nicht aufhört, bring ich dich um.* Wenn das Handy eine Stimme hätte, dann würde es jetzt drohen: *Ich bringe dich um. Und danach mich.*

Die Kälte in Armbrusters Körper hat nun eine Erklärung. Als habe er geahnt, dass da etwas war, das anders ist als sein Spiel mit der Neugier. *Ich bring dich um und danach mich*, sind Worte außerhalb der Norm. Er muss etwas tun. Die Frau finden, sagt er sich wieder und wieder. Agathe, so viele Agathes gab es nicht. Er könnte zur Polizei gehen, die wüssten dann schon. Aber würden sie ihn auch ernst nehmen? Würden sie die gleiche Bedrohung empfinden wie er? Die hatten Wichtigeres zu tun. Und das stimmte ja auch. Vielleicht fantasierte er sich nur etwas zurecht, und tatsächlich hatten sich der Mann und die Frau nur einen eigenen Code für ihre intime Kommunikation gegeben, der für Außenstehende zwar missverständlich, aber letztlich doch harmlos war. Am besten nahm er wie gewohnt die Sache selbst in die Hand und machte sich erst mal ein Bild. Zur Polizei konnte man immer noch.

Jetzt ist es spät. Fast vier Uhr. Noch eine Stunde und er muss aufstehen. Er legt das Handy auf den Nachttisch und schläft ein. In das Weckerklingeln kurz darauf mischt sich ein zweites Geräusch, das er nicht gleich zuordnen kann. Es ist die Vibration des Handys auf der glatten Oberfläche des Nachttischs, die den Eingang einer SMS ankündigt. *Sie heißt Agathe Bach und jetzt gib Ruhe*, steht da im Display, dessen Helligkeit Armbruster in die Augen schneidet. Es ist eine Nachricht, die ihn hellwach machen müsste, aber sein Hirn torkelt. Das Denken tut noch weh, und doch ist da etwas, das die Spur aufgenommen hat. Dieser Name sagt ihm etwas und später am Tag, als er mit dem Fahrrad durchs Münchfeld fährt, die Post in die Briefkästen steckt und in die Stefan-Zweig-Straße einbiegt, da weiß er, wer Agathe Bach ist. Die Frau mit den schlechten Zähnen, die beim Reden die Fingerspitzen vor den Mund hält und in der Nummer 137 wohnt. Ein Einschreiben vor ein paar Jahren, seither wenig Post.

Als er vor ihrer Wohnungstür steht, ist seine Anspannung größer als sonst. Er weiß etwas über die Person hinter dieser Tür und wäre lieber ahnungslos. Ob sie noch immer die Fingerspitzen vor den Mund hält?

Dass er ungelegen kommt, ist offensichtlich. Die zögernd geöffnete Tür gibt ein halbes Gesicht frei, aus dem ihn ein braunes Auge ohne Interesse ansieht. Armbruster legt das Handy flach auf seine linke Hand und streckt es ihr entgegen.

Er fühlt einen kurzen Moment des Erkennens, ein feines Heben der Augenbraue und ein Aussetzen der Atmung, das eine Stille hinter sich herzieht wie das Verschließen der Ohren mit beiden Händen. Sie stehen da und schauen auf Armbrusters Hand und ihren sinnlosen Dienst, denn Agathe Bach ist nicht bereit, diesen Dienst anzunehmen, und nachdem ihre Atmung wieder eingesetzt und ihre Augenbraue in die natürliche Linie zurückgefunden hat, schließt sich ihre Türe so diskret wie sie sich geöffnet hatte. Armbruster bleibt zurück wie ein Bettler, der mit ausgestreckter Hand um eine Gabe bittet, obwohl doch er es ist, der etwas anzubieten hat. Er dreht den Kopf weg von dem unerwünschten Gegenstand und macht den Arm so lang wie es geht, um den größtmöglichen Abstand zu ihm herzustellen. Draußen vor dem Haus wägt er ab, wohin er soll mit dem Ding, es in die Mülltonne werfen oder in ihren Briefkasten, und entscheidet sich für den Müll, als würde er der Frau mit den schlechten Zähnen damit den größeren Dienst erweisen. Sie hatte das Handy nicht zufällig verloren, sondern loswerden wollen, das ist ihm jetzt klar. Aber sie hatte es nur halbherzig getan, halbherzig wie sie selbst. Wenn sie mutig wäre, hätte sie es in den Rhein geworfen und ihm beim Untergehen zugesehen und sich befreit gefühlt. Aber vielleicht wusste sie auch, dass diese Tat sie nicht frei machen würde. Den Mann und die Drohung würde sie nicht los, so war es nun mal.

Wenn Armbruster in den folgenden Wochen seine Runden durch das Münchfeld drehte, dann hielt er Ausschau nach ihr und machte unsinnige Umwege, weil er sich einbildete, sie könnte mittwochs auf jener Bank am Bruchwegstadion sitzen oder dienstags durchs Gonsbachtal spazieren oder montags Geld am Automaten der Sparkasse holen. Er schloss Wetten mit sich selbst ab, dass sie ihm auf der Kantstraße entgegenkäme, wenn er es schaffte, die Briefe für Nummer 19 in 35 Sekunden auf die Kästen zu verteilen. Wenn es bei REWE draußen rote Rosen gab, zehn Stück in Plastik eingeschlagen und zu dreißig Sträußen in einem schwarzen Eimer, dann war er sicher, dass er sie noch vor Ende seiner Tour an der Fußgängerampel treffen würde, wenn die gerade auf Rot sprang. Seine Kreise um ihr Haus zogen sich immer enger und täglich gab er sich mehr Zeit, um dem Zufall, auf den er hoffte, jede Gelegenheit für eine Begegnung zu geben. Auf einem Kalender in der Küche markierte er jeden Tag, den er mit Suchen verbracht hatte, und so wusste er genau, dass 35 Tage vergangen waren, als er sie am Milchregal seines Supermarktes in Bretzenheim erkannte.

Es war kurz vor Ladenschluss und längst dunkel draußen. Armbruster hatte noch Lust auf Milchreis bekommen und weder Milch noch Reis im Haus gehabt und war nur im T-Shirt auf die andere Straßenseite zum Edeka gelaufen, um beides zu besorgen. Er sah schon von weitem, dass nur noch fettarme Milch vom Tage übriggeblieben war und wollte gerade abdrehen, als sich eine Frau in sein Blickfeld schob, die sich weit in das Regal hineinbeugte und etwas zu suchen schien. Armbruster vermutete, dass ihre Suche einer verborgenen Milchtüte mit vollem Fettgehalt galt und sie offensichtlich wie er zu den Menschen gehörte, die sich nicht mit fettarmen Produkten abfanden. Interessiert blieb er stehen und beobachtete, wie sie sich aufrichtete und tatsächlich die gewünschte dunkelblaue Tüte in der Hand hielt. Für den Hauch einer Sekunde lächelte sie und Armbruster sah ihre Zähne. Sein Mund öffnete sich wie von selbst und versuchte einen überraschten Kommentar oder eine Aufforderung stehenzubleiben, aber außer zu einem inneren Stottern gelingt Armbruster nichts, das auf ihn aufmerksam machen würde. Die Frau geht ohne Erkennen an ihm vorbei und biegt in den Gang mit Mehl und Konserven ab.

Armbruster greift nach irgendeiner Milchtüte und folgt ihr.

Sie betrachtet ohne Eile die Auswahl in den Regalen und schiebt ihre Sonnenbrille nach vorn auf die Nasenspitze, wenn sie es genauer wissen will. Sie scheint Armbruster nicht zu bemerken, aber er sieht, warum sie ihr Gesicht hinter einer Brille verbirgt, die nicht zur Tageszeit passt. Wieder will er sich zu erkennen geben, am liebsten zu ihr hinstürzen und sie zur Rede stellen, ob das der Mann war, der sie mit Worten bedroht hat, und ihr sagen, dass sie sich wehren solle, sonst tue er es für sie. Aber er bleibt stumm in seinem Zorn und seiner Ratlosigkeit und blickt ihr hinterher, wie sie zur Kasse geht, an der sie die einzige Kundin ist. Ihr feines Haar fällt über ihr Profil, als sie aus ihrem Portemonnaie das Geld nimmt. Armbruster sucht hektisch nach Reis, läuft zur Kasse und zahlt, aber sie ist schon weg. Als er auf den Bürgersteig tritt, sieht er sie mit einem blauen Smart davonfahren. Die Reistüte in seiner Hand gibt dem zornigen Druck nach, den er auf sie ausübt, und platzt spritzend auf. Wie Perlen springen die Körner über den Boden und sammeln sich zu Inseln auf dem Asphalt. Armbruster schleudert die Milchpackung hinterher und stampft mit dem Fuß so lange darauf herum, bis eine weiße Fontaine aufschießt und sich in einer Lache niederlässt. Armbruster verrührt Körner und Milch mit den Schuhsohlen und kümmert sich nicht um die irritierten Blicke der letzten Supermarktkunden, die einen Bogen um ihn machen und ihre Hosensäume in Sicherheit bringen. Das Rühren in dem weißen Brei lenkt ihn ab von der zitternden Wut, die er in sich hat.

Er muss nachdenken, das war jetzt kein Spiel mehr. Die alberne Hoffnung auf eine zufällige Begegnung war nichts anderes als der Zeitvertreib eines unausgelasteten Junggesellen gewesen, der seine reizarme Existenz mit dem Starren auf das Leben anderer aufpeppte. Entweder hörte er sofort auf damit und tat so, als habe er Agathe Bach und ihr zerschlagenes Gesicht nie gesehen, oder er fing an, wirklich etwas zu unternehmen.

Am 39. Tag nach Auffinden des Handys hatte Armbruster alle Informationen zusammen, um mit Agathe Bach eine absichtliche Begegnung herbeizuführen. Er wusste nun, dass sie ihre Wohnung mittwochs bis freitags um 14.45 Uhr verließ und samstags und sonntags bereits um 10 Uhr. Montags und dienstags ging sie selten aus dem Haus und wenn, dann sehr spät. Beim Einkaufen treffe man sie nie, was komisch sei, wo es im Münchfeld doch alles gebe. Immer nehme sie ihr Auto, den blauen Smart, den Armbruster schon kannte, und fahre damit fort. Es war überraschend einfach gewesen, Agathe Bachs Nachbarn zum Reden zu bringen, und fast hatte ihr Auskunftswille etwas von einem lang gehegten Wunsch gehabt, einmal etwas loszuwerden über die Frau, die mit niemandem sprach. Köchin sei sie, ob er das wisse, irgendwo in Oppenheim, in so einem feinen Ding, man selbst könne sich das nicht leisten, aber gehört habe man davon. Sie müsse schon was können, die Frau Bach, sonst wäre sie ja nicht in so einem Laden. Als Armbruster nach Besuch fragte, der regelmäßig käme, ein Mann zum Beispiel, nahm man das zum Anlass, die bereitwillige Plauderei abzubrechen, mit dem Hinweis darauf, auch schon viel zu viel erzählt zu haben, und über den Mann wisse man ohnehin so gut wie gar nichts, außer dass er wohl im Ausland arbeite, irgendwo im Osten, und nie grüße.

Armbrusters Plan bestand darin, kein Plan zu sein, sondern eine spontane Improvisation. Ihm war nichts eingefallen, womit er das Gespräch mit Agathe Bach hätte eröffnen können, und so schlenderte er am 39. Tag seiner neuen Zeitrechnung um 14.40 Uhr zu ihrem Auto und wartete. Sie trug immer noch die Sonnenbrille und hielt den Blick gesenkt, als sie auf das Auto zuging. Erschrocken zuckte sie hoch, als sie Armbruster bemerkte, der an der Beifahrerseite lehnte.

„Wir kennen uns", sagte er. „Ich bin Ihr Postbote."

Da sie außer einem kurzen Innehalten keine Reaktion zeigte und schon die Fahrertür geöffnet hatte, entschloss sich Armbruster zu einem Satz, den er für den geradesten Weg ins Bewusstsein eines Menschen hielt: „Sie gefallen mir."

Schon beim ersten Mal eine Wirkung zu erzielen, hatte Armbruster nicht erwartet, und auch am zweiten und dritten Tag entmutigten ihn ihr unbeeindrucktes Einsteigen und Abfahren nicht. Er stand wie selbstverständlich am selben Platz, sagte seinen Satz und winkte ihr hinterher. Am vierten Tag erkannte er an ihrem zögernden Näherkommen, dass er einen Fehler machte.

Sie hatte Angst vor ihm. Man konnte ihr leicht Angst machen. Sie war keine sichere Frau, sie geriet leicht in Unordnung, so wie ihr Haar, das nur kurz nach dem Kämmen so lag, wie ein Frisör es geplant hatte.

Armbruster trat zurück vom Wagen, um den Abstand zu vergrößern und sagte, es tue ihm leid. Sie trug keine Sonnenbrille mehr und schaute ihn zum ersten Mal an. „Warum?", fragte sie. Ihr unvermutetes Reagieren ließ ihn über die eigenen Worte stolpern, und er plapperte etwas von ihr nicht zu nahe treten zu wollen, aber sie unterbrach ihn. Warum sie ihm gefalle, das wolle sie wissen. Wie viel Zeit sie habe, fragte er zurück, um selbst Zeit zu gewinnen, denn ihr plötzliches Interesse verwirrte ihn bis zum völligen Erliegen seines Denkvermögens. Sie habe gar keine Zeit, er müsse sich also beeilen, sagte sie. Also antwortete er so, wie er fühlte, dass sie nämlich zu dem passe, was er gern tue. Und was sei das? Finden ohne zu suchen, sagte er, und als sie ihn ohne Verständnis ansah, erklärte er, dass es bei ihr so viel zu entdecken gebe, dass man nicht danach zu suchen brauche. Mehr könne er auch nicht sagen, aber so sei es.

Ihr war anzusehen, dass sie große Zweifel an der Fülle der Entdeckungen hatte, die bei ihr zu machen waren, aber ohne Wirkung waren seine seltsamen Erklärungen nicht. Das Wissen um ihre für sie verborgenen Eigenschaften schien ihren Körper zu straffen und sie lächelte beim Einsteigen in den Wagen, ohne die Hand vor den Mund zu halten.

Wenn Armbruster in den nächsten Wochen Post für Agathe Bach hatte, dann übergab er sie ihr persönlich und immer zur selben Zeit, damit sie sich an ihn gewöhnen konnte. Allmählich schien sie ihn fast zu erwarten, denn sie öffnete die Tür bereits, wenn sie seine Schritte auf der Treppe hörte. Einmal bat sie ihn sogar herein und führte ihn in die Küche, wo ein Teller mit Suppe auf ihn wartete. Es war eine Hühnersuppe, deren Fleisch auf seiner Zunge schmolz und für deren Geschmack ihm die Erfahrung fehlte. Das seien Safran, Kardamom und Ingwer, erklärte sie ihm und dazu ein Rieslingschaum. „Die Mischung", sagte sie, ihr gehe es immer um die Mischung. Gewürze und Zutaten aus aller Welt und dazu das Beste aus Rheinhessen. Ob er Kichererbsenmus mit Fleischwurst möge?

Armbruster wusste es nicht, sagte aber, er würde es gerne probieren, denn er hoffte, dass sich mit einer Funktion als Testesser ein Spalt zu ihrem Leben auftun würde. Als er darum bat, sich im Badezimmer die Hände waschen zu dürfen, scannte er den sichtbaren Teil ihrer Wohnung zügig nach Spuren eines Mannes ab. Auf der Ablage über dem Waschbecken standen ein Becher mit zwei Zahnbürsten und zwei verschiedene Zahncremes und ein eindeutig männliches Parfüm. Als er den Vorhang zur Dusche beiseiteschob, sah er im Sieb des Abflusses schwarze Haare, die nicht Agathe Bach gehörten. Armbrusters Herz schlug heftiger bei der Vorstellung, dass diese Haare dort noch nicht lange liegen konnten und womöglich auf die Anwesenheit des Mannes hinwiesen, den er vermutete. Als er aus dem Bad trat, rief sie ihm zu, er müsse gehen, schnell bitte, es tue ihr leid. „Erst Montag wieder“, sagte sie und öffnete die Wohnungstür.

Im Treppenhaus kam ihm ein Mann entgegen, dessen Art, die Stufen zu nehmen, eine ärgerliche Ungeduld abstrahlte.

Armbruster wusste, wohin der Mann ging, er brauchte nicht die Gewissheit eines sich drehenden Schlüssels in Agathe Bachs Tür. Vor dem Haus stand ein schwarzer Sportwagen mit laufendem Motor und versperrte den Zugang zu den Mülltonnen. Agathe Bachs Nachbarin aus dem dritten Stock wartete mit einer Mülltüte in der Hand darauf, dass der Fahrer zurückkam, und verdrehte die Augen, als Armbruster auf sie zuging. „Das ist er“, sagte sie, als sei damit alles gesagt.

Armbruster nahm sein Fahrrad und schob es langsam über den Bürgersteig. Der schwarze Sportwagen schoss an ihm vorbei und nahm kreischend die Kurve zur Hegelstraße.

Wenn sie sich schon näher wären, würde Armbruster jetzt zurückgehen und ihr beim Packen helfen. Wohnen könnte sie erst mal bei ihm, auch länger, das würde man sehen. Um alles andere sollte sich die Polizei kümmern. Wie leicht es wäre, jetzt den Notruf zu wählen und es anderen zu überlassen, ein Problem aus der Welt zu schaffen, aber Armbruster weiß, dass das keinen Zweck hat. Nichts hat sich geändert. Was sollte er sagen? Dass da eventuell ein Mann eine Frau verprügelt und sie mit dem Tod bedroht? Nein, Beweise habe er nicht. Warum die Frau nicht selbst Anzeige erstatte? Tja, warum nicht, Herr Kommissar? Sie kennen Agathe Bach nicht. Die traut sich so was nicht. Die hofft, dass es vorbei geht, und wird für alles eine Erklärung haben: „Nein, nein, mein Freund ist kein Schläger. Gut, in letzter Zeit ist er etwas ungeduldig mit mir, das ja, und er schubst mich auch schon mal, dass ich unglücklich aufkomme, aber das hat bestimmt mit der Arbeit zu tun. So weit weg immer, im Ausland, für Monate. Das kann man sich gar nicht vorstellen, wie das ist. Da kann man schon merkwürdig werden."

Was also sollte er tun, würde Armbruster den Kommissar fragen. Hatte er eine Wahl? Er konnte nichts tun, außer irgendwo im Verborgenen da sein und aufpassen, dass nichts passierte. Er nahm sich kurzfristig und gegen alle Widerstände Urlaub, lieh sich das Auto eines Kollegen und wenn sie um 14.45 Uhr oder am Wochenende um 10 Uhr das Haus verließ, fuhr Armbruster nach Hause und ruhte sich aus, damit er um Mitternacht ausgeschlafen war für die Nachtwache. Meistens kam sie um ein Uhr nachts zurück von der Arbeit, dann brannte schon Licht oben in ihrer Wohnung. Armbruster beobachtete die beleuchteten Fenster und hoffte, dass dahinter nichts geschah, was er nicht verhindern konnte, sich aber vorstellte. Wenn er auf dem unbequemen Autositz mit leeren Augen vor sich hin starrte, dann malte er sich aus, wie die Faust des Mannes in Agathes Mund schlug und die Zähne die Lippen zerrissen und das Blut ihr die Kehle hinunterlief. Er sah vor sich, wie ihre schlechten Schneidezähne unter dem Ansturm der Fäuste zerbröselten, und wenn er sie am Montag besuchte und zaghaft klingelte, in der Hoffnung, dass der andere schon weg war, dann würde sie wieder die Hand zu Hilfe nehmen müssen, um nicht zu zeigen, was sie sich hatte antun lassen. Und er, Armbruster, würde sie nur mit den Augen trösten dürfen.

Seine Erleichterung, sie am Montag unversehrt und fast heiter vorzufinden, ließ ihn für einen kurzen Moment kehlig auflachen, was Agathe Bach mit einem verwunderten, aber auch milden Lächeln registrierte. Sie schien entschlossen, sich diesen Tag von nichts und niemandem eintrüben zu lassen und machte den Vorschlag, am Nachmittag gemeinsam nach Oppenheim zu fahren, damit er einmal sähe, wo sie arbeitete. Als er bemerkte, sie könnten auch gleich losfahren, da er noch Urlaub habe, stimmte sie mit einer Spontaneität zu, die er nie bei ihr vermutet hätte. Am Auto warf sie ihm die Schlüssel zu und sagte, heute wolle sie sich einmal chauffieren lassen. Sie verließen Mainz über den Lerchenberg Richtung Nieder-Olm und schlugen sich an Sörgenloch vorbei durch die Weinberge, deren Laub schon anfing, sich rot zu färben. Als sie an einer Kreuzung nicht wussten, wohin sie sich wenden sollten, blickte sie kurz hinter sich und erschrak. Er solle weiterfahren, egal wohin, vor allem aber schnell. Ihre rechte Hand krampfte sich an den Griff der Beifahrertür und mit der linken massierte sie so heftig ihren Oberschenkel, dass die Fingernägel über den Stoff ihrer Jeans kratzten. Armbruster gab Gas und sah, so oft es ging, in den Rückspiegel. Da war niemand. Ein Traktor mit Anhänger kreuzte die Straße und zwang sie zum Anhalten, was Agathe Bachs Anspannung nur noch unerträglicher machte. Sie hatte Tränen in den Augen, ließ den Kopf immer wieder nach hinten schnellen und trommelte mit den Füßen gegen das Bodenblech. Nichts war mehr übrig von ihrer ausgelassenen Stimmung, und als sie auf Oppenheim zuhielten, ohne den eigentlich geplanten Besuch der Schwabsburg überhaupt noch erwähnt zu haben, wies sie Armbruster an, gleich hoch zur Landskrone zu fahren, von dort habe man den besten Überblick.

Sie waren nicht der schönen Aussicht wegen hierher gekommen, das wurde Armbruster sofort klar. Von hier oben ließ sich die Straße mit ihren ankommenden und abfahrenden Autos perfekt überblicken. Als auch nach einer Viertelstunde kein schwarzer Sportwagen die schmalen Kurven hinaufgeklettert kam, entspannte sie sich langsam und schlug schließlich vor, den Wagen stehen zu lassen und zu Fuß in den Ort hinabzusteigen. In der Krämerstraße nahm sie ihn bei der Hand und dirigierte ihn mit dem Rücken zu einer Hauswand. „Da“, sagte sie und zeigte auf das Haus gegenüber.

Hinter einer orangefarbenen Glasscheibe ließ sich der Innenraum erahnen. Armbruster wollte näher herangehen, um einen besseren Eindruck zu bekommen, aber sie sagte: „Nein, lieber nicht."

Armbruster gehorchte, obwohl die Neugier groß war, aber er verstand auch, was sie meinte. Es war die größtmögliche Nähe, die sie ihm in ihrem Leben einräumte, und er durfte sie mit seinen Forderungen nicht aufs Spiel setzen. Agathe zog ihn weiter und sagte, vom Wochenend-Menü sei Dessert übrig geblieben, das habe sie mitgenommen. Rotweingelee mit Brombeermousse, das könnten sie bei ihr essen, wenn er wollte.

Natürlich wollte er.

Während Agathe Bach die Wohnungstür aufschloss, knurrten ihre Mägen gleichzeitig, und sie verständigten sich mit lachenden Augen, dass es nun wirklich Zeit war, endlich etwas zu essen. Sie ging vor zur Küche und er drückte die Tür ins Schloss.

Als sie ihm mit einem lauten Schrei entgegentorkelte und er das Blut sah, das aus ihrem Mund lief, dachte er jäh, wie sie nur so leichtsinnig hatten sein können, dann schoss eine Gestalt auf ihn zu und unter einem nie für möglich gehaltenen Schmerz verlor er für einen Moment das Bewusstsein. Er wurde an den Füßen gepackt und ins Wohnzimmer geschleift, wo Agathe Bach in einer Ecke kauerte und ihr Gesicht mit beiden Händen verdeckte. Als Armbruster den Versuch unternahm, zu ihr hinzurobben, trafen ihn die Tritte schwerer Schuhe an der Hüfte.

„Liegenbleiben", befahl der Mann, „sonst." Die Pause, die entstand, widmete er der übertrieben zärtlichen Demonstration einer Waffe, die er auf Armbruster gerichtet hielt. Er zog einen Stuhl in die Mitte des Raumes und ließ sich mit der lässigen Pose des Überlegenen langsam darauf nieder. Er lächelte von einem zum anderen und sagte: „Ihr dachtet, ich sei schon weg." Da er keine Antwort bekam und auch keine zu erwarten schien, setzte er seine Befragung fort. „Dann erzählt mal. Wie lange geht das schon?"

Agathe Bach nahm die Hände vom Gesicht und flüsterte: „Bitte, lass ihn gehen. Er hat nichts mit uns zu tun."

Der Mann beugte sich vor zu ihr und tat, als habe er sie nicht verstanden. „Was hast du gesagt? Er hat nichts mit uns zu tun? Er kutschiert mit dir durch die Gegend und das hat nichts mit uns zu tun? Und ob das was mit uns zu tun hat, alles nämlich. Du glaubst, wenn ich weg bin, kannst du machen, was du willst. Aber ich habe es dir von Anfang an gesagt: Aus mir machst du keinen Affen. Und jetzt will ich wissen, wie lange das schon geht."

Er trat wieder mit den Schuhen gegen Armbruster, diesmal gegen die Unterschenkel, und forderte ihn auf, ihm eine Antwort zu geben.

Armbruster sah zu Agathe hinüber, die ihn mit den Augen bat, nichts zu sagen, also schwieg er.

Der Mann trat fester zu, dann nahm er Armbruster mit der Waffe ins Visier. „Ich weiß, wer du bist. Du bist der Postbote." Er hielt sich die Waffe kurz an die Stirn, um ein ungläubig kreischendes Lachen auszustoßen und sagte dann: „Das muss man sich vorstellen, meine Freundin und der Postbote. Wir hatten ja schon viele, aber noch keinen Postboten."

Er ließ die Waffe sinken und strich versonnen über ihren Lauf.

„Du musst wissen, Postbote", fuhr er mit gesenkter Stimme fort, „dass diese Frau hier Männer anzieht wie ein Scheißhaufen die Fliegen."

Der Vergleich schien ihm zu gefallen, denn er wiederholte ihn so lange, bis Armbruster schrie, er solle damit aufhören, was ihm eine detaillierte Unterweisung in die Fähigkeiten der Makarov PB einbrachte. Das PB stehe für schallgedämpft, sagte der Mann und legte zart den Finger an die Lippen.

„Niemand im Haus wird etwas hören“, flüsterte er.

Dann trat Stille ein.

Armbruster tastete mit angehaltenem Atem nach dem Handy in seiner Jackentasche. Blind die 110 zu tippen, würde ihm ohne weiteres gelingen, aber was dann? Wie konnte er den Mann dazu bringen, den Raum zu verlassen, um der Polizei die Koordinaten ihres Aufenthaltsortes durchzugeben? Er sah wieder zu Agathe. Ihr lief immer noch Blut aus dem Mund. Sie hatte die Ellenbogen auf die angewinkelten Knie gestützt und rieb sich mit den Fingerspitzen die Schläfen, als habe sie Kopfschmerzen oder suche nach einer Lösung.

„Bitte“, sagte sie mit geschlossenen Augen, „bitte lass ihn gehen. Er ist nur ein Postbote und hat mir mal einen Gefallen getan, sonst nichts. Er bedeutet mir nichts. Er ist mir völlig egal. Er ist mir nachgelaufen, aber ich will nichts von ihm. Glaub mir das. Wir gehören doch zusammen, Hans. Verstehst du? Du verlierst mich nicht. Ich bin immer da, Hans. Immer, verstehst du, du verlierst mich nicht.“

Ihre Beschwörungsformel schien Armbruster wie ein therapieerprobtes Beruhigungsmittel. Irgendwo musste sie gelernt haben, wie man mit einem Mann umging, dessen Eifersucht mehr als extrem, ja wahnhaft war. Wie hatte sie das nur so lange ausgehalten? Liebte sie ihn wirklich und war das der Grund, warum sie ihn, Armbruster, nun so heftig verleugnete und ihm das Gefühl gab, dem Bild der lästigen Fliege tatsächlich zu entsprechen?

Er beobachtete den Mann, den sie Hans nannte, um die Wirkung ihrer Worte zu überprüfen. Sie schienen ins Leere zu laufen. Die Waffe richtete sich wieder auf Armbruster und der Mann sagte: „Was für einen Gefallen?“ Er habe ihr das Handy zurückgebracht, rief Agathe Bach, bevor Armbruster reagieren konnte.

„Ach, du warst das.“

Die neue Information versetzte den Mann in eine nachdenkliche Starre. Armbrusters Daumen drückte zweimal lang die 1 und dann die 0 und aktivierte den Ruf. Wenn die Leitung erst mal offen war, dann gab es vielleicht die Chance, dass die Polizei mithörte, was in Agathe Bachs Wohnung vor sich ging. Dann brauchte Armbruster nur ein paar Hinweise zu platzieren und sie konnten gefunden werden. Er umfasste das Telefon mit der Hand, um zu erfühlen, ob jemand sprach.

„Mir hast du erzählt, niemand habe dein Handy zurückgebracht", sagte der Mann zu Agathe Bach. „Wo ist es denn dann?"

Wo es sei, schrie er, als ihm niemand antwortete. Sie solle ihm sagen, wo es sei, oder er knalle sie gleich ab, schrie er weiter und trat jetzt im Stehen auf sie ein.

Es sei weg, sie habe es wieder verloren, kam es gurgelnd aus ihr heraus. Ein Schwall des Orangensafts, den sie auf der Fahrt nach Oppenheim getrunken hatte, schoss ihr aus dem Mund auf den Teppich und Hans, der Mann, packte ihren Kopf und drückte ihr Gesicht in die sauerriechende Lache.

Armbruster sprang auf und stürzte sich auf den Mann, um ihn wegzureißen von der wimmernden Frau, die sich die Hände schützend um den Kopf hielt, aber keinen Versuch unternahm sich zu wehren. Der Griff der Makarov traf Armbruster mitten ins Gesicht, und er taumelte rückwärts aufs Sofa.

Er schrie, er habe das Handy in den Müll geworfen, in die Mülltonne vor dem Haus. Vor dem Haus Stefan-Zweig-Straße 137.

Was er da für einen Scheiß redete, wollte der Mann wissen, was das sollte mit der Straße und wie er dazu käme, das Handy einfach in den Müll zu werfen.

In Armbruster wallte ein Trotz hoch, der gegen jede Vernunft war, aber er brauchte einen eigenen Moment des Triumphes. Ihm war übel vor Ohnmacht und Erniedrigung, und er legte die größte Verachtung, zu der er fähig war, in die Worte, die er dem Mann entgegenspuckte: „Weil sie es nicht wollte. Deine Agathe wollte dein widerliches Überwachungshandy nicht. Sie hat es nicht angenommen, als ich es ihr hinhielt und weißt du warum? Weil sie dich nicht mehr wollte. Weil sie dich und deine Drohungen nicht mehr ertragen hat."

Der nächste Schlag mit der Waffe kam wie erwartet, tat aber weniger weh als der vorherige. Offensichtlich konnte man sich an Schläge gewöhnen. Wenn man wusste, dass sie kamen, musste man nur seine Seele in Sicherheit bringen. Ob Agathes Seele schon dort war, in Sicherheit?

Es sah nicht danach aus. Sie starrte Armbruster so voller Entsetzen an, dass ihm klar wurde, in welche Katastrophe er sie gelenkt hatte.

Keine Beschwörungsformel würde mehr wirken, um Hans zu beruhigen. Sie mussten jetzt nicht nur ihre Seelen, sondern sich beide im Ganzen in Sicherheit bringen.

Armbruster brüllte die Adresse in den Raum, so laut, dass man ihn im ganzen Haus hätte hören müssen. Agathe rief er zu, es komme gleich Hilfe, sie solle sich nicht sorgen, aber ihr Gesicht sagte ihm das Gegenteil.

Ihr blutiger Mund war zum Schrei geöffnet und er sah, dass ihr die Schneidezähne fehlten. Es war Armbrusters letztes Bild, das er von ihr hatte, denn noch nie hat ein Schrei den Lauf einer Kugel aufhalten können.

Sein Leiden

Andreas Wagner

Sie sah sein Leiden. Seit Wochen schon. Wie ein geprügelter Hund schlich er herum.

Zuerst hatte sie das alles nur für schlechte Laune gehalten. Sie kannte seine Launen nur zu gut. Mal war er depressiv, zu keinem freundlichen Wort bereit. Dann wieder tagelang gereizt, aggressiv fast. Das war immer vorbeigegangen. Nach wenigen Tagen, höchstens einer Woche. Oder er hatte es einfach mit ein paar Flaschen Wein hinuntergespült, eingeschlossen in seinem Arbeitszimmer, am Schreibtisch oder im großen Ledersessel sitzend. Dann hatte er seinen dünnen Block auf den Knien liegen, den gespitzten Bleistift quer darauf, das Glas in der Rechten, die geöffnete Flasche nahe am linken Fuß auf dem Boden stehend. Er wollte ihr damit zeigen, dass er arbeitete, Weinprobe mit Verkostungsnotizen für den nächsten Band seines Weinführers. Ein, zwei Worte hatte er notiert, mehr nicht. Die Flasche fast ganz geleert. Die Laune ersäuft im Riesling oder Silvaner. Alles egal.

So war das seit über 30 Jahren. 33 ganz genau. So lange kannten sie sich schon. 29 Jahre glückliche Ehe, mit allen Höhen und Tiefen. Mit zwei Kindern, die längst ihre eigenen Wege gingen. Mit einem schönen Haus, einer alten Mühle. Vor vielen Jahren schon hatten sie sie gekauft und gemeinsam renoviert. Der lang ersehnte Traum war das gewesen. Altes Fachwerk, der eigene Hof für die Kinder, ein riesiger Garten mit mächtigen Bäumen für sie.

Seine Erfolge hatten es ihnen ermöglicht, dieses alte Gemäuer zu kaufen und bewohnbar zu machen. Schon mit dem ersten Band seines Weinführers war er ein gefragter Mann in der Szene geworden. Zugetraut hatte sie ihm das nicht, seine Worte für Spinnereien gehalten. Seine Idee, ein Buch nur über

Riesling, Silvaner und Spätburgunder zu schreiben, hatte sie damals nicht verstanden. Deutschlands Wein-Klassiker. Wer sollte so etwas schon kaufen. Seine glänzenden Augen, seine Geduld, mit der er das Projekt verfolgte. Bis zum Schluss. Die Freude über das fertige Manuskript. Der Verlag, der das alles drucken wollte. Das gedruckte Buch in ihren Händen, der kühle Einband, das Gewicht. Sie konnte sich noch genau daran erinnern. Glücksmomente.

Das Buch war ein Renner. Jedes Jahr eine überarbeitete Auflage mit den neuesten Jahrgängen. Schonungslos war er in seinen Kommentaren. Seine Rangliste besaß Gewicht. Sie war Gold wert für die, die ganz oben standen. Die konnten fast jeden Preis für ihren Wein verlangen. Ihre Jahrgänge waren in ein paar Wochen ausverkauft. Die anderen hatten ein Problem, vor allem die, die er zurückstufte. Eine Sprosse nach unten war fast noch schlimmer als gar nicht vertreten zu sein – in seiner Bibel.

Es war das Knacken der Äste, das sie aus ihren Gedanken riss. Die Bäume am Küchenfenster bewegten sich im Wind, tanzend fast. Laut seufzend atmete sie aus. Ihr Blick blieb an den leuchtenden Ziffern der Backofenuhr hängen. Halb drei schon und noch so viel zu tun! Vier Gänge waren vorzubereiten für heute Abend. Die Gäste ihres Mannes, ein wichtiges Treffen in privater Atmosphäre. Ihre Menus waren bekannt. Jetzt musste sie sich beeilen, um noch genügend Zeit fürs Duschen und für die Haare zu haben. Um fünf kamen die beiden Nachbarmädchen zum Eindecken und um acht der Besuch.

Der Kühlschrank war voll. Ein zarter, kalter Hauch rührte die feinen Härchen auf ihren Unterarmen. Mit wenigen gleichmäßigen Bewegungen schlug sie das Sorbet durch und stellte die Stahlschüssel in das Tiefkühlfach zurück. Ein Weißburgunder Sekt war die Grundlage, weich und nicht zu fruchtig. Der Schuss Pfirsichlikör war das Geheimnis, er brachte das Aroma.

Höchstens drei Stunden durfte das Ganze kühl stehen, nicht länger, sonst wurde es zu fest. Das Sorbet ging ihr leicht von der Hand. Hunderte von Malen hatte sie das schon genauso gemacht, alles Routine.

Mit den beiden Forellen machte sie sich auf den Weg zurück zur Arbeitsfläche am Küchenfenster. Der Blick in den Garten, das satte Grün, die sich wiegenden Bäume im Wind. Genau deshalb hatte sie sich diesen Raum für ihre Küche ausgesucht. Das Auge konnte wandern, über Rasen und Beete. Die Weite vermessen, bis es sich im Dunkel des Waldes verfing.

Klatschend schlug die Forelle auf der schwarzen Steinplatte auf. Ein trübes Auge sah sie an. Die Messer lagen schon bereit. Sie nahm das kleine und setzte es am hellen Bauch unterhalb der Kiemen an. Ein schneller Schnitt bis fast an die Schwanzflosse. Sie nahm die Tiere immer selbst aus. Nur so konnte sie wirklich erkennen, ob sie richtig frisch waren. Die Farbe des Herzens, der Därme und der Geruch, der von ihnen ausging. Sie legte die Innereien in eine kleine Stahlschüssel. Kaum hörbar knackte es, als sie den Kopf vom Rumpf löste. Ihre beiden Katzen freuten sich schon darauf. Nach dem kurzen Andünsten konnte sie noch die Haut abziehen. Die legte sie zum Rest. Die Gräten kamen in den Müll. Die Filets waren für die Forellenterrine, die sie mit einem trockenen Riesling abschmeckte und mit roten Pfefferkörnern würzte. Diese Verbindung aus zarter Schärfe, der fruchtigen Säure des Weines und der feinen Fischnote mochte sie ganz besonders.

Es war auch das Lieblingsgericht ihres Mannes. Nur für ihn machte sie das. Sie spürte seine Nähe, obwohl er nicht in der Küche war. Oben im Bad musste er sein. Oder noch in seinem Arbeitszimmer. Dumpf sinnierend, den Blick ins Nichts gerichtet, die Bücher an der Wand anstierend. Die vielen Probleme, die ihn drückten. Gebeugt schlich er herum, die Last auf seinem schmalen Rücken tragend. Es war nicht auszuhalten.

Nicht für sie! Die Angst hatte sie in den vergangenen Tagen immer wieder nachts aufschrecken lassen. Aufrecht im Bett hatte sie gesessen. Er schlief ruhig neben ihr. Im sanften Geräusch seiner Atmung konnte sie sein stilles Leiden erahnen. Wann hatte das einmal ein Ende?

Die Forellenfilets mussten auskühlen. Sie stellte den Teller in den Kühlschrank und griff nach der weißen Plastiktüte, die ganz hinten lag. Schwer war sie. Der Metzger hatte das Stück extra für sie zurückgelegt, den Beutel fest zugeknotet. Viel zu fest für sie. Sie schnitt den oberen Teil mit der Schere ab und holte das Rinderfilet heraus. Ein schweres Stück, das sich unter dem zugreifenden Druck ihrer Finger zu winden schien. Eine Schlange hatte sie noch nie in der Hand gehalten, aber genauso musste sich das anfühlen. Der glitschige Körper, sich windend, voller Leben, nur noch viel länger. Vor ihr lag ein rotes Stück Fleisch. Die weißen Finger ihrer rechten Hand hielten es krampfhaft fest. Die Fingernägel krallten sich bohrend hinein.

Wenige tiefe Schnitte mit dem scharfen Messer dienten der Vorbereitung des Rinderfilets. Die Mischung für die Kräuterkruste hatte sie schon gestern Abend zusammengestellt. Die musste einen Tag ziehen, Aroma entwickeln. Semmelbrösel, eine fein gewürfelte Schalotte, eine Knoblauchzehe, Butter, Salz, Pfeffer und Kräuter. Alles so vermischt, dass eine streichfähige Masse entstand, die sie mit der Rückseite eines Suppenlöffels auf das vorbereitete Fleisch drückte. Die Schalotten zog sie in ihrem eigenen Garten. Unter dem Dach hingen die Bündel der letzten Ernte. Reichlich war die gewesen.

An dem Tag, an dem sie die Zwiebeln aus der Erde geholt hatte, war er verstört nach Hause gekommen. Über eine Woche lang hatte er Winzer besucht, Weine des neuen Jahrgangs getestet, Notizen gemacht, erste Kommentare ausformuliert. Die übliche Routine, im 26. Jahrgang seines Führers durch die deutschen Wein-Klassiker. Sein Zustand an diesem Tag hatte ihr die letzte Bestätigung gegeben. Davor war alles nur ein Verdacht gewesen. Eine vage Vermutung, eine Idee, unausgesprochen und nur in ihrem Kopf unterwegs.

Nach einem alten Bauernhaus hatten sie mehrere Jahre lang gesucht. Nie war es das richtige gewesen. Schön waren so viele, aber alle zu teuer. Die wenigen günstigen – vollkommen kaputt. Verfaulte Balken, der Schwamm in den Wänden, dunkler Schimmel, nicht zu sanieren. Dann der Tipp. Wie aus heiterem Himmel, ein Blitz. Der Hinweis eines Freundes. Genau das waren seine Worte gewesen. Sie hatte die Nervosität gespürt, die sich von ihm auf sie übertrug. Eine alte Fachwerkmühle, einsam am Waldrand, schon seit ein paar Jahren unbewohnt. Viel Grund drum herum, zugewachsen, dennoch alles in einem Zustand, der Raum für Phantasien ließ. Es war vorstellbar. Sie hatte damals gezittert, als er nickte, still und leise nur eine Bewegung mit dem Kopf.

Über den Preis hatte sie sich gewundert. Nach den vielen Höfen, die sie sich davor angesehen hatten, kaum vorstellbar. Nicht nur ihr war das komisch vorgekommen. Der Notar hatte mehrmals nachgefragt, ob das ein Irrtum sei. Der Verkäufer, ein junger Kerl mit rosigen Wangen, hatte das verneint. Die Erbschaft einer alten Tante sei der Hof gewesen. Er brauchte das Geld, um in den eigenen Betrieb zu investieren. Zu viele hätten ihm davor schon abgesagt. Leere Worte, die sie längst vergessen geglaubt hatte. Jetzt waren sie wieder da, die kleinen Steinchen dieses Mosaiks. Letztes Jahr im Sommer hatte sie das Gesicht wieder gesehen. Immer noch rosig und jungenhaft. Auf der Titelseite einer dieser glänzenden Weinzeitschriften, für die auch ihr Mann gelegentlich schrieb, war er abgebildet gewesen. Sie wusste nicht mehr warum, aber sicher musste es mit seinen Weinen zusammenhängen.

Das Geld für ihren Traum kratzten sie zusammen. Das wenige Ersparte. Es war wirklich wenig gewesen! Ein Vorschuss vom

Verlag kam hinzu. Ihre Eltern verweigerten sich. Sie hielten ihren Mann für einen Versager. *Der säuft als Beruf. Kind, hüte dich vor dem. Unser Geld bekommt der nicht. Der ist dein Unglück.* Was wussten die schon. Sie hatten ja recht! Aber warum sollte sie jetzt darunter leiden? Ganz bestimmt nicht!

Plötzlich war genug Geld da gewesen. Für den Kauf des Gehöfts und die Renovierung, um das alles einigermaßen bewohnbar zu machen. Noch ein Vorschuss vom Verlag. *Da muss ich eben noch ein paar Jahre diesen Weinführer schreiben.* Das waren seine Worte gewesen, an einem lauen Sommerabend. Am nächsten Tag hatten sie die Zusage der Sparkasse für den Kredit. Der Bearbeiter rief direkt bei ihnen an. Ihr Mann war nicht zu Hause. Sie fragte nach, mit zitternden Knien. Das Glück war kaum zu fassen. *Wir finanzieren Ihren Traum. Ihr Mann hat versprochen, beim nächsten Mal an meinen Bruder zu denken. Wir verlassen uns darauf.* Worte ohne Sinn waren das gewesen, nicht zu verstehen, von der Freude erdrückt. Ihr gemeinsamer Traum wurde Wirklichkeit. Vor Glück taumelnd, hochschwanger. Ihr Nest war im Entstehen! Sie hatten es geschafft. Endlich!

Sie zuckte zusammen. Der Lärm. Sie hielt sich mit beiden Händen die Ohren zu. Herausgerissen aus diesen wirren Gedanken. Dieser Vergangenheit in Rosarot. Alles war da noch in Ordnung gewesen. So einfach, so klar. Der Einsturz kam später, viel später. Mit unvorstellbarer Wucht.

Das schwere Arbeitsbrett war heruntergefallen. Das rote Fleisch, die Reste der klebrigen Kräuterkruste. Alles lag auf den weißen Fliesen der Küche. Sie bückte sich zitternd und griff nach dem Rinderfilet. Warum ausgerechnet danach zuerst? Es musste fertig werden. Für die Gäste heute Abend. Das Hauptgericht: Das rosa Rinderfilet mit der Kräuterkruste, Rosmarinkartoffeln dazu und eine Sauce aus dem Bratensaft. Ganz zart nur im Aroma, damit sie den Eigengeschmack des Fleisches und der Gewürze nicht erschlug. Vor ihr lag das alles. Der Suppenlöffel steckte im Filet. Tief hinein hatte sie ihn gerammt. In der Stahlschüssel war noch genug Masse für die Kruste übrig. Das musste reichen zusammen mit den Resten, die sie vom Boden aufgesammelt hatte. Es sah sie ja keiner. Ihre rechte Hand zitterte. Die Spitze des Löffels bewegte sich schnell und unkontrolliert hin und her, viel schneller als die Bäume draußen im Wind. Es gelang ihr dennoch, die Masse in das Fleisch zu drücken. Fest hinein damit! Das Knirschen der trockenen Semmelbrösel, oder waren es die groben Salzkörner? Sie drückte die Kräutermischung mit aller Gewalt auf das rote Fleisch. So viel Kraft hatte sie darauf noch nie verwendet. Ihr wurde heiß. Von der Anstrengung und all den verirrten Gedanken. Er kitzelte unter ihrem rechten Arm, der kleine Tropfen Schweiß, der sich seinen Weg zwischen den Haaren hindurch bahnte. Genug Zeit zum Duschen blieb ihr noch. Das war fest eingeplant.

Hoffentlich war er rechtzeitig fertig. Sonst musste sie die Gäste alleine empfangen. *Mein Mann kommt gleich, er hat noch ein paar Gedanken aufs Papier bringen wollen. Die kommen ihm immer in den ungünstigsten Momenten.* Gequältes Lachen. Sie spielte die Rolle perfekt. Bis in alle Details erprobt in den langen Jahren ihrer Ehe.

Das Rinderfilet mit seiner Kräuterkruste wickelte sie vorsichtig in Alufolie ein. So konnte es im Kühlschrank noch ein wenig ziehen. Sie betrachtete ihre fettig glänzenden Hände. Die zitterten nicht mehr. Ganz ruhig waren sie. Sie war ganz ruhig, ihr Atem plötzlich sicher.

Eine kleine Baufirma aus einem der Nachbardörfer hatte den größten Teil der Renovierungsarbeiten in ihrer Mühle übernommen. Ein fleißiger Chef, der selbst noch mitarbeitete und seine zwei Gesellen. Sie rissen alte Mauern ein, entkernten das ganze Gebäude, wochenlang im feinen Staub. Den Elektriker und den Installateur hatten sie schon bestellt. Wozu das? *Wenn Sie mit uns zufrieden sind, können wir das auch machen. Die Abnahme nachher organisieren wir. Kein Problem.*

Genau so lief dann alles. Die drei schufteten ein halbes Jahr; verlegten neue Kabel, Rohre für die Heizkörper und das Wasser, schlossen alles an. Unter den Händen der drei nahm ihr Traum Gestalt an. Ihr Mann war meistens unterwegs, sie alleine auf der Baustelle. Sie kochte für die Männer, ließ sich geduldig alles erklären, traf Entscheidungen.

Dieser erhebende Moment des Glücks, als alles fertig war. Drei große Fresskörbe hatte sie selbst zusammengestellt für ihre Handwerker. Ein kleines Dankeschön, obwohl sie natürlich wusste, dass die nur ihre Arbeit getan hatten. Und sie dafür zu bezahlen hatten und das nicht zu knapp.

Es war ein Sonntag gewesen. Zwei Wochen später. Sie hatten noch längst nicht alle Kartons ausgepackt. Langsam nur kam Leben in die Fachwerkmühle. Da stand er vor ihr. Der Chef der Baufirma im dunklen Anzug, der über dem gewölbten Bauch spannte. Nach ihrem Mann verlangte er, den Umschlag hielt er fest in seiner Rechten. Sie spürte noch jetzt den Druck auf ihrem Magen, den sie damals empfunden hatte. Die Angst vor dieser Summe, die sie aufzubringen hatten. Nur ein Teil war durch die Bank abgedeckt. Ihr Mann verschwand mit ihm. Zuerst im Büro. Endlos lange Minuten. Ein klärendes Gespräch. *Das können wir nicht aufbringen. Diese Summe. Nicht auf einmal. Wir zahlen in Raten. Ganz sicher, nach und nach.* Der Mercedes des Handwerkers fuhr vom Hof. Nach Hause? Wohin denn sonst. Sie war sofort in sein Büro geschlichen. Auf Fußspitzen über knarrende Dielen. Sie zuckte zusammen, bei jedem Geräusch. Es war keiner da. Beide waren sie zusammen weggefahren. Er musste ihren Mann zurückbringen. Das Auto würde sie hören, den klappernden Diesel.

Auf seinem Schreibtisch hatte sie den gelben Umschlag nicht gefunden. Erst in der zweiten Schublade, die sie am Sekretär aufzog, war sie fündig geworden. Fast hätte sie ihn beim Öffnen zerrissen. Das Briefpapier in derselben Farbe. Ihre Augen irrten darauf herum, unfähig zu entscheiden, wo sie zuerst halt machen sollten, Fetzen nur erfassend. Eine immense Summe. Siebenundvierzigtausend D-Mark rechts unten, Übertrag, eine zweite Seite noch, mit neuen höheren Posten und eine dritte. Hastig hatte sie weiter geblättert. Ganz hinten unten. Einhundertvierundfünfzigtausend. Das Rauschen des Blutes in ihren Ohren, tosender Lärm eines Wasserfalles. Mit zitternden Händen hatte sie versucht, die gelben Blätter wieder in den Umschlag zurückzustecken, ein mühsames Unterfangen. Wenn er sie so gesehen hätte – ihm nachspionierend! Es war die Angst gewesen, die Angst, das alles hier wieder zu verlieren, noch bevor sie es richtig besessen hatten.

Die Adresse hatte sie aus ihrer Starre gerissen. Die Adresse auf der Rechnung. Ihre Augen blieben an den Buchstaben hängen, unfähig den Sinn zu verstehen. Zeichen einer fremden Sprache, für eine gefühlte Ewigkeit. Weingut Karl-Heinrich Wermut, Oberndorf. Sie verstand das nicht. *Für Ihr Bauvorhaben, Sanierung Wohnhaus und Scheune, berechnen wir Ihnen.* Die üblichen Sätze. Sie holte die gelben Seiten wieder heraus aus dem Umschlag. Die einzelnen Positionen, sie trafen auf ihren Ausbau zu. Holzarbeiten am Fachwerk, Installationen, neue Fenster und so weiter. Die dritte Seite, ganz unten rechts unter dieser Summe. Betrag dankend erhalten, Unterschrift und Stempel des Chefs. Was sollte das alles? Eine falsche Rechnung? Verwechselt und beide, er und ihr Mann, auf dem Weg, die richtige zu holen? Zu viele Fragen und keine Antworten. Alles raste in ihrem Kopf wild herum, im Kreis. Kein Weg heraus aus diesem sinnlosen Karussell. Schnell steckte sie alles wieder weg, zurück in die Schublade des Sekretärs.

Verdrängt hatte sie alles, so viele Jahre lang. Einfach nicht mehr daran gedacht. Warum auch? Ihr Mann hatte alles geklärt. So plausibel und einfach: *Die Bank hat noch mal mit sich reden lassen. Wir werden lange abbezahlen müssen, aber das ist es wert!* Woran hätte sie denn sonst glauben sollen? All die Jahre ohne einen weiteren Hinweis. Hinterher war man ja immer klüger.

Sie schlug mit der flachen Hand auf die Arbeitsplatte, immer wieder. Die harten Reste der Kräutermischung für die Bratenkruste. Sie spürte kaum, wie sich die groben Salzkristalle in ihre Handballen drückten. Warmes Blut vermischte sich mit den Semmelbröseln und dem klein gehackten Majoran.

Mitten in der Bewegung hielt sie inne. Ein Geräusch, leise und gedämpft nur, war für einen kurzen Moment zu hören gewesen. Er musste das sein. Wahrscheinlich hatte er seinen letzten Weinführer wieder einmal durch den ganzen Raum geschleudert. Eine seiner Lieblingsbeschäftigungen in den vergangenen Tagen. Zuerst hatte sie das nicht verstanden, es abgetan als eine seiner Launen. Einen seiner Anfälle. Nur: Seine Bücher hatte er noch nie so behandelt. Sie waren sein Ein und Alles. Die vielen Bände fein säuberlich geordnet in langen Reihen. Sorgsam ging er sonst mit ihnen um. Ganz besonders mit den eigenen. Von manchen Jahrgängen seines Weinführers standen gleich mehrere Exemplare ordentlich nebeneinander im Regal. Er hatte sie böse angeschaut, als sie ihm mit dem Vorschlag gekommen war, die Sammlung auf ein Exemplar je Jahrgang zu reduzieren. Aus Platzgründen. Die Wände waren voll, und es stand doch in jedem Exemplar dasselbe.

Eigentlich war jetzt das Dessert dran. Noch eine halbe Stunde blieb ihr, bevor die Mädchen zum Eindecken vor der Tür standen. Genügend Zeit. Irgendetwas in ihr sträubte sich. Sie konnte ihn doch nicht alleine lassen mit seinen Problemen. Es waren doch auch ihre. Sein Leid war auch ihr Leid. Seine Fehler auch ihre. Nein, verdammt! Das waren sie nicht. Es waren nicht ihre Fehler, aber unter den Folgen würde sie zu leiden haben. Buße für seine Verirrungen. Für sie hatte er das damals alles getan. Das sagte er zumindest immer. Selbst wenn das nur leere Worte waren. Sie hing an all dem hier. Und nur sie konnte das Problem lösen.

Etliche Jahre hatte sie den Namen nicht mehr gehört oder gesehen. Fast vergessen, sodass sie einen kleinen Moment brauchte, um sich wieder erinnern zu können. Ihr Mann hatte den Namen beiläufig fallen gelassen. Für seine Weinkritiken hatte sie sich nie wirklich interessiert. Das war sein Job. Er schrieb ein paar Jahre lang einen wöchentlichen Beitrag für eine namhafte Tageszeitung. Kurze knappe Besprechungen verschiedener Weine. Viel Lob, ab und zu eine schallende Ohrfeige, um als Kritiker ernst genommen zu werden. Per Zufall hatte sie die Seite aufgeschlagen, das kleine Foto ihres Mannes. Wie ein Passfoto sah es aus. Normalerweise blätterte sie weiter, Wein interessierte sie nicht. Die Überschrift hielt sie fest, Wermuts Rieslinge. Den Winzer auf dem unscharfen Schwarz-Weiß-Foto kannte sie nicht. Woher auch? Der Name zwang sie dazu, weiterzulesen. Satz für Satz. Sein Geschwafel über Aromen, Zitronen, Äpfel und die ganzen anderen Früchte, über mineralische Noten. Das Übliche. Grandiose Weine eines überragenden Talents. Konsequente Qualitätsphilosophie. Einer, der noch für viel Furore sorgen wird, auf dem Weg nach ganz oben. Alles nur Zufall. Ein Talent. Gewürdigt von ihrem Mann, der immer auf der Suche nach neuen Gesichtern und einer guten Story war.

Den Kredit für das Haus hatten sie erst kurz zuvor umgeschichtet. *Eine andere Bank mit günstigeren Konditionen. Dann sind wir die Lasten ein paar Jahre früher los.* Das waren seine Worte gewesen. Beruhigend für den Moment, aber die wirren Gedanken kamen wieder.

Zwei Jahre später. Die Präsentation seines neuen Weinführers. Hundert geladene Gäste im blühenden Innenhof eines Weingutes am Rhein. Der Gastgeber strahlte, als er ihr die

Hand drückte. Ihr Mann hatte seinen Silvaner zum Jahrgangsbesten gekürt. Sie stand ganz hinten mit einem Glas Weißwein in der Hand. Diese Veranstaltungen machten ihr keinen Spaß. Das Händeschütteln, die klebrigen Worte. Alle wussten ja, dass sie seine Frau war. Small Talk. *Schönes Wetter, traumhaft hier. Der Ort gut gewählt. Eine beeindruckende Leistung, die Ihr Mann vollbringt. Einen Band jedes Jahr. Die viele Arbeit bedeutet sicherlich reichlich viele Entbehrungen für Sie. Er ist ja ständig unterwegs.* Leere Worte.

Das Raunen spürte sie, noch bevor sie es hörte. Der Aufsteiger in der Kategorie Spätburgunder. Den Namen hatte sie nicht verstanden. Er war untergegangen im Applaus. Sie spürte die Blicke. Links von ihrem Mann in der Sonne glänzte ein rotes rundes Gesicht. Ein fleischiger Nacken. Neben ihr wurde getuschelt. Der Wermut. Kaum zu glauben!

Damit war für sie alles klar gewesen. Die einzelnen Steine zusammengefügt. Ein Bild, das in den folgenden Jahren immer mehr an Farbe gewann. Und ihre Angst, die immer drückender wurde. Schlaflose Nächte. Panik, wenn sie alleine zu Hause war. Er wochenlang unterwegs auf seinen Weinreisen. Sie beobachtete ihn. Anzumerken war ihm nichts. Das gab ihr ein wenig Ruhe zurück. Er hatte alles im Griff. Zahlte ihren Traum ab. Jahr für Jahr in guten Noten und ersten Plätzen. Lobende Worte. Wie lange noch? Sehr lange.

Vor genau zwei Wochen war er am Telefon gewesen. Sie war ihrem Mann nachgeschlichen, lauschte an der Tür zu seinem Büro. Die Tür war zu, aber durch das dünne Holz verstand sie jedes seiner Worte. Was wollte der? Alles war im Wanken. Das spürte sie sofort. Schon an der Reaktion ihres Mannes. Seinem Blick, als sie den Namen aussprach. Karl-Heinrich Wermut. Er gab sich keine Mühe zu flüstern. Deutliche Worte. Den Zusammenbruch vor Augen.

Was wollen Sie noch von mir? Verdammt, das kann ich nicht!

Meine Schuld ist bezahlt. In vollem Umfang und mit Zinsen. Ich habe mehr getan, als wir damals vereinbart haben, viel mehr. Jetzt ist ein Punkt erreicht – weiter kann ich nicht! Mehr ist nicht zu verantworten. Das fliegt auf und dann haben auch Sie ein Problem! Mein letztes Wort! Es wird niemals so sein, dass eine Person in allen drei Kategorien gewinnt. Das ist unmöglich! Verstehen Sie das doch! Mein letztes Wort! Ich kann das nicht!

Selbst gemachte Pasta hatte sie noch im Kühlschrank, mit Pesto dazu als Zwischengang. So war das nicht abgesprochen, aber ihr Mann würde für die kleine Programmänderung Verständnis haben.

Mit dem großen Messer zerkleinerte sie den Bärlauch, den sie heute Vormittag im Wald gesammelt hatte. Dabei war ihr die Idee eigentlich erst gekommen. Noch kein wirklicher Plan, mehr ein Gefühl. Ein Gefühl für diese ausweglose Situation und ein Ausweg. Der Bericht in der Zeitung war ihr wieder eingefallen. Vom vergangenen Wochenende. Das Ehepaar, das qualvoll gestorben war. Der Salat mit reichlich frischem Bärlauch, ein Genuss. Frische Kräuter aus dem Beet. Die Nachbarin hatte sie im Unterholz gesehen. Die würde alles bestätigen. Ihre eigene Aussage, wenn denn die Polizei darauf käme. Die Blätter waren kaum zu unterscheiden. Lang gezogen in mäßigem Grün, die feinen helleren Äderchen in gleichem Abstand. Oben liefen sie zusammen. Trafen sich in der Spitze. Fast lautlos durchschnitt das Messer die zarten Blätter. Dünne Streifen, ein ganzes Brettchen voll. Sie teilte alles auf zwei Schüsselchen auf. Der zarte Duft des Bärlauchs ließ sie durchatmen. Der Geruch des Frühlings, neues Leben. Irgendwann musste sie ja mal anfangen! Er war dazu ja nicht in der Lage!

Ohne Zögern griff sie nach dem anderen Bündel, das sie heute Morgen aus dem Wald mitgebracht hatte. Ein wenig fester waren die Blätter. Scheinbar auch Bärlauch. Ordentlich und ohne Hast schnitt sie auch diese klein, feine Streifen für das

Pesto. Bis auf einen kleinen Rest gab sie alles in die rechte der beiden kleinen Schüsseln vor sich. Für einen kurzen Moment hielt sie inne. Ein Zögern, von Entschlossenheit verdrängt. Sie nickte kurz. Eine minimale Dosis nur für sie und ihren Mann. Sie mussten die gleichen Symptome zeigen, sonst würden sie Verdacht erregen. Die eigenen Maultaschen, gefüllt mit Ziegenfrischkäse. Kurz in Butter geschwenkt. Ganz zum Schluss den Bärlauch dazu. Ein, zwei Minuten musste das Ganze ziehen, damit sich das Aroma durch die Wärme entwickeln konnte. Die Pfanne durfte dabei nicht mehr auf der Flamme stehen, sonst würde der Bärlauch bitter werden.

Vier Portionen ganz genau hatte sie vorbereitet. Für sie und die Wermuts. Zwei davon würden ihre Probleme lösen. Die Maultaschen in Butter und Bärlauch gewendet. Und die feinen Streifen der Herbstzeitlosen, die nicht weit vom Bärlauch entfernt im Wald gewachsen waren. Um ganz sicher zu gehen, hatte sie zwölf Maultaschen außer mit Ziegenfrischkäse mit den Blüten der Herbstzeitlosen gefüllt. Alle Bücher waren sich einig, dass diese Dosis mehr als ausreichend sein sollte. Die Symptome zeigten sich meist erst mit einiger Verzögerung. Übelkeit, Krämpfe, Schweißausbrüche, kolikartige Magenschmerzen, blutiger Durchfall. Manchmal blaugefärbte Lippen. Stark erhöhter Puls. Die Organe versagten. Der Tod trat meist durch Atemlähmung ein. Ein Gegengift gab es nicht.

Ihr Mann hatte für den Zwischengang einen trockenen Grauen Burgunder kalt gestellt. Der würde hervorragend passen.

Mainzer Triptychon

Christian Pfarr

Penthouse

„Von dort oben kannst du bis nach Afrika gucken", hatte Amadou gesagt. „Wenn es nicht regnet – bis nach Afrika, ich schwör's!"

Amadou, der Schwarzafrikaner, gibt in unserer Putzkolonne den Spaßvogel, dem nichts und niemand die gute Laune verhageln kann: nicht die Arbeit, nicht die mäßige Bezahlung, nicht das schlechte Wetter, nicht die gelegentlichen ausländerfeindlichen Pöbeleien, nicht einmal sein äußerst wackliger Status als Asylbewerber.

„Ich bin genau dort angekommen, wo ich immer hinwollte", strahlt Amadou jeden Morgen, wenn wir uns auf die Putzreviere der Mainzer Bonifazius-Türme verteilen: „Chef-Etage!"

In den beiden Bürohochhäusern, den mit Abstand höchsten und auffälligsten der Stadt, haben diverse Immobiliengesellschaften, Finanzdienstleister, Logistikunternehmen und Beratungsfirmen aller Art ihren Sitz. Amadou kümmert sich um die Reinigung der Büros in den oberen Stockwerken 21 bis 24. Ganz oben, im ‚Penthouse', wie er halb spöttisch, halb respektvoll zu sagen beliebt, residiert – soweit man Amadous blumigen Ausführungen glauben darf – der Boss einer Firma, die sich hinter einem nichtssagenden Namenskürzel verbirgt und deren Branchenzugehörigkeit merkwürdig unscharf bleibt.

Heute allerdings residiert der Boss nicht. Heute liegt er, halb sitzend noch, vornüber gebeugt auf seinem Schreibtisch. Er bewegt sich nicht. Auf seiner Kleidung, auf dem Tisch, auf dem Fußboden Blut, überall Blut. Sein Gesicht kann ich nicht sehen. Wenn ich es recht überlege, habe ich es überhaupt noch nie gesehen, jedenfalls nicht bewusst. Unser Einsatz beginnt werktags morgens um halb sechs, spätestens gegen halb acht rücken wir wieder ab. Dann erscheinen die ersten Leute zur Arbeit, aber der Boss ist wohl nicht darunter. Wahrscheinlich arbeitet er bis spät in die Nacht und kommt anderntags entsprechend später.

Heute ist er allerdings schon da. Oder noch da. Und ich bin da, obwohl ich hier eigentlich nichts zu suchen habe. Mein Revier umfasst die Stockwerke 17 bis 20. Aber ich habe meiner Neugierde nachgegeben, um einmal einen kurzen Blick ins ‚Penthouse' zu werfen. Ausgerechnet heute.

„Dort oben sind die Wasserhähne aus purem Gold", hatte Amadou mit glänzenden Augen erzählt. „Die Inneneinrichtung ist prächtiger als ein Königspalast, und an den Wänden hängen Bilder mit wunderschönen nackten Mädchen – viel zu scharf für euch Muslime, deswegen lassen die das ja auch mich machen."

Ich habe das natürlich nicht geglaubt, und es stimmt auch nicht. Allerdings ist die Aussicht wirklich beeindruckend: das Häusermeer, der Stromverlauf des Rheins, der Grüngürtel, die von Wald bedeckten Mittelgebirgszüge am Horizont, die Flugzeuge, die vom nahe gelegenen Rhein-Main-Flughafen der aufgehenden Sonne entgegenfliegen – vielleicht hat Amadou das gemeint, als er sagte, man könne von hier oben aus Afrika sehen ...

Gleichwie: der Kollege arbeitet sich in der Regel von unten nach oben durch. In spätestens einer Viertelstunde wird er mit seinem Reinigungswagen hier durch diese Bürotür kommen. Falls ich nicht vorher Alarm schlage.

Vor mir auf dem Schreibtisch liegt ein Mann in seinem Blut, augenscheinlich gewaltsam zu Tode gekommen. Das immerhin liegt auf der Hand beziehungsweise auf dem Tisch. Alles andere ist im Augenblick Spekulation: Schuss? Stich? Schnitt? Tod gestern Abend, letzte Nacht, heute früh? Selbstmord aufgrund katastrophaler Geschäftsergebnisse? Totschlag im Affekt? Mord aus Eifersucht, Habsucht, Rache? Kaum vorstellbar, dass ein Mann in dieser Position keine Feinde hatte. Hass und Neid können tödlich sein. Meinungen auch …

In meiner Heimat habe ich nicht fremde Büros geputzt. Ich war erst Lehrer gewesen und später Journalist. Lehrer war gut, Journalist nicht. Das hatte ein Regime entschieden, das zwar Soldaten brauchte, die lesen und schreiben können, aber keine selbständig denkenden Bürger. Und keine Opposition. Dafür internationale Partner. Die sind wichtiger als Freunde, und man kauft sie mit Öl. Genau wie die High-Tech-Waffen und das Abstimmungsverhalten in der UNO. Sehnsucht nach der Heimat habe ich nicht, meine Albträume genügen mir.

Um meinen Asylantrag steht es nicht schlecht, das weiß ich. Die Folternarben überzeugen auch Skeptiker. Und wenn ich jetzt die Polizei rufe, wird man mich bestimmt nicht der Tat verdächtigen. Trotzdem werde ich als Zeuge vernommen werden: Haben Sie irgendetwas gesehen, gehört, angefasst? Haben Sie vielleicht eine Vermutung, einen Verdacht – nein? Weshalb sind Sie gerade heute hier hoch gekommen? Wusste der Führer Ihrer Putzkolonne darüber Bescheid, dass Sie während der Arbeitszeit Ihr Revier verlassen haben? Wussten Sie, dass der Tote eine größere Geldsumme bei sich hatte? Der Kollege, der hier putzt, ist Afrikaner? Kennen Sie ihn schon länger? Sie selbst sind Asylbewerber? Haben aber keinen anerkannten Asylantenstatus? Wie oft arbeiten Sie hier und wie viel verdienen Sie dabei? Haben Sie Kontakt zu Landsleuten, die hier in Deutschland leben? Nein, nein, alles nur Routinefragen, für Asylverfahren sind wir gar nicht zuständig, halten Sie sich zu unserer Verfügung ...

Nein, keine Fragen, keine Polizei, kein Verhör! Mein Bedarf ist gedeckt. Lebenslang. Amadou, der immer fröhlich lachende Amadou, er wird keine Probleme haben, den Leichenfund zu melden. Illegale Einreise? Nein, Monsieur le Commissaire, ich bin Student, Tiermedizin, kaputte Elefanten reparieren, compris?

Ich schleiche mich vorsichtig aus dem Büro und ziehe die Tür mit dem noch eingesteckten Generalschlüssel zu. Ich weiß nicht mehr, ob ich beim Eintreten die Klinke angefasst habe. Ich könnte sie sicherheitshalber mit dem Taschentuch abwischen, aber wenn mich zufällig jemand dabei beobachtet, bin ich erst recht verdächtig. Ich husche das Treppenhaus hinunter. Der Lift wäre jetzt zu riskant – hinter der Aufzugtür könnte Amadou stehen.

Auf Stockwerk 20 steht mein Putzwagen, denke ich. Fehlanzeige. Amadou benutzt ihn wie ein Kickboard und kurvt damit im Flur auf und ab.

„Wo steckst du denn, Tariq?“, lacht er mich an und bleckt seine schneeweißen Zähne. „Ich bin heute schon ein bisschen früher fertig.“

„Wie das?“, frage ich möglichst unbefangen.

Plötzlich wird Amadou ernst.

„Stell dir vor!“, sagt er und schaut verlegen zu Boden. „Als ich vorhin hochkomme, hängt an der Tür zum Penthouse ein kleines Schild, auf dem steht: ‚Bitte nicht stören!‘ Da bin ich halt gegangen. Ich will gar nicht wissen, was der Boss dort oben treibt in seinem kleinen Paradies ...“

Prinzenrolle

Amadou genügt – meinen Nachnamen kann hierzulande ohnehin kaum jemand richtig aussprechen.

Ich war, ehrlich gesagt, eher erschrocken als erschüttert. Tote, auch Ermordete, habe ich in meiner afrikanischen Heimat mehr als genug gesehen, darunter auch solche, die viel schlimmer zugerichtet waren als der Boss. Das stumpft ab. Ärgerlich nur, dass Tariq heute früh ganz offensichtlich ebenfalls im Penthouse war, wie lang oder kurz auch immer, obwohl er es nicht ausdrücklich zugegeben hat. Aber ich bin ja nicht blöd. Blöd war nur meine Ausrede mit dem Schild an der Tür.

Scheiß-Situation, Scheiß-Asylverfahren, Scheiß-Deutschland! Wenn die wüssten, dass ich in meinem Land ein zukünftiger Häuptling bin, ein richtiger Prinz! Leider kann ich mir davon nichts kaufen – dort nicht und hier erst recht nicht …

Wenn ich bei diesem Mordfall unter Tatverdacht gerate, bin ich – wie unschuldig auch immer – geliefert, das ist mir klar. Da hat Tariq zweifellos die besseren Karten. Er kommt als Täter nicht in Frage und er ist intelligent und eloquent genug, dass er das der Polizei auch klarmachen kann: Seh'n Sie doch mal, meine Herren – ich habe den Toten nicht gekannt, ich weiß kaum vom Hörensagen, wer er überhaupt ist. Glauben Sie wirklich, ich würde meinen Asylanspruch durch solch eine Wahnsinnstat aufs Spiel setzen? Ich habe heute Morgen nur deshalb ausnahmsweise einmal mein Revier verlassen, weil ich mir von meinem Kollegen ein Reinigungsmittel ausleihen wollte. Dabei stellte sich heraus, dass der Kollege noch gar nicht im obersten Stock angekommen war. Und dann habe ich zufällig als erster die Leiche entdeckt …

Von allen Kollegen ist mir Tariq der liebste. Es ist immer eine leise Traurigkeit um ihn, deren Ursache man nur ahnen kann. Er ist ein aufmerksamer Zuhörer und sagt kluge Sachen, aber er spricht nicht gern über sich. Ich bewundere ihn ein wenig, weil er so anders ist als ich. Und ich finde es witzig, wenn er die Bonifazius-Türme ‚Twin Towers' nennt.

„Amadou", hatte der Boss eines Tages gesagt, „wissen die anderen eigentlich, dass ich meistens schon hier oben bin, wenn du kommst?"

„Nein, Boss", hatte ich wahrheitsgemäß geantwortet. „Warum?"

„Dabei soll es auch bleiben – unser kleines Geheimnis, du verstehst?"

Der Boss hatte mich verschmitzt angelächelt und gefragt, wie es um meinen Asylantrag bestellt wäre.

„Schlecht", hatte ich geantwortet.

„Vielleicht kann man da was machen", hatte der Boss vielsagend gemurmelt.

Und dann hatte er mir vorgeschlagen, für ihn als Bote tätig zu werden – nur gelegentlich und gegen angemessene Aufwandsentschädigung. Immer waren es kleine braune Päckchen in neutraler Presspappe ohne Adressaufkleber, die mir der Boss aushändigte und mir sagte, wo ich sie abzuliefern hatte: ein vorwiegend von Afrikanern besuchtes Büro für Sportwetten in Bahnhofsnähe, ein Strip-Lokal in der Neustadt, eine Hotelbar in Sichtweite des Rheinufers, ein Fitness-Center in einem der Vororte, eine Diskothek im Umland. Die Empfänger händigten mir im Gegenzug jeweils einen gepolsterten, sorgfältig zugeklebten Umschlag aus, den ich dem Boss zu überbringen hatte.

Einmal hatte ich vorsichtig nachgefragt, was wohl in den Päckchen drin wäre, die ich da auslieferte.

„So eine Art Gewürzmischung für Feinschmecker", hatte der Boss ausweichend geantwortet. „Schwer zu beschaffen, selten und teuer – absolut diskret zu behandeln."

Und dann hatte er sich erkundigt, ob ich in letzter Zeit Ärger mit den Behörden gehabt hätte, und auf meine verneinende Antwort gemeint, es wäre doch schön, wenn das so bliebe. Da hatte ich gewusst, dass ich in Zukunft keine Fragen mehr stellen würde. Zumal die Aufwandsentschädigung reichlich ausfiel.

„Seid stolz darauf, dass ihr Afrikaner seid!", hatte Pater François von der Missionsschule gesagt. „Und denkt daran, wenn ihr eines Tages nach Europa kommt: Ihr dürft dieses gottlose Spiel von Macht und Geld und Laster nicht mitspielen, wenn ihr Schaden von eurer Seele fernhalten wollt!"

Ich hatte oft an diese Worte denken müssen, wenn ich die

Päckchen ablieferte und in die Augen der Abnehmer schaute. Aber ich muss auch an mich denken, ans Überleben in diesem Dschungel, der in seiner Erbarmungslosigkeit der afrikanischen Wildnis kaum nachsteht.

Pater François war einer der ersten, den die Rebellen bei ihrem Überfall auf die Missionsstation mit Macheten niedermachten. Dann folgten weitere Lehrer, Mitschüler, Angehörige, schließlich blutete das ganze Land. Und der Bürgerkrieg duldet keine Prinzen.

Ich hatte gehofft, an der Pariser Sorbonne studieren zu können – stattdessen putze ich in Mainz Büros. Nichts gegen die Arbeit, nichts gegen Mainz. Aber bitte auch nichts gegen einträgliche Nebenbeschäftigungen – wenn auch in Zukunft lieber ohne Gewürzhandel.

Zukunft? Wer wird ab jetzt schützend die Hand über mich halten?

‚Hobbyköche' gibt es auch in der einen oder anderen Behörde. Nur müssen die ab jetzt ihre exotischen ‚Zutaten' anderweitig beschaffen. Ohne den Boss. Und vor allem: ohne mich.

Von wegen ‚Twin Towers' – ich bin wieder einmal ganz unten.

Blauthermik

Das Bahnhofsgelände ähnelt von hier oben einer Modelleisenbahn, und der Dom, wo ich jahrelang Messdiener war, wirkt nicht viel größer als das Zelt von einem Wanderzirkus.

In der Schule haben sie mich ‚Ikarus' genannt, und viele haben mich verspottet – wegen meiner Begeisterung für alles, was mit Fliegen zusammenhängt. Und heute ist es soweit: Heute werde ich zur Sonne fliegen. Das Dach des Bonifazius-Turms, auf dem ich mich befinde, ist ein guter Startplatz – wenn auch nicht so hoch, wie ich ursprünglich gedacht hatte. Okay, die beiden Hochhäuser mögen für sich genommen die höchsten Mainzer Gebäude sein. Aber St. Stephan oder die Uniklinik recken sich noch ein Stück höher in den Himmel, weil sie auf einer Anhöhe erbaut sind – jedenfalls wirkt es von hier aus so. Egal – jetzt bin ich ganz oben, und gleich hebe ich ab.

„Aus dir wird bestimmt mal ein hervorragender Pilot!“, hatte mich mein Deutsch-Lehrer motivieren wollen und mir das Buch ‚Nachtflug' von Antoine de Saint-Exupéry in die Hand gedrückt. Stattdessen bin ich Pressefotograf bei einer Lokalzeitung geworden. Da behält man Bodenhaftung.

Bodenhaftung hat jetzt auch dieser arrogante Arsch da unten, dafür habe ich gesorgt!

„Schieb ab, Junge, oder ich mach dir Beine!“, hatte er mich angeschnauzt, als ich in sein Büro kam, und dabei hatte er reflexartig die Schreibtischschublade aufgezogen.

Ich hatte mich in aller Herrgottsfrühe hier hochgeschlichen, weil ich ein paar Fotos machen wollte. Mehr nicht. Jetzt im Sommer ist es schon zeitig hell, und ich hatte gedacht, um diese Uhrzeit wäre ich ungestört – und würde meinerseits niemanden stören. Von hier oben aus konnte man Luftaufnahmen von Mainz machen, ohne umständliche Genehmigungen einzuholen und Geld zu verschwenden. Ich trug mich mit dem Gedanken, einen Mainzer Bildkalender mit dem Titel ‚Vogelperspektiven' zusammenzustellen, und ich hatte mir dafür ein paar ungewöhnliche Plätze zum Fotografieren ausgeguckt.

Zugegeben, das mit den Genehmigungen eben war geflunkert, jedenfalls nicht der eigentliche Grund. Ehrlich gesagt: Richtige Luftaufnahmen kommen für mich gar nicht in Frage, weil ich Flugangst habe – tatsächlich: Ikarus kennt jedes Doppeldecker-Modell, das je vom Großen Sand in Gonsenheim abgehoben ist, identifiziert jeden Segelflieger, der auf dem Finther Flugplatz landet, ist selber aber noch nie geflogen! Ist mit jedem Heißluftballon über dem Rheinhessischen Hügelland per Du, aber traut sich nicht einmal in einen Airbus! Ein Blinder, der von der Farbe redet …

„Was willst du denn mit der Kamera?“, hatte der Typ mich drohend gefragt. „Arbeitest du etwa für Abbas?“

„Ich weiß gar nicht, wovon Sie reden“, hatte ich geantwortet, und das entsprach der Wahrheit. „Bitte entschuldigen Sie die Störung – ein Missverständnis.“

„Du hast gedacht, um diese Zeit wäre ich noch nicht hier und wolltest herumschnüffeln!“, sagte der Typ und war plötzlich erschreckend ruhig. „Pass auf, ich gebe dir ein kleines Souvenir mit. Zeig es Abbas – mit schönen Grüßen von mir.“

Dann holte der Typ ein großes Messer aus der Schreibtischschublade, ließ die Klinge herausspringen und sah mich herausfordernd an.

Ich hatte noch nie eine Schlägerei oder einen Zweikampf gewonnen, schon allein deshalb nicht, weil ich solchen Situationen immer aus dem Weg gegangen war oder im entscheidenden Moment den Schwanz eingezogen hatte. Das hätte ich auch heute getan, wenn der Typ nicht noch eine Bemerkung nachgeschoben hätte:

„Wenn du mir in die Suppe spucken willst, musst du früher aufstehen, Kleiner! Und jetzt mach die Fliege!“

Bevor der Typ von seinem Schreibtisch aufstehen und auf mich losgehen konnte, war ich bei ihm und rammte ihm den Brieföffner, der vor ihm auf der Tischplatte lag, zwischen die Rippen. Ich hatte den Brieföffner vorher nicht bewusst wahrgenommen, und ich hatte auch nicht überlegt, wo sich das Herz befand, aber ich hatte gehandelt. Ich war nicht einmal besonders wütend gewesen, schließlich konnte der Typ von meiner tatsächlichen Flugangst ja nichts ahnen. Aber er hatte durch Zufall den falschen Schalter umgelegt. Hätte er gesagt „Biege“, wäre ich gegangen. Aber er hatte „Fliege“ gesagt ...

Ich fühlte im Augenblick des Zustoßens weniger Wut als

vielmehr eine kühle Entschlossenheit, beinahe Leichtigkeit. Der Typ war wortlos über dem Schreibtisch zusammengebrochen und hatte sich nicht mehr gerührt.

Ey, ich habe es getan! Habe überhaupt mal etwas getan, nicht nur gewollt, nicht nur geträumt. Habe es ihm gezeigt, habe es mir gezeigt, es allen gezeigt. Und habe keine Angst mehr. Auch keine Flugangst. Seit einer halben Stunde nicht mehr.

Strahlendblauer Sommerhimmel, das gibt Auftrieb. Ich weiß alles über Blauthermik, zumindest theoretisch. Hier in der Innenstadt ist sie normalerweise nicht so stark ausgeprägt wie auf freiem Feld, aber ich werde schon genügend Luft unter die Flügel bekommen. Vielleicht sollte ich erst mal hinüber auf das Dach des Zwillingsturms fliegen, sozusagen als Testlauf. Aber das sind ja höchstens 20 Meter. Zu wenig für einen Jungfernflug.

Die Stadt ist erwacht. Polizeihörner, Feuerwehr. Kommen die etwa wegen mir? Nicht doch, ich brauche euch nicht! Nicht mehr.

Dort drüben treibt eine kleine weiße Wolke. Vielleicht hole ich sie noch ein, wenn ich mich beeile.

Engelchen, Engelchen flieg …!

Das perfekte Opfer

Astrid Reck

Schon im Flur wusste sie, dass etwas nicht stimmte. Kerstin blieb stehen, stellte lautlos ihre Aktenmappe ab und nahm ihre Digitalkamera aus der Manteltasche. Der Fotoapparat war klein und handlich, arbeitete absolut geräuschlos und rettete sie täglich vor peinlichen Situationen.

Notgedrungen war Kerstin darauf trainiert, auf Details zu achten, und so entging ihr nicht, dass die Blätter ihrer Birkenfeige ganz leicht zitterten. Ein Luftzug ging durch die Diele. Kerstin wusste ganz genau, dass sie heute Morgen alle Fenster geschlossen hatte, bevor sie zum Zahnarzt gefahren war. In den Nachrichten hatten sie gestern Abend vor schweren Gewittern in Rheinhessen gewarnt. Da war sie auf Nummer sicher gegangen.

Jetzt stand irgendwo in Kerstins Wohnung ein Fenster offen, das irgendjemand geöffnet hatte.

Und wo war eigentlich Freddy, ihr Hund?

Kerstins erster Impuls war wegzurennen. Aber sie konnte nicht. Ihr Körper verweigerte jede Bewegung. Wie gelähmt stand sie in ihrem eigenen Wohnungsflur und fürchtete, in jedem Moment einem Einbrecher zu begegnen. Zweimal hatte sie das bereits mitgemacht. Als Kerstin nur daran dachte, fühlte sie, wie ihr der Schweiß ausbrach. Ihre Hände zitterten, die schmale Narbe unter ihrem rechten Ohrläppchen, dort wo die Messerspitze sie verletzt hatte, begann zu pochen.

Kerstin strich eine Strähne ihrer Locken aus dem Gesicht und konzentrierte sich auf die Lehren ihrer Yoga-Meisterin und atmete tief durch. Langsam beruhigte sie sich wieder. Schließlich war sie in der Lage, auf Zehenspitzen durch den Flur zu schleichen.

Siedend heiß fiel ihr ein, dass sie heute Morgen ihren Computer nicht im Tresor eingeschlossen hatte, bevor sie aus der Wohnung gegangen war. Darauf war die Arbeit der letzen zwei Wochen abgespeichert und ein erster Entwurf ihres Artikels. Eine aktuelle Sicherheitskopie hatte sie gestern Abend auch nicht mehr gemacht. Innerlich stöhnte sie. Wie konnte sie nur so blöd sein? Schließlich war sie gewarnt worden.

Mit Unbehagen dachte sie an den Brief der vergangenen Woche. Sie werde es bereuen, wenn sie ihre Story veröffentlichte, hatte da gestanden. Weiter nichts, kein Absender. Aber solche Drohungen brachten sie nicht mehr aus der Ruhe. Sie hatte eine Rechtsschutzversicherung und einen exzellenten Anwalt und öffnete prinzipiell keine Päckchen von ihr unbekannten Absendern. Aber vielleicht hatte sie dieses Mal ein zu heißes Eisen angefasst. Das Thema war sensibel, sehr sensibel.

Kerstin riss sich zusammen. Sie musste sich wieder auf ihre momentane Situation konzentrieren. Der Eindringling war möglicherweise noch in ihrer Wohnung. Sie musste vorsichtig sein. Ihr Ziel war es, ein Foto zu schießen, dann sofort die Polizei zu alarmieren und sich anschließend aus dem Staub zu machen.

Sie warf einen Blick in die Küche – leer. Das Schlafzimmer ebenfalls. Blieb also nur noch eine Möglichkeit. Kerstin spähte ins Wohnzimmer und registrierte, dass die Terrassentür einen Spalt weit offen stand. Dann zuckte sie zurück. Auf dem Sofatisch lag ein Elektroschockstab. Die Dinger waren bei Joggerinnen ziemlich beliebt, um sich bei Bedarf aufdringliche Kerle vom Leibe zu halten. Kerstin zwang sich erneut, in ihr Wohnzimmer zu lugen. Auf ihrem Sofa saß eine Frau, die sich gerade aus Kerstins Geldkassette bediente. Kerstin machte schnell ein Foto von der Einbrecherin und zog sich umgehend in den Flur zurück, wo sie die Kamera behutsam hinter einem Bücherstapel auf dem Regal versteckte. Sie ließ die Fremde in ihrem Wohnzimmer keinen Moment aus den Augen, während sie die 110 eintippte. Eine Bodendiele knarrte.

Die Einbrecherin blickte auf und nickte Kerstin leicht zu, die sie gebannt anstarrte. Graue Augen, kein Make-up, keine Narben, eine ganz normale Nase, geschwungene Lippen. Irgendetwas kam ihr bekannt vor an der Einbrecherin. Die Frau trug einen schwarzen langärmeligen Trainingsanzug und hatte ihre Haare unter einer dunklen Baseballkappe verborgen. Wortlos steckte sie sämtliches Bargeld, das Kerstin gestern von der Bank geholt hatte, in eine Plastiktüte, hob warnend ihren Elektroschockstab und griff im Vorbeigehen nach Kerstins Mini-Laptop der jüngsten Generation.

Endlich reagierte Kerstin.

„Mein Laptop!" Sie stürzte sich auf die Einbrecherin und versuchte, ihr den Computer zu entreißen, doch sie hatte keine Chance. Ihre Besucherin war schneller. Behände drehte sie sich aus Kerstins Griff, so dass diese stolperte und zu Boden fiel.

Dann verschwand die Frau durch die Terrassentür.

Kerstin rappelte sich auf und stürzte hinter ihr her. Doch die Frau war weg. Zwischen den u-förmig angelegten Gebäuden des Ringelhofes war niemand mehr zu sehen. Kerstin rannte quer über das Kopfsteinpflaster auf die Straße, wo sie fast eine junge Mutter umriss, die einen Zwillingskinderwagen vor sich her bugsierte. „Haben Sie eine Frau in schwarzem Trainingsanzug hier herauskommen sehen?", keuchte Kerstin.

Die Frau schüttelte den Kopf.

Dann musste die Einbrecherin über den Feldweg hinterm Hof geflüchtet sein. Kerstin machte kehrt und raste am Eingang zum Weinkeller vorbei in Richtung Wingert. In der Ferne sah sie einen Radfahrer, der in Richtung Oppenheim unterwegs war. Ob das die Frau war? Selbst wenn ja, war der Vorsprung zu groß und eine Verfolgung damit zwecklos.

Aber vielleicht hatte die Polizei mehr Glück. Kerstin griff

nach ihrem Telefon und wählte die Nummer von Kommissar Emig.

Freddy ließ sich noch immer nicht blicken.

Resigniert sank Kerstin aufs Sofa und wartete auf die Polizei. Langsam wich die Spannung von ihr. Jetzt fühlte sie sich in erster Linie genervt.

„Die Frau wusste Bescheid", stellte Kerstin abschließend fest und betrachtete frustriert das Foto, das sie von der Fremden gemacht hatte. In der Eile hatte sie den Kopf unterm Kinn abgeschnitten, so dass lediglich der schlanke Oberkörper der Einbrecherin und Kerstins knallblaues Sofa zu sehen waren. Die Frau hatte ein schwarzes T-Shirt unter der halboffenen Trainingsjacke getragen und ein schwarzes Halstuch bis zum Kinn hochgezogen.

Kommissar Emig strich sich nachdenklich übers Kinn und nickte.

„Hat sie etwas gesagt?"

„Nein, die war stumm wie ein Fisch."

„Die Haare waren nicht zu sehen?"

Kerstin schüttelte den Kopf.

„Keine Brille, kein Make-up, keine besonderen Kennzeichen. Ich habe mich wirklich bemüht, Herr Kommissar."

Emig brummte. In seiner langen Karriere bei der Kripo Mainz war ihm noch nie ein Fall wie Kerstin untergekommen.

„Die Frau war im Bilde", bestätigte er Kerstins Vermutung. „Aber das sind hier in Mommenheim so gut wie alle. Sie sind leider das perfekte Verbrechensopfer."

„Das ist jetzt schon das dritte Mal", stöhnte Kerstin.

„Wie viel Geld war es dieses Mal?"

„Dreitausend Euro. Ich wollte morgen mein Auto in Zahlung geben und ein neues kaufen. Das kann ich jetzt ja wohl vergessen", stellte Kerstin missmutig fest. „Aber was schlimmer ist, ist der Laptop. Meine jüngste Recherche ist darauf."

„Und worum geht es darin?"

„Vernachlässigte Kinder. Jungen und Mädchen, die vor die Hunde gehen, um die sich keiner kümmert und die keinen interessieren. Und glauben Sie nicht, dass das ein Problem von sozial Schwachen ist. In der gehobenen Mittelklasse gibt es das auch. Geld ist da, aber keine Liebe. Ich habe konkrete Fälle mit minutiös dokumentiertem Versagen von Eltern, Lehrern und Behörden. Das Problem war allgemein bekannt, aber keiner hat etwas unternommen, aus Gleichgültigkeit, aus Kostengründen, was weiß ich. Schauplatz: Oppenheim."

Kommissar Emig untersuchte die Terrassentür, während er aufmerksam zuhörte. Kerstin Hellmanns Reportagen waren nicht nur in Mainz bekannt. Zwar hatte sie sich zunächst hier einen Namen gemacht. Doch seit sie für ein großes Nachrichtenmagazin schrieb, war sie in ganz Deutschland ein Begriff.

„Diese Terrassentür ist ein Witz. Die würde sogar mein zwölfjähriger Sohn aufbekommen." Dann kam er auf Kerstins Recherche zurück. „Die Geschichte ist also ein Knaller."

Kerstin nickte. „Das kann man so sagen. Ich mache Ihnen eine Liste derjenigen, die sich durch meinen Bericht gestört fühlen dürften."

Kommissar Emig pfiff anerkennend, als er die Namensliste in der Hand hielt, sie war ein „Who's who" aus Mainz und Rheinhessen. „Hilft es Ihnen eigentlich bei Ihrer Arbeit, dass Sie niemanden wiedererkennen?"

Kerstin dachte kurz nach. Die Frage hatte zwar nichts mit den Ermittlungen zu tun, war aber typisch für Emig. Er hatte ihr einmal gestanden, dass er nach dem Abitur selbst Journalist werden wollte. Allerdings hatte er keine Stelle bekommen und bei der Polizei hatten sie ihn sofort genommen.

„Wahrscheinlich", sagte sie nachdenklich. „Meine Informanten sind ja quasi doppelt geschützt. Ich gebe zum einen ihren

Namen nicht preis und würde zum anderen keinen von ihnen wiedererkennen."

Freddy taumelte plötzlich auf ihre Terrasse. Kerstin rannte hinaus und nahm ihren Mischlingsrüden in den Arm. Schwer lehnte sich der sonst so lebhafte Kerl an sie. Behutsam trug sie ihn zu einem der Korbsessel.

„Der ist gar nicht er selbst", stellte sie fest.

„Leichte Vergiftungserscheinungen", vermutete Kommissar Emig.

„Oder er hat einen mit dem Elektroding übergekriegt", spekulierte Kerstin und kraulte Freddy unter den Ohren.

„Glauben Sie, dass die Einbrecherin sich hier auskannte?", wollte Emig wissen.

„Na, zumindest hat sie Freddy um den Finger gewickelt. Der ist eigentlich ein guter Wachhund. Ansonsten? Weiß nicht. Die Kassette steht im Schreibtisch und mein Computer in dem Schrank dort. Beides ist leicht zu finden", gab Kerstin zu.

Gemeinsam mit Kommissar Emig ging sie zu Marga Ringel, der Hausherrin auf dem Ringelhof. Sie war die Seniorchefin des Weingutes, das seit dem Tode ihres Mannes vor zwei Jahren ihr Sohn Georg bewirtschaftete.

Sie fanden die robuste Dame in ihrer Küche beim Kartoffelschälen. Täglich kochte sie das Mittagessen für Georg, ihre Schwiegertochter Andrea, die beiden Enkel Jan und Emma sowie ihren jüngeren Sohn Paul, der in Oppenheim eine Lehre als Augenoptiker machte.

„Ich habe keinen gesehen, Herr Kommissar", sagte sie bestimmt. „Tut mir leid. Ich war seit heute in der Frühe im Waschkeller. Und Sie …?" Sie ließ die Frage offen und blickte Kerstin unsicher an.

„Ich habe der Frau ins Gesicht geschaut", erklärte Kerstin hilflos. „Aber …"

Marga Ringel nickte wissend.

Der Schreck setzte später ein, als Kerstin wieder allein war. Wie sollte sie sich schützen, wenn selbst auf Freddy kein Verlass war? Kerstin machte sich nichts vor. Es war wie Emig gesagt hatte: Sie war das perfekte Verbrechensopfer und eine absolut unbrauchbare Zeugin. Lediglich als Studienobjekt für Psychologen, Hirnforscher und Doktoranden verschiedener Fachrichtungen diente sie als idealtypischer Fall.

„Prosopagnosie", murmelte sie die Diagnose resigniert vor sich hin. „Gesichtsblind."

Kerstin wünschte sich nichts mehr, als einmal im Leben ihre Mutter in einer Menschenmenge zu erkennen oder ihre Freundin Claudia. Aber es war unmöglich, sie konnte sich anstrengen so viel sie wollte, es ging nicht. Sie konnte Gesichter nicht wiedererkennen und abspeichern konnte sie sie schon gar nicht. Eine Teilleistungsschwäche des Gehirns, hatte man ihr erklärt. Wie Farbenblinde rot und grün nicht unterscheiden konnten, so waren für sie Milliarden Menschen nicht auseinanderzuhalten. Es war grauenvoll und manchmal peinlich.

Sicher, sie hatte ihre Strategien. Sie suchte ihr Gegenüber stets nach besonderen Merkmalen ab: Narben, dem Schwung der Augenbrauen, auffälligen Grübchen, Leberflecken, schiefen Zähnen, nach Dingen eben, die sie sich merken konnte. Frisur, Haaransatz, Gestik und Haltung, die Körperform und natürlich die Stimme halfen außerdem. Wenn sie sehr in Eile war, dann machte sie auch schon mal ein Foto von ihrem Gegenüber, um es später leichter wiederzufinden.

Aber wenn sie nichts fand in einem Gesicht, so wie gerade eben bei der Einbrecherin, dann war sie aufgeschmissen. Da konnte man sie am helllichten Tage in ihrer Wohnung ausrauben und sie würde die Täterin nicht einmal wiedererkennen, wenn sie ihr beim Bäcker nebenan begegnete.

Es war hoffnungslos. Seufzend griff sie nach dem Telefon, um ihre Versicherung von dem Einbruch zu informieren.

Dann würde sie wenigstens das Geld und den Laptop ersetzt bekommen.

Den Nachmittag verbrachte sie damit, die letzte Sicherheitskopie ihrer Recherchen um die jüngsten Erkenntnisse zu ergänzen. Zum Glück hatte sie noch ihre Rechercheunterlagen, die sie unter dem Küchentisch hortete.

Die nächsten vier Stunden schrieb sie ihren Bericht an ihrem Tischcomputer. Die Spätsommersonne schien schräg auf ihren groben Nussbaumtisch, als sie die Geschichte abspeicherte und sicherheitshalber sofort an den Server ihrer Redaktion mailte.

Dann fiel ihr auf, dass die Einbrecherin gewusst haben musste, dass sie ihre Rechercheergebnisse auf dem Laptop und nicht auf ihrem PC zu Hause gespeichert hatte.

Nachdenklich studierte sie das missglückte Foto der Unbekannten.

Kerstin fühlte sich erschöpft und frustriert, sie musste dringend raus.

Zu ihrer großen Freude war ihre Freundin Claudia ebenfalls auf dem Golfplatz. Kerstin parkte ihr Auto neben Claudias Mini, hievte ihre Schläger aus dem Kofferraum und ging geradewegs zur Übungswiese, um Bälle zu schlagen. Dort würde sie bestimmt auf Claudia treffen. Ihre Freundin war ein Trainingsfreak. Das war schon vor zwanzig Jahren so gewesen, als sie sich kennenlernten, und das hatte sich auch während ihrer Jahre an der Universität nicht geändert. Kerstin musste grinsen, als sie an ihre Freundin dachte. Claudia war ein Goldstück, wenn auch ziemlich chaotisch und chronisch pleite. Letzteres Problem löste sie durch geniales Backgammon-Spiel, mit dem sich bei Turnieren erstaunlich viel Geld machen ließ. Claudia interessierte sich für alles Mögliche, aber für nichts richtig, sie war unglaublich vielseitig, aber nicht sonderlich beständig. Mit einer Ausnahme: Als Claudia erst einmal erkannt hatte, was

Gesichtsblindheit im Alltag bedeutete, hatte sie Kerstin verlässlich durch die Uni gelotst und sie auch danach vor manchem Fettnapf bewahrt. Das würde Kerstin ihrer Freundin niemals vergessen. Ohne Claudia hätte sie in schüchterner Einsamkeit studiert, immer darauf bedacht, nur ja nicht dumm aufzufallen. Mit Claudia hatte sie sogar neue Freunde gefunden.

Kerstin erkannte Claudia zweifelsfrei an ihrem Golfschwung. Der war unverwechselbar, einfach perfekt. Kein Wunder, dass Claudia mit achtzehn Deutsche Meisterin gewesen war.

Kerstin berichtete von ihrem Tag und ließ sich angemessen bedauern.

„Und du?“, fragte sie schließlich ihre Freundin.

„Ich habe neue Hölzer.“ Claudia deutete auf ihre Tasche.

„Wow“, staunte Kerstin. Claudias Vertrag bei der Allgemeinen Zeitung lief in zwei Wochen aus, wie es beruflich weiterging, stand in den Sternen. Und da leistete sie sich neue Golfschläger! Bescheuert, aber typisch. Claudia liebte einen großzügigen Lebensstil und lebte auch mal über ihre Verhältnisse. Obwohl sie sich mittlerweile eigentlich ganz gut unter Kontrolle hatte.

„Hast du im Lotto gewonnen?“

„Urlaubsgeld“, grinste Claudia. „Hoher Kontostand, da konnte ich nicht widerstehen.“

Sie schlug einen Ball schnurgerade auf die 150-Meter-Marke, von der er mit lautem „plong“ abprallte.

„Was machst du eigentlich am Wochenende?“, fragte Claudia gut gelaunt.

Kerstin zuckte mit den Achseln.

„Hast du Lust auf drei Tage Wellness in so einem Beauty-Hotel in Sobernheim? Yoga, Kosmetik, Massage, Jacuzzi, gutes Essen – das würde dir bestimmt guttun. Und ich kann auch eine kleine Pause gebrauchen. Tanja geht's endlich wieder gut. Sie hat die OP gut überstanden und ist schon wieder richtig fit.

Am Wochenende kommt meine Mutter zu Besuch und betüttelt sie. Da kann ich mal weg."

Claudia hatte sich in den vergangenen acht Monaten rührend um ihre jüngere Schwester gekümmert, nachdem diese die Diagnose Brustkrebs bekommen hatte. Kerstin wusste, dass Claudia bei jeder Chemotherapie dabei gewesen war und wahrscheinlich genauso gelitten hatte wie Tanja selbst.

Sie nickte. „Gebongt."

Das warme Wasser des Jacuzzi blubberte leise und Kerstin legte genüsslich den Kopf zurück auf den Beckenrand.

„Claudia?"

„Hm?"

„Dir ist klar, dass du dieses Wochenende für uns beide bezahlst, nicht?"

Claudia setzte sich auf. „Was?"

„Du bezahlst", wiederholte Kerstin. „Es ist ja doch mein Geld."

Claudia wurde blass.

„Die Versicherung erstattet mir den Schaden, also Schwamm drüber. Aber beim nächsten Mal verpfeife ich dich. Mir reicht es jetzt mit diesen Einbrüchen, und den Elektroschocker fand ich total überflüssig."

Claudia sah sie fassungslos an. „Was sagst du?"

„Meine Liebe, jedes Mal wenn ich ausgeraubt werde, leistest du dir kurz darauf größere Anschaffungen. Dieses Mal sind es Golfschläger und die Tage hier im Beautypalast, vor einem Jahr war es ein Kurzurlaub an der Ostsee und davor dein Nobelsofa. Zu viele Zufälle, liebe Freundin."

Kerstin prostete Claudia mit ihrem frisch gepressten Orangensaft zu, den sie neben dem Whirlpool abgestellt hatte. Claudia betrachtete sie mit leicht vorgestrecktem Kopf. Wenn sie sich konzentrierte, nahm sie unwillkürlich diese Pose ein.

„Ich habe nicht bei dir eingebrochen", protestierte sie schließlich.

„Ich weiß. Es war Tanja. Sie hätte unter ihrer Jacke kein enges Shirt tragen sollen. Man mag nicht viel sehen auf dem Foto, das ich von ihr gemacht habe. Aber dass ihre linke Brust etwas anders geformt ist als die rechte seit der Operation, das erkennt man ganz deutlich. Außerdem streckt sie ihren Kopf manchmal genauso habichtartig vor wie du. Gerade jetzt sitzt du wieder so da. Sie sah genauso aus, als sie meine Geldkassette plünderte."

„Mist." Claudia sank ein Stückchen tiefer ins Wasser und kaute auf ihrer Unterlippe herum. „Entschuldige. Bist du mir böse?"

Kerstin überlegte eine Weile. „Das weiß ich noch nicht so richtig. Erklär mir noch eine Sache: Warum wolltest du meinen Computer? Wegen dem, was drauf war, oder wegen dem Laptop selbst?"

„Wegen dem Laptop natürlich. Aber ich gebe zu, dass ich deine Geschichte an den SWR geschickt habe."

„Du hast was getan?"

Claudia hatte den Anstand, leicht zu erröten. „Ich brauche einen Job. Und mit *der* Story müssen die mich doch anstellen!"

Kerstin tauchte unter. Dann fasste sie einen Entschluss.

„Okay", prustete sie nach Luft schnappend. „Wir vergessen die ganze Sache unter drei Bedingungen: Der SWR berichtet frühestens am Montagnachmittag über die Story, ich kriege das Infohonorar und du brichst in Zukunft bei anderen Leuten ein. Ich kenne da noch einen Gesichtsblinden in Nierstein ..."

Mordshass

Wolfhard Klein

Es sollte das Geschäft meines Lebens werden. Ich habe es versucht. Ich habe alles gegeben und alles verloren. Ich hätte mich nicht darauf einlassen sollen. Nicht auf diesen Vergleich. Diesmal nicht. Ich hasse Carl Bach abgrundtief. Ich verabscheue ihn. Carl Bach und sein feistes Grinsen widern mich an. Wie die Fliegen um mich herum. Ich werde sie töten und ihnen beim Sterben zusehen. Mein Name ist Herbert Wendel. Ich bin Winzer.

„Große Weine brauchen Zeit", hatte Bach selbstzufrieden gesagt, „die haben sie in unserem Haus. Bei der Gärung und bei der Reifung in unseren großen Holzfässern. Wir sind ein Traditionsbetrieb." Bach lächelte mich an. Ich sah die Ironie in seinem Blick. Die Priester nickten beifällig. Ich spürte den Spott und das stille Einverständnis fast körperlich. Die Weinprobe war eine Farce. Ich wusste nicht, wie Bach das gemacht hatte, aber er hatte es geschafft, und ich hätte wissen müssen, dass er mich austricksen würde. Es reichte. Jetzt war ich am Zug. Jetzt würde Bach leiden.

Die beiden Pfaffen aus Polen wollten nur eine Lage probieren, die Toplage, Oppenheimer Sackträger, den Spitzenriesling. Meinen und den von Bach. Die Weine wurden verdeckt gegenübergestellt. Zuerst der trockene Riesling, Jahrgang 2006. Meiner war komplex, kraftvoll, satt und saftig. Bachs Riesling kam da nicht heran. Dann probierten sie die Spätlese. Auch Bachs Wein hatte den typischen feinen Duft, hatte Aroma, Charakter und Dichte. Aber der Fruchtgeschmack war nicht typisch. Unter dem Geschmack von Pfirsich, Melone und Mirabelle lag ein kaum wahrnehmbares fauliges Apfelaroma. Ich nahm einen weiteren Schluck und kaute schmatzend. Es war so. Nur meine

Spätlese war kräftig, elegant und harmonisch. Bachs Wein hatte einen Makel. Ich war mir zu diesem Zeitpunkt ganz sicher, den Zuschlag zu bekommen, denn auch die Polen aus Oppeln schenkten nach und verglichen beide Weine erneut. Ein gutes Zeichen, dachte ich und beobachtete die Kaubewegungen der Priester. Spätestens jetzt mussten sie die falsche Frucht schmecken.

„Haben Sie sich entschieden?", fragte Bach.

„Wollten Sie nicht noch etwas Besonderes vorstellen?", sagte der ältere Priester. Er hieß Woitech Tusk und war der Generalvikar des Bistums Oppeln. „Privat würden wir auch gern ein paar Flaschen mitnehmen. Danach reden wir dann über den Messwein."

„Offen oder verdeckt?", wollte ich wissen.

Tusk lächelte nur, winkte den Bürgermeister herbei und bat um die Trockenbeerenauslese. Bach und ich hatten uns bei diesem Wein auf den Jahrgang 2003 geeinigt. Der Bürgermeister, der die Weinprobe als neutrale Instanz an einem neutralen Ort organisiert hatte, im Keller des Verkehrsvereins unter dem Rathaus, brachte die beiden Flaschen ohne die schützenden Hüllen, die bei den Vergleichsweinen die Etiketten verborgen hatten. Beide Weine hatten den typisch brotigen Duft und eine Karamell-Honig-Kandis-Note. Im Mund lagen sie dick und süß. Wie immer bei diesem Tropfen stellte sich bei mir das Gefühl ein, als stiege vom Gaumen her das Aroma von kandiertem Obst in meine Nase. Wie ich mir widerwillig eingestand, war das auch bei Bachs Wein so. Die satte Süße lag noch auf meinem Gaumen, als das Glas längst geleert war. Dann waren die Flaschen leer, die Polen tuschelten und nickten. Sie nickten Bach zu. Kaum wahrnehmbar, aber ich bemerkte es. Sie hatten entschieden. Gegen mich. Für Bach. Für den minderwertigen Riesling. In diesem Moment wusste ich es. Als Konrad Szymansky, der Priester aus Oppeln, der den Generalvikar begleitete, die Entscheidung verkündete, hörte ich schon nicht mehr zu. In meinem Kopf arbeitete es. Ich war der König der Winzer. Es hätte mein Geschäft werden müssen. Bach hatte es mir vermasselt. Er hatte intrigiert. Jetzt war er fällig. Bach war ein toter Mann.

Abrupt stand ich auf und verließ den Keller. Grußlos. Ich überlegte kurz, ob ich mich gegenüber, im Gasthaus „Zur Sonne", betrinken sollte, entschied mich aber auf dem Weg zum Lokal, nach Hause zu gehen. Ich wollte nüchtern bleiben. Ich brauchte meinen klaren Verstand. Ich musste meine Gedanken sortieren. Meine Wut und mein Hass durften mich nicht blind machen. Ich musste überlegt handeln, klug und diskret. In meinem Kopf entwickelte sich mit jedem meiner Schritte ein immer präziserer Plan. Bach würde keine Chance haben. Nicht gegen mich, Herbert Wendel. Nein, ich würde mir meine Zukunft nicht zerstören lassen. Nicht von Bach. Mein Wein war der beste. Es war mein Geschäft. Ich würde es mir nicht wegnehmen lassen. Nicht von ihm. Eher würde ich seine Existenz, eher würde ich Bach zerstören.

Meine anfangs verworrenen Gedanken sortierten sich schließlich von allein. Beim Überqueren des Marktplatzes hatte ich mehr als eine vage Vorstellung, wie meine Rache aussehen konnte. Die frische Nachtluft hatte meinen Kopf klar gemacht. Als ich im Vorübergehen in die Kirchstraße sah, blieb mein Blick an dem mächtigen Pferdekopf hängen, der über Graumanns Sattlerei angebracht war. Ich kicherte in mich hinein. So gut würde Bachs Kopf nicht mehr aussehen, wenn ich mit ihm fertig war. Ich wusste jetzt, was ich zu tun hatte.

Am nächsten Morgen hatte ich Kopfschmerzen. Immer wieder hatte ich in der Nacht das Geschäft mit der Kirche durchgerechnet. Im Bistum Oppeln gibt es 790 Priester. In Polen werden täglich Gottesdienste gehalten. Wenn jeder Priester nur etwas mehr als 0,1 Liter Messwein pro Gottesdienst trinkt, ist das mindestens eine Flasche pro Woche, dann sind das neun Kartons, also 54 Flaschen im Jahr pro Priester. Dann sind das für alle Priester in Oppeln 7 110 Kartons, also 42 660 Flaschen. Generalvikar Tusk wollte 45 000 Flaschen Sackträger bestellen. Die konnte ich liefern. Etwas mehr als vier der 29 Hektar der Spitzenlage gehörten mir. Gut 40 000 Liter gab der Boden her, je nach Anschnitt auch bei durchschnittlicher Blüte, wenn ich die Trauben weniger stark reduzieren würde als bisher, 450 000 Euro, Jahr für Jahr, für fünf Jahre garantiert. Ich würde mir das Geschäft von Bach nicht kaputt machen lassen. Der hatte nicht mal drei Hektar Sackträger, das reichte nicht. Mehr als 10 500 Liter Ertrag pro Hektar waren nicht erlaubt, auch wenn der Boden mehr hergab, dieser Boden selbst bei Riesling. Es lag doch auf der Hand, dass Bach betrügen wollte! Oder hatte Bach dazugekauft? Das war es, was mir Kopfschmerzen machte. Wen oder was hatte Bach in der Hand? Wieso hatten die Polen ihm den Zuschlag gegeben? Weil er seit Jahren mit polnischen Erntehelfern arbeitete? Ich hatte belegen müssen, wie viel Hektar mir gehörten. Ich war vom Bischöflichen Ordinariat als Messweinhändler bevollmächtigt worden. Ich hatte vor dem Generalvikar die Erklärung unterschrieben. Ich hatte ein kirchenamtliches Leumundszeugnis für das Geschäft mit den Polen. Bach hatte keines, das wusste ich. Der Gedanke an Bach machte mich rasend vor Zorn. Wut und Bitternis stiegen in mir auf. Ich litt unter meinen Kopfschmerzen. Ich verzichtete auf mein Frühstücksbrot. Zum Kaffee goss ich mir einen doppelten Trester ein. Dann beschloss ich, Bach zu beschatten. Das war jetzt wichtiger als die Arbeit im Betrieb. Es ging schließlich um meine Existenz, um meine Zukunft. Und die gab es nur ohne Bach.

Ich ging Richtung Markt. Ich war sicher, Bach in der Nähe der Polen zu finden. Die polnischen Priester übernachteten im Gästehaus der katholischen Kirche. „Das ist der Vorteil“, hatte Szymansky gestern Abend gesagt. „Wenn man für einen Weltkonzern arbeitet, braucht man keine Hotels, um gut zu wohnen. Wir haben überall Filialen.“

Ich hatte richtig vermutet. Szymansky kam aus dem Haus, gefolgt von Bach und dem Generalvikar. Die drei lachten. Sie lachten, als sie mich sahen. Sie mussten mich gesehen haben, obwohl ich auf der Krämerstraße blieb und nicht in die Kirchstraße einbog. Es war ein kränkendes, hämisches Gelächter. Bach hatte zuerst gelacht. Sein grelles Lachen dröhnte über die Straße, verletzend und erniedrigend. Es reichte ihm nicht, mich durch sein Komplott mit den polnischen Priestern um das Geschäft meines Lebens gebracht zu haben. Ich hatte sein Gesicht gesehen. Es war pure Häme, die mir entgegenschlug. Auf Höhe der Schulstraße beobachtete ich, wie die Gruppe in die Merianstraße einbog. Ich folgte ihnen zur Katharinenkirche. Sie gingen um die Kirche herum zum Beinhaus. Ich hielt mich im Schutz eines Baumes und wartete.

Ich war nicht untätig. Mein Kopf arbeitete präzise wie ein Uhrwerk. Szymansky? Hieß nicht eine der polnischen Erntehelferinnen, die seit Jahren im Herbst für Bach arbeiteten, Szymansky? Agatha Szymansky? Sie musste mit dem Priester verwandt sein. Natürlich! Agatha, dieses Flittchen. Ich hätte es wissen müssen. Und ich hatte es ja gewusst. Es war alles in meinem Kopf, ich musste ihn nur benutzen, so wie jetzt. Es war eindeutig. Die Weinprobe sollte lediglich vertuschen, dass alles ein abgekartetes Spiel war. Es hatte von Anfang an festgestanden, dass Bach das Geschäft machen würde. Die Qualität der Weine hatte nie eine Rolle gespielt. Bach und seine Helfershelfer hatten mich aufs Kreuz gelegt. Jetzt verstand ich auch das Kaufangebot, das mir Bach vor Wochen für meinen Weinberg im Herrengarten gemacht hatte. Er wollte mich in Sicherheit wiegen, er wollte so tun, als ob er gut Freund wäre, deshalb sein großzügiges Angebot. Da wusste er schon längst, was für ein Auftrag aus Polen kommen würde. Da war schon längst klar, dass er das Messweingeschäft machen würde. Ich sollte ein Almosen bekommen, als zynische Entschädigung für sein Millionengeschäft. Mit dem Geld, das er mir weggenommen hatte, wollte er meinen Weinberg bezahlen. Es war bitter, dass Bach mich für dumm hielt. Aber er irrte sich. Und er kannte meinen Hass nicht.

Aus meinem Versteck beobachtete ich, wie die drei Männer zurückkamen und auf das Kirchenportal zugingen. Bach hatte sie noch auf den Wasserspeier aufmerksam gemacht, der Jonas und den Wal darstellte. Ich erstarrte, als ich sah, dass meine Frau aus der Kirche kam. Bach ging auf sie zu, nahm ihre Hand und deutete einen Handkuss an. Sie plauderten. Offensichtlich stellte er meine Frau den Priestern vor. Ich wandte mich ab. Ich ertrug diese Vertraulichkeit nicht. Mein Herz schlug so laut, dass ich es hören konnte. Das Blut schoss mir in den Kopf, es rauschte in meinen Ohren. Bach musste mich entdeckt haben. Er hatte in meine Richtung gesehen, mit einem Blick voller Verachtung. Er wollte mich eifersüchtig machen. Nein, schlimmer. Er wollte mich erniedrigen. Das hatte er immer gewollt. Schon in der Schule hatte er mich verpetzt, mich wegen meiner Brille verspottet und über meine krausen Haare gelästert. „Die sehen aus wie Schamhaare“, hatte er gesagt. Immer, wenn die Mädchen dabei waren. Bach hatte mich immer gekränkt. Und jetzt machte er sich an meine Frau heran. Dieses Schwein. Er hatte mir schon eine Frau weggenommen, Anne. Er hatte sie mir abspenstig gemacht, mit falschen Versprechungen und Verleumdungen. Dann hatte er sie geheiratet. Meine Freundin. Dass er mich zur Hochzeit eingeladen hatte, war der pure Hohn. Bach hatte mir alles genommen. Jetzt war es genug. Von heute an würde er mir nichts mehr wegnehmen. Meine Frau nicht und das Geschäft mit dem Messwein auch nicht. Ich wusste, was ich zu tun hatte. In der Messweinordnung stand es klipp und klar, ich hatte den Passus genau vor Augen: Nur ein durch den Generalvikar zugelassener Winzer konnte mit Messwein handeln. Schied der aus dem Betrieb aus oder verstarb er, erlosch die Zulassung. So würde es sein. Den Winzer Carl Bach würde es bald nicht mehr geben. Ich musste ihn auslöschen. Dass ich ihn töten würde, stand fest. Ich wusste nur noch nicht wie.

Als ich mich umdrehte, war vor der Kirche niemand mehr zu sehen. Bach und die Priester nicht, und meine Frau auch nicht. Das beunruhigte mich. Ich musste den Überblick behalten. Ich musste wissen, was Bach tat. Ich musste ihn kontrollieren. Dann würde ich zuschlagen. Aber ich durfte nichts übereilen. Ich musste Ruhe bewahren. Ich durfte mich nicht von meinen Emotionen treiben lassen. Ich ging zum Café Klatsch, setze mich an einen der Tische, die auf dem Markt standen, und bestellte einen Cognac. Ich ertappte mich dabei, dass ich die ersten Tagestouristen anstarrte, die zwischen Weinbaumuseum und Katharinenkirche pendelten. Aber ich nahm sie nicht wirklich wahr. Ich war zu aufgewühlt. In meinem Kopf arbeitete es. Ich musste töten, einen Menschen töten. Aber wie tötet man einen Menschen? Ich hatte darin keine Erfahrung. Ich hatte auch noch nie einen Menschen sterben sehen. Der Tod war mir fremd, er machte mir Angst.

Meine Anspannung ließ erst nach, als ich ziellos durch den Ort streifte. Ohne es bewusst wahrgenommen zu haben, war ich im Weinbaumuseum gelandet. Was ich zu tun hatte, wurde mir klar, als ich vor der Mausefallen-Sammlung stand. Es gab tausend Arten zu töten, das galt für Mäuse und für Menschen. Mein Verstand arbeitete wieder. Ich musste mich endlich für eine Art des Tötens entscheiden. Deshalb schlief ich schlecht in den nächsten Nächten.

Die Polen waren wieder abgereist. Sie hatten mich vorher besucht und sich verabschiedet. Woitech Tusk, der Generalvikar, hatte für seinen Privatbedarf hämisch lächelnd 24 Flaschen Trockenbeerenauslese gekauft. Szymansky nichts. 1.320,- Euro, das war mein Polengeschäft. Dieser Kauf war eine Provokation, mit der sie mich beleidigen wollten. Über den Messwein hatten sie kein Wort verloren. Ich auch nicht, aber ich hatte einen Grund. Sie hatten noch keine Ahnung, dass ich das große Geschäft doch machen würde und nicht ihr Freund Bach, dem sie es zuschustern wollten. Sie hatten keine Ahnung, dass ich meine Konsequenzen aus der Messweinordnung ziehen würde.

Ich schlief wenig, weil ich Bach beobachtete, am Tag und auch nachts, bis das Licht in seinem Schlafzimmer ausging. Sorgfältig führte ich Buch über alles, was er tat. Tag, Stunde, Ort, Tätigkeiten, Gesprächspartner. Ich kannte jede seiner Bewegungen. Nach vierzehn Tagen konnte ich vorhersagen, wo er sich wann aufhielt und was er machte. Ich wurde zum Buchhalter seines Lebens. Doch nun war Zeit für die Schlussbilanz. Fast bedauerte ich das, denn ich hatte mich an die regelmäßigen Notizen gewöhnt. Sie würden mir fehlen, nach seinem Tod.

Mir fehlte auch meine Frau. Sie war vor zwei Tagen zu ihrer Schwester nach Ingelheim gefahren. Ich ginge ihr auf die Nerven, hatte sie gesagt. „Immer nur Bach, Bach, Bach. Du verrennst dich. Du bist doch krank. Lass dir endlich helfen. Und die freundlichen Polen haben sich die Entscheidung nicht leicht gemacht. Du warst einfach zu teuer.“ Nein, ich hatte mich nicht verrannt. Ich tat nur konsequent, was ich tun musste.

Bach ging regelmäßig in den Drogeriemarkt. Einmal folgte ich ihm in Gedanken versunken in das Geschäft und konnte mich gerade noch hinter einem Regal verstecken, als er von der Kasse aus in meine Richtung sah. Ich drehte mich von ihm weg und starrte auf die Dosen vor mir. Da wusste ich, wie ich ihn töten würde. Auf den Sprühdosen mit den Duftaromen prangte ein roter Aufdruck. Er warnte vor Explosionsgefahr. Das Zeug war brennbar und konnte in die Luft gehen. Das war die

Lösung für mein Problem. Ich würde Bach in die Luft jagen, und zwar so, dass es wie ein Unfall aussah. Ich war erleichtert. Ich musste ihn nicht erschlagen oder erschießen, das hätte Spuren hinterlassen, und ich wusste auch nicht, ob ich die Kraft gehabt hätte, ihn von Angesicht zu Angesicht zu töten. Es gab Momente, in denen ich zweifelte. Kurze Momente.

Doch dann war alles wieder da. Ich sah Bach vor mir, und dann wusste ich, es war richtig. Es war nötig. Ich musste es machen. Ich hatte einen abgrundtiefen Hass, ich hatte einen Mordshass. Ich hätte ihn sogar erwürgt. Ich ertrug ihn nicht, ihn und seine Gehässigkeit und seine Gier. Jetzt war Schluss mit den Demütigungen, den Erniedrigungen und den Kränkungen, mit dem Versuch, mich zu ruinieren. Ich hatte genug. Bach mit einem Knall ins Jenseits zu befördern, ohne mir die Hände an ihm schmutzig zu machen, der Gedanke gefiel mir. Jetzt brauchte ich nur noch einen geeigneten Ort, einen geschlossenen Raum, in dem sich Bach aufhielt, damit mein Plan funktionierte. Einen Raum und die Sprühdosen. Ich musste dann nur das Gas in den Raum sprühen und es zünden. Zünden konnte ich es mit einer glühenden Zigarette oder einer Wunderkerze, die ich durch die Tür oder das Fenster warf, aber wie konnte ich es schaffen, das Spray in den Raum zu sprühen, ohne dass Bach das bemerkte? Ich würde eine Wunderkerze nehmen. Oder vielleicht doch lieber trockenes Weißbrot anstecken, weil es keine Spuren hinterließ. Hatte ich das in einem Krimi gelesen?

Ich verfolgte Bach bis zu seinem Hof. Er würde mittagessen, wie immer um diese Zeit. Ich hatte es mir zur Gewohnheit gemacht, im Café Klatsch Cognac zu trinken, wenn ich Bach verloren hatte, was selten vorkam, oder wenn ich auf ihn wartete. Mir blieb mittags eine Stunde, die mir gehörte. Ich nutzte die Gelegenheit, meine Notizen zu vervollständigen. Der Alkohol tat mir gut, er beruhigte meine Nerven. Mittags wurde ich ganz ruhig. Es gab Tage, da zählte ich alle Frauen, die die Krämerstrasse in Richtung Merianstraße überquerten, an anderen die Männer. Mittags waren mehr Männer unterwegs, ich prägte mir deren Gesichter ein. Bach war nie dabei, ich hätte ihn nicht übersehen. Auch die Vermerke, in denen ich Bachs Leben festhielt, gaben mir die Sicherheit, nichts zu übersehen. Selbstverständlich wusste ich, dass die Lösung für alle offenen Fragen in meinen Aufzeichnungen lag. Deshalb überführte ich meine Notizen in Tabellen mit wichtigen und unwichtigen Beobachtungen und zeichnete Bewegungsprofile.

Ordnung beruhigte mich. Ich war ordentlicher geworden, auch zu Hause, ich sortierte alles. Meine Hemden nach Farbe, die Zeitungen nach Datum. Messer, Gabeln und Löffel sortierte ich getrennt in den Geschirrspüler ein. Mein ganzes Leben war ordentlicher geworden. Mein Tagesablauf war klar geregelt, ich hatte eine Aufgabe und die füllte mich aus. Ich war zufrieden, denn ich wusste, was ich zu tun hatte und warum ich es tun musste. In mir wuchs die Gewissheit, dass nicht viele Menschen ihre Aufgabe kennen. Meine kannte ich. Und dann sah ich es. Ich hatte gewusst, dass ich mich auf meine Notizen verlassen konnte. Bachs Sterbeort stand fest. Jetzt konnte ich es tun. Ich brauchte noch einen Cognac. Ich schüttete ihn mit einem wohligen Gefühl in einem Zug herunter, zahlte und ging zu Bachs Anwesen.

Es war so, wie ich es beobachtet und in meiner Kladde niedergeschrieben hatte. Ich konnte es von der Straße aus sehen. Bach war dabei, in seinem Flaschenlager einen Raum auszubauen. Einen kleinen Raum. Jetzt erinnerte ich mich auch, dass er bei der Weinprobe mit den polnischen Pfaffen von seinem neuen Büro gesprochen hatte, das demnächst fertig werden sollte. Bach hatte mit seinem arroganten Stolz herausposaunt, er hätte alles selbst gemacht. Wie es aussah, war er mit den Arbeiten fast fertig. Selbst die hohen, schmalen Fenster waren schon eingebaut. Sie hatten Klappläden. Nur da, wo er die Deckenbalken eingezogen hatte, gab es noch Löcher in der Außenwand. Sie waren groß genug für die Spraydosen, und der Raum war klein genug für das Gas-Luft-Gemisch, das ich brauchte, um Bach in die Luft zu jagen. Es war so weit. Meine Aufzeichnungen sagten mir, dass Bach morgen wieder an seiner Baustelle arbeiten würde. Er machte das jeden dritten Tag. Auf meine Notizen war Verlass. Bachs Ende war gekommen.

Von diesem Moment an konnte ich darauf verzichten, ihn zu observieren. Ich hatte es geschafft. Ich hatte Grund zu feiern. Ich genehmigte mir noch einen Cognac. Dann ging ich nach Hause. Am Nachmittag fuhr ich nach Mainz in eine Drogerie und kaufte vier Duftspraydosen. Ein Massenprodukt aus einem großen Laden. Man würde sich dort nicht an mich erinnern, falls jemand nicht an einen Unfall glauben sollte. Auf dem Rückweg sah ich mich im Baumarkt nach einem neuen Duschkopf um. Bach war auch da. Er kaufte Isolierschaum. Er sah mich nicht, ich hatte in den letzten Wochen gelernt, mich unsichtbar zu machen. Ich ließ ihn gehen. Morgen würde ich ihn wieder sehen, zum letzten Mal. Im REWE-Laden besorgte ich eine Dose Insektenspray. Die Fliegen in meiner Küche gingen mir auf die Nerven. Erst an der Kasse sah ich, dass auch auf dieser Dose der rote Warnhinweis angebracht war. Zu Hause trank ich in der Küche Wein und überprüfte zur Sicherheit meine Aufzeichnungen. Es stimmte. Morgen war der dritte Tag. Morgen würde Bach an seinem Büro arbeiten. Es würde nicht fertig werden. Aber das war dann nicht mehr sein Problem. Jedenfalls konnte ich heute ausspannen. Ich zog noch eine Flasche auf. Den Sackträger, die Riesling Spätlese, der köstliche Wein, den die Polen verschmäht hatten. Seinetwegen. Mit jedem Schluck wuchs mein Hass auf Bach. Ich trank, bis ich in einen unruhigen Schlaf fiel. Ich träumte von brennenden und explodierenden Spraydosen und sah Bach in einem Flammenmeer sterben.

Ich wachte von der Sonne auf, die durch das Fenster in die Küche schien. Ich lag auf dem Sofa und hatte Mühe, mich zu orientieren. Es standen ziemlich viele Flaschen auf dem Küchentisch. Ich duschte, zog mich um und räumte sie weg. Hunger hatte ich nicht. Ich war nervös. Ich durfte heute Abend nicht versagen. Ich nahm eine der Duftspraydosen und ging in den Hof. Ich sprühte. Das Zeug stank penetrant nach Zitrone. Als die Dose nach meinem Gefühl fast leer war, hielt ich das Feuerzeug in den Gasstrom und zündete es an. Eine Stichflamme schoss aus der Dose, ein Höllenfeuer. Erschrocken ließ ich sie fallen. Die Flamme ging aus. Zum Glück. Die Dose musste leer sein. Jetzt wusste ich, was Carl Bach erwartete. Mir wurde bei der Vorstellung angenehm warm. Ich war zufrieden mit dem Test. Zur Hölle mit Bach. Er hatte es verdient. Ich verzichtete auf das Frühstück und entschied mich für einen Cognac im Café Klatsch. Den hatte ich mir verdient.

„Carl Bach ist gestorben“, sagte die Bedienung, „in der Nacht, bei einem Brand in seinem Flaschenlager. Ein schrecklicher Unfall.“

Als sie mich fragte, ob ich schon von dem Unglück gehört hätte, raste mein Herz. Meine Gedanken standen still. Ich spürte, wie mein Gesicht die Farbe verlor. Nein, ich hatte nichts gehört. Aber ich wusste es. Ich spürte, wie das Blut in einer Druckwelle in mein Gehirn zurückschoss. Ich öffnete den Mund, aber ich konnte nicht sprechen. Mit einem Schlag sah ich die Bilder, sah Bachs verbrannten und verstümmelten Körper, spürte die Hitze der Flammen und hörte das Krachen der Explosion, die die Fenster zersplittern ließ und die Klappläden zerfetzte. Und Bach. Er war tot. Er war so gestorben, wie ich es geplant hatte. Ich hatte ihn getötet. Ab sofort war Schluss mit den Demütigungen. Und ich würde das Messweingeschäft machen. Ich hatte schließlich meine Lektion aus der Messweinordnung gelernt. Ich war schon immer ein guter Schüler gewesen.

Ich konnte wieder denken. Fast hätte ich meine Freude, meine Erleichterung über Bachs Tod laut herausgebrüllt, aus meiner leidenden Seele, aus meinem aufgerissenen Mund. Doch ich schwieg mit verzerrtem Gesicht, und es gelang mir mühsam, einen Lachanfall hinter einer Grimasse zu verbergen. Ich erinnerte mich zwar nicht, wie ich es gemacht hatte, aber ich hatte es geschafft.

„Sie waren mit Herrn Bach befreundet, nicht?“, fragte die Bedienung besorgt.

Ich schwieg. Hatte ich Bach wirklich getötet? Ich erstarrte bei dem Gedanken, dass nicht ich es gewesen war, sondern jemand, der mich beobachtet hatte und mir zuvor gekommen war. Hatte ich die Kontrolle verloren, über Bach, über mich? Bevor ich etwas sagte, musste ich erst mein Entsetzen überwinden und die Angst, die mich ergriffen hatte. Ich musste meine Gedanken sortieren und die Kontrolle zurückgewinnen. Über mich und über die Situation. Ich nickte abwesend, aber die Kellnerin sah es nicht mehr, sie war schon gegangen und kam unaufgefordert mit einem doppelten Cognac zurück.

Bachs Tod war Stadtgespräch. Die Gerüchte waberten durch den Ort wie die flirrende Sommerhitze. Niemand konnte sich erklären, wie es zu der Explosion gekommen war. Ich hätte das aufklären können, aber ich hütete mich natürlich, etwas zu sagen. Zurzeit waren Brandexperten der Kripo dabei, die Baustelle zu untersuchen. In einem Ort wie Oppenheim gibt es keine Geheimnisse, nicht bei so einem Ereignis. Wie ein Lauffeuer verbreitete sich der jeweils neueste Erkenntnisstand der Polizei.

Die Explosion musste durch eine Verpuffung ausgelöst worden sein.

Ich wusste, dass die Sprühflaschen explodiert waren.

Man hatte keinen Brandherd gefunden.

Klar, mein brennendes Weißbrot hatte keine Spuren hinterlassen.

Es hatte keine Rauchentwicklung gegeben.

Wie auch. Gas verbrennt rückstandsfrei. Und in der Baustelle hatte es nichts gegeben, was brennen konnte. Außer Bachs Kleidung. Außer Bach.

Bach musste noch gelebt haben, als der Notarzt eingetroffen war.

Daran konnte ich mich nicht erinnern. Ich fragte einen Nachbarn, der beim Rettungsdienst arbeitete, nach Details. Der Mann kannte jemanden, der Dienst gehabt hatte, als der Rettungswagen zu Bach gerufen worden war. Einen Tag später wusste ich: Bach hatte Verbrennungen an den Händen und im Gesicht gehabt, seine Sprache war verwaschen gewesen, nur ein heiseres Krächzen war über seine Lippen gekommen. Der Notarzt hatte nichts mehr machen können, auf der Fahrt in die Klinik war Bach gestorben.

Im Ort hieß es, Bach hätte vor seinem Tod noch einen Namen gesagt. Es hieß, ein Ölofen hätte Gase gebildet und sei explodiert. So ein Unfug. Im Sommer brennen keine Öfen. Es hieß auch, seine Frau stecke hinter seinem Tod, weil Bach ein Verhältnis mit Agatha gehabt hätte. Das Verhältnis hielten viele für möglich, ich auch, nicht aber, dass seine Frau hinter der Explosion steckte. Seine Witwe Anne kannte ich gut. Er hatte sie mir damals ausgespannt. Sie war meine Freundin gewesen, aber sie hatte sich mit ihm eingelassen. Also war sie schwach. Sie war nicht fähig, jemanden zu töten, so wie ich es getan hatte. Dazu musste man stark sein. Sie konnte es nicht getan haben. Das wusste ich sogar genau. Schließlich hatte ich ihn umgebracht.

Als die Leiche endlich freigegeben worden war, ging ich zur Beerdigung. Selten in meinem Leben habe ich mich so wohl gefühlt wie in dem Moment, als die ersten Erdklumpen auf Bachs Sarg geworfen wurden. Wenn Bach erst endgültig unter der Erde war, war er nicht mehr unter uns. Dann würde ich vergessen können, was er mir angetan hatte, dann würde ich ihn vergessen und mein Leben würde sich normalisieren. Das dachte ich, bis ich nach dem Leichenschmaus nach Hause kam.

Meine Verblüffung hatte mit meinem neu entwickelten Ordnungssinn zu tun: Neben dem Sofa entdeckte ich beim Aufräumen eine Plastiktüte aus dem Drogeriemarkt. Sie enthielt drei Sprühdosen mit Duftaromen und eine Dose Insektenspray. Ich brauchte eine Weile, um das zu verarbeiten. Das konnte nicht sein. Das waren nicht meine Dosen. Oder hatte ich zwei Mal eingekauft, ohne es zu merken? Ich musste nachdenken. Ich hatte mir angewöhnt, mich bei ein oder zwei Cognac auf dem Markt zu entspannen. Ohne mich umzuziehen, ging ich in das Café. Ich schnauzte die Bedienung an, weil sie den zweiten Cognac nicht von alleine brachte. Ich wurde laut. Als ich weiter trank, hatte ich das Gefühl, von allen anderen Gästen angestarrt zu werden. Zwei Dinge standen unumstößlich fest: Carl Bach war tot. Und er war so gestorben, wie ich es geplant hatte. Aber hatte ich ihn getötet? Es gab Momente, da verzweifelte ich an meinen Zweifeln. So sehr ich mir den Kopf zerbrach, ich erinnerte mich nicht genau. Doch alles, was ich wusste, sprach dafür. Ich musste doppelt eingekauft haben. Ja, ich hatte sichergehen wollen, schließlich ging es um mein Leben, das ich nur leben konnte, wenn er tot war. Ich zahlte und ging. Gut, ich war nicht mehr ganz sicher auf den Füßen, ich hatte beim Leichenschmaus schon ein paar Schnäpse getrunken, aber das war kein Grund, mich anzustarren, als ob ich ein Mörder wäre.

Ja, war ich. Aber das konnte niemand wissen. Oder war ich es nicht? In Momenten wie diesem hatte ich das Gefühl, neben mir zu stehen. Hatte mich jemand um meine Rache gebracht? Nein. Die hatte ich mir nicht nehmen lassen. Mein Mordshass war immer noch da, und dieser Hass war tödlich gewesen. Doch woher kamen die Dosen? Hatte mich jemand beobachtet und wollte eine Spur zu mir legen? Gab es Konkurrenten im Messweingeschäft, von denen ich nichts wusste? Mir brach der Schweiß aus. Im Bad bemerkte ich, dass ich schon zum wiederholten Mal dort stand und die Hände unter kaltem Wasser mit der Wurzelbürste schrubbte. Ich würde mich im Generalvikariat erkundigen, wer noch eine Messweinlizenz hatte. Ich würde mir das Geschäft nicht wegnehmen lassen. Bach hatte das nicht geschafft, niemand würde das schaffen. Ich würde es verhindern. Schneller als beim letzten Mal.
Ich wusste ja jetzt wie.

Wieder wachte ich auf dem Sofa auf, die Sonne im Gesicht. Diesmal hatte ich das Jackett über die Stuhllehne gehängt, bevor ich eingeschlafen war. Auf dem Tisch standen zwei Tresterflaschen. Mühsam erinnerte ich mich. Es ging mir schlecht und Bach war Schuld an meinem Elend. Er verfolgte mich noch aus dem Grab heraus. Es dämmerte. Ich holte die Zeitung aus dem Kasten. Die Staatsanwaltschaft hatte eine Pressekonferenz gegeben. Die ‚Landskrone' machte groß damit auf. Die Untersuchungen waren abgeschlossen, die Ermittlungen wurden eingestellt. Carl Bach war nach einem Inhalationstrauma mit schweren Verbrennungen an Atemstillstand gestorben. Bei der Obduktion hatte die Analyse seiner Lunge ergeben, dass sie flüchtige Bestandteile eines handelsüblichen Isolierschaums enthielt. Die Gase seien durch eine Zündquelle zur Explosion gebracht worden.

Also ein Unfall. So sollte es aussehen. So hatte ich es geplant. Ich legte die Zeitung sorgfältig zusammen. Ich war es doch gewesen. Ich hatte das Gas angesteckt. Ich hatte mein Problem gelöst. Aber warum stand in dem Artikel etwas von Isolierschaum? Ich ging zum Bäcker, ich brauchte Brot. Ich hatte Hunger. Die Leute im Laden tuschelten hinter meinem Rücken. Über mich? Als ich ging, hatte ich den Eindruck, dass mir jemand folgte. Ich blieb an der Ecke stehen, sah aber niemanden.

Beim Frühstück hörte ich Radio. SWR4 meldete, der Oppenheimer Winzer Carl Bach sei durch eine Gasexplosion getötet worden. Ich wollte von Bach nichts mehr hören, das Kapitel war für mich abgeschlossen. Ich wollte das Radio ausmachen, aber dann kam der Satz, der mir die Sicherheit nahm, der mir jede Gewissheit raubte, Bach getötet zu haben. Die Ermittlungen der Polizei hätten ergeben, sagte die Sprecherin, dass Arbeiten mit einem Bohrer in einem Raum, in dem kurz zuvor großflächig mit Isolierschaum gearbeitet worden sei, den tödlichen Unfall ausgelöst hätten. Ein Zündfunke hätte die Explosion eines brisanten Gas-Luftgemisches ausgelöst.

Sie hatten sich gegen mich verschworen. Alle. Sie wollten mir meinen Erfolg rauben. Meine Ehre, meine Rache. Sie wollten mir alles nehmen. Mit ihren Lügen, ihren Beleidigungen und ihren Verleumdungen. Ich würde es mir nicht nehmen lassen. Ich würde die Kontrolle behalten, auch wenn sie alles taten, mich zu verunsichern. Aber ich bestimmte das Gesetz des Handelns. So, wie ich über Bach bestimmt hatte. Über sein Leben und über seinen Tod.

Ich brauchte frische Luft. Ich musste raus. Erst unterwegs merkte ich, dass ich die Tüte mit den Spraydosen mitgenommen hatte. Ich ging durch die Stadt zur Fährstraße. Der Rheinarm, in dem die Boote lagen, roch nach Chlor. Meins war das vierte in der Reihe. Ich hatte es seit dem Frühjahr nicht mehr benutzt. Die Kabinentür klemmte, aber ich bekam sie auf. Es wimmelte von Fliegen. Ich nahm das Insektenspray und versprühte den gesamten Inhalt der Dose. Ich sah den Fliegen beim Sterben zu.

Ich sitze auf der Bank. Durch das Kajütfenster sehe ich das Wasser. Es ist dunkel. Ich habe alles versucht und ich habe verloren. Vielleicht habe ich mich verloren. Wenn ich es getan habe, habe ich das Richtige getan, da bin ich sicher. Aber ich bin nicht sicher, dass ich es getan habe. Doch ich habe es geplant, so sicher, wie ich weiß, dass ich Herbert Wendel bin. Und ich weiß, dass ich es tun wollte, dass ich es versucht habe, dass ich alles gegeben habe, um es zu machen. Vielleicht hätte ich mich nicht darauf einlassen sollen, Carl Bach zu töten. Diesmal noch nicht. Oder doch? Doch, ich musste es tun. Ich hasse Carl Bach abgrundtief. Ich verabscheue ihn. Carl Bach und sein feistes Grinsen widern mich an. Ich habe ihn getötet. Ich muss ihn getötet haben. Und so, wie ich ihn getötet habe, werde ich mich töten. Ich werde jetzt die dritte Dose Raumspray nehmen, die mit dem Vanilleduft. In die Dosen mit dem Apfel- und dem aufdringlichen Zitrusaroma habe ich mit dem Stechbeitel ein Loch geschlagen. Draußen ist es ruhig. Ich höre, wie das Treibgas entweicht. Oder kommt das Geräusch von den sterbenden Fliegen? Jetzt versprühe ich den Vanilleduft. Ich halte die Dose mit der linken Hand und sprühe in mein Gesicht. Mit der Rechten nehme ich das Feuerzeug und zünde es an.

Jetzt.

Taxi 39
Marion Schadek

Mohs Schultern berührten fast das Lenkrad, so weit beugte er sich vor, um durch den dichten Regen, der gegen die Windschutzscheibe schlug, überhaupt etwas erkennen zu können. Dass es heute besonders früh dunkel geworden war, half ihm auch nicht wirklich weiter. Seine letzten Kunden, ein angetrunkenes Pärchen in den 40ern oder 50ern, hatten sich von St. Dingsbums nach Schnipsel-Schnapselheim kutschieren lassen. Oder umgekehrt. Moh geriet bei diesen rheinhessischen Ortschaften, die mehr Buchstaben in ihren Namen als Einwohner zu haben schienen, immer durcheinander. Alle seine Versuche, zur Hauptstraße zurückzufinden, waren gescheitert. Der Funkkontakt war unterbrochen, vermutlich durch den starken Wind, und Moh hatte weder GPS noch ein Handy zur Verfügung. Nach einer Dreiviertelstunde musste er sich endlich eingestehen, dass er sich heillos verfahren hatte.

„Nur Geduld, Moh", sagte er zu sich und atmete tief durch. Wie so oft in den letzten acht Monaten, seit er aus Beirut nach Mainz gekommen war, um seinen Onkel Rafik um die Hand seiner Tochter Lela zu bitten.

„Spinnst du?", hatte Lela ihn gefragt. „Wir sind verwandt, Mann, schon vergessen?"

Moh verstand noch immer nicht ganz, wo das Problem lag. Als er ihr vorgeschlagen hatte, den im Libanon üblichen Bluttest machen zu lassen, hatte sie ihre Sachen zusammengerafft, ihm einen Kuss auf die Stirn gedrückt und war mit einem „Träum weiter!" nach Abu Dhabi verschwunden, wo sie als Stewardess arbeitete.

Moh konnte unmöglich unverrichteter Dinge nach Beirut zurückkehren. Lela war mit 21 vielleicht noch nicht bereit für einen sieben Jahre älteren Bauingenieur aus gutem Hause.

Damit das Geld in der Familie blieb, hatten seine Eltern darauf bestanden, dass Moh eine seiner Cousinen heiratete. Da er Deutsch in der Schule gelernt hatte, war die Entscheidung auf den Familienzweig in Mainz statt auf den in Lyon oder London gefallen. Onkel Rafik war auf Mohs Seite, keine Frage. Er hatte ihm angeboten, so lange bei ihm zu wohnen und in seinem Taxiunternehmen zu arbeiten, bis Lela zur Vernunft kommen würde. Für Onkel Rafik waren paradiesische Zeiten angebrochen, seit er Moh im verwaisten Zimmer seiner Tochter einquartiert hatte und ihn alle Schichten fahren ließ, die er sonst selbst übernommen hatte. Da Onkel Rafik ein Ein-Mann-Unternehmen führte, waren das also hundert Prozent.

Moh fuhr zwar Schritttempo, aber er fuhr. Normalerweise versuchte niemand, während der Fahrt zuzusteigen. Deswegen traf es ihn völlig unvorbereitet, als plötzlich die Tür aufgerissen wurde und eine schlanke junge Frau auf den Beifahrersitz sprang, der das Wasser aus der prächtigen Lockenmähne tropfte. Die Knöchel ihrer Finger traten weiß hervor, so fest hielt sie ihr Notebook umklammert.

„Vite! Schnell weg hier!“, rief sie und warf Moh flehentliche Blicke aus ihren grünen Augen zu.

Moh trat reflexartig auf die Bremse. In seinem Kopf ging es wild durcheinander, und noch bevor er überhaupt einen klaren Gedanken fassen konnte, stürmte der nächste Fahrgast sein Taxi; diesmal frontal. Zwei Handflächen drückten sich gegen die Windschutzscheibe, dann ein Gesicht. Entsetzt stieß Moh die Fahrertür auf und sprang ins Freie, strömender Regen hin oder her. Auf der Kühlerhaube lag ein dicker Mann mit Hosenträgern über dem durchnässten weißen Hemd, der sich mühsam aufrappelte. Er rückte seine Baskenmütze zurecht und hob die Hand.

„Hallo-oh ... Ta ... Tassi, bidde!“, lallte er.

Betrunken war der Kerl auch noch. Für einen winzigen Moment überlegte Moh, ob er ihn einfach von der Kühlerhaube stoßen und davonbrausen sollte. Doch erstens hatte Onkel Rafik ihm eingeschärft, unter keinen Umständen jemals Fahrerflucht zu begehen. Und zweitens gab es da noch eine Zeugin, die bereits ins Innere seines Taxis vorgedrungen war.

„Haben Sie sich verletzt?“, fragte Moh und fasste dem dicken Mann mit dem „Krankenpflegergriff“ unter den Arm. Den hatte er unzählige Male angewandt, wenn er reiche Saudis oder Kuwaitis für den „Kultursensiblen Pflegedienst“ von Onkel Rafiks Freund Khaled zur Mainzer Uniklinik gefahren hatte.

„Geht schon“, sagte der Dicke schnaufend und ließ sich von der Motorhaube gleiten, bis er sicher auf beiden Füßen stand. Er stützte sich am Dach des Wagens ab, öffnete die hintere Tür auf der Fahrerseite und krabbelte, die mächtigen Pranken vorweg, auf die Rückbank. Schnaufend richtete er sich auf, hob wie vorhin die Hand und sagte: „Er möge fahren!“

„Was für ein Angeber!“, murmelte Moh auf Arabisch.

„Aber ich glaube, der ist harmlos“, gab die junge Frau auf dem Beifahrersitz nachdenklich in derselben Sprache zurück. Überrascht wandte Moh sich ihr zu. Ein Lächeln huschte über ihr Gesicht, gerade lange genug, dass Moh die Grübchen in ihren Wangen entdecken konnte. Aus ihrer rotbraunen Lockenpracht heraus blitzten lange silberne Ohrringe hervor. Sie mochte ungefähr so alt wie Moh sein, vielleicht ein bisschen älter.

„Ich hatte erst gedacht, er verfolgt mich“, fuhr sie auf Arabisch fort.

Moh versuchte, ihren Dialekt einzuordnen. Irak, vielleicht. Aus dem Libanon kam sie jedenfalls nicht. Was hatte sie vorhin gesagt, als sie eingestiegen war? „Vite!“ Wo, außer im Libanon, war Französisch noch verbreitet?

„Ich heiße Sheila und komme aus Algerien“, sagte sie, diesmal auf Deutsch, als habe sie Mohs Gedanken erraten. „Und du?“

Moh stellte sich ebenfalls vor.

„Und ich bin Edwin", tönte es ungeduldig vom Rücksitz. „Ich bin Weinjournalist, wohne in der Mombacher Straße 6a in Mainz und möchte gerne nach Hause."

„Das möchte ich auch gerne", warf Moh ein. „Allerdings habe ich keine Ahnung, wie ich fahren muss. Ich weiß nicht einmal, wo wir sind."

„Oh nein, ein Rosenverkäufer ...", murrte Edwin.

Moh fuhr herum. „Da Sie sich ja so gut auszukennen scheinen, können Sie jederzeit aussteigen und zu Fuß gehen", stieß er, mühsam kontrolliert, zwischen den Zähnen hervor – und wünschte im nächsten Moment, er hätte den Mund gehalten.

Sage nie zu einem Fahrgast, er könne auch zu Fuß gehen, hatte Onkel Rafik ihm eingeschärft. Selbst wenn man es gut meinte und ihnen nur unnötige Kosten ersparen wollte, bekamen manche das in den falschen Hals und meldeten den Fahrer bei der Zentrale.

„Nur nicht aufregen", sagte der Dicke und hob beschwichtigend die Hände. „War nicht so gemeint", begann er. „Wir sind in ..."

„Laurenziberg", ergänzte Sheila.

„Ge – nau", bestätigte Edwin, der jetzt nicht mehr ganz so derangiert aussah wie vorhin als Kühlerfigur. „Möchte mal wissen, woher diese blöden Kopfschmerzen kommen", brummelte er und nahm seine Baskenmütze ab.

„Dafür hätte ich eine einleuchtende Erklärung anzubieten", entgegnete Moh.

Stöhnend fasste Edwin sich in den Nacken. Das spöttische Lächeln auf Mohs Lippen gefror, als sein seltsamer Fahrgast die Hand wieder herunternahm. Sie war blutverschmiert. Edwin hatte eine Wunde am Hinterkopf – aber wie konnte das sein? Er war doch mit dem Gesicht zuerst auf dem Taxi gelandet und hatte da nicht mal einen Kratzer abbekommen.

„Sie bluten", stellte Sheila sachlich fest. Sie tastete unter ihrem

Sitz nach dem Verbandskasten, verstaute ihr Notebook im Fußraum und kletterte nach hinten. „Zeigen Sie mal“, befahl sie, fasste Edwin am Kinn und drehte seinen Kopf vorsichtig zur Seite, damit sie seinen Hinterkopf in Augenschein nehmen konnte. „Nur eine Platzwunde“, stellte sie fest. Sie legte ihm einen Druckverband an, was Edwin klaglos über sich ergehen ließ.

„Danke, mein Mädchen – du bist Krankenschwester, oder?“, fragte er und tätschelte Sheilas Arm.

Die schüttelte den Kopf. „Nur massenhaft Nahkampferfahrung“, erklärte sie knapp. „Diese Wunde hier scheint von einem Schlag zu stammen. Erinnern Sie sich an irgendetwas?“

Moh entging nicht das leichte Beben in Sheilas Stimme. Sie musste Schreckliches im Krieg erlebt haben.

Edwins Stirn lag in Falten. Ihm war anzusehen, dass er angestrengt nachdachte.

„Wo sind Sie denn hergekommen, bevor Sie Bekanntschaft mit meiner Kühlerhaube gemacht haben?“, fragte Moh. Das schien Edwins Gedächtnis auf die Sprünge zu helfen.

„Ich muss nochmal zurück zum Weingut“, erklärte er und stieß, ohne eine Antwort abzuwarten, die Tür auf.

„Moment!“, rief Sheila, „wir kommen mit!“

Moh war nicht wohl bei der Sache, aber allein zurückbleiben mochte er auch nicht. Er nahm einen kleinen Schirm aus dem Handschuhfach, den ein Fahrgast vergessen hatte, doch zum Weingut waren es nur wenige Schritte und Moh hatte noch nicht einmal die Schutzhülle entfernt, da standen sie bereits vor dem Tor. Edwin klingelte. Der Winzer, ein junger Mann mit fliegender blonder Mähne, öffnete mit einem breiten Grinsen. „Hab‘ ich es nicht gesagt? Mein neuer Jahrgang ist so gut, dass ich die Journaille gar nicht mehr vom Hof krie ...“

Sein Blick fiel auf Edwins Verband, dann auf seine beiden Begleiter. Moh vermochte nicht auszumachen, was ihn mehr erschreckte. Wahrscheinlich hielt der Winzer ihn und Sheila für die Vorhut der Islamischen Front, die der rheinhessischen Weinseligkeit den Kampf angesagt und bereits erste Gefangene gemacht hatte.

„Halb so wild“, sagte Edwin. „Hab‘ mich am Wagen gestoßen ... Sind die anderen noch da?“

„Na klar ... Das heißt, bis auf Horst. Aber das weißt du ja, denn der ist noch vor dir gegangen. Irgendein Computerexperte, der sich seinen PC ansehen sollte ...“

„Hmmm ...“, machte Edwin nachdenklich.

Horst. Ein Nachbar des Winzers. Ein Schnorrer vor dem Herrn. Niemand mochte Horst und keiner wusste, wie er überhaupt in dieses Weinquartett gelangt war. Angeblich gab er einen Infobrief heraus. Gesehen hatte den aber noch niemand.

„Ach ja, das sind übrigens Freunde aus meiner Zeit als Korrespondent in Damaskus“, sagte Edwin, um Moh und Sheila einzuführen.

„Freut mich“, sagte der Winzer in einem Tonfall, der Zweifel daran aufkommen ließ, dass er das schluckte. Immerhin gab er den Weg frei. „Du weißt ja, wo‘s langgeht“, sagte er zu Edwin. „Ich gehe jetzt schlafen.“

„Hallo, Weltpresse“, rief Edwin, als sie die Weinprobierstube betraten. „Ich bin Agent Null-Null-Silvaner und das sind meine Assistenten Harry“ – er deutete auf Moh – „und Meyer Zwo“. Das galt Sheila.

Verständnislos blinzelten Manfred, der Mann vom Hörfunk, und Georg, der hochmotivierte Lokalfernsehreporter, ihn an. Radio-Manfred, ein Mittfünfziger im gediegenen Holzfällerhemd, fand als erster seine Sprache wieder: „Als der Esel bei der letzten Pferdesegnung zu brähen angefangen hat, habe ich ungefähr genausoviel verstanden“, murrte er.

„Was ist mit deinem Kopf passiert?“, fragte Georg, der auf die Sechzig zuging und ein Tweedjackett trug. Mit seinen Daumen und Zeigefingern formte er den Rahmen eines Fernsehbildschirms, den er prüfend vor Edwins Gesicht hielt. „Ja, das ginge ...“, murmelte er. „Aus dem Off angetextet, dann Zwischenschnitt auf nächtliche Straßen und schließlich ein O-Ton ...“

„Sollten Sie sich nicht etwas Trockenes anziehen?“, fragte Sheila plötzlich. „Sie holen sich sonst noch den Tod.“

Edwin zuckte zusammen. Er sah an sich herunter. „Hmmja, stimmt ... Ich habe eine Tasche mit einer kleinen Grundausstattung im Kofferraum – falls mal eine sehr kurzfristige Einladung zu einer Pressereise kommt ...“ Edwins Kollegen grinsten. Als ob solche Termine nicht von langer Hand vorbereitet wären. „Du meinst wohl, falls du wieder mal bei einer attraktiven Winzerwitwe versumpfst“, witzelte Georg.

„Ich hole die Tasche“, sagte Moh schnell. „Wo finde ich Ihr Auto?“ Je früher er hier hinauskam, desto besser. Natürlich war niemand auf die Idee gekommen, ihm und Sheila einen Platz anzubieten.

„Ja, gerne“, sagte Edwin dankbar, gab Moh seine Autoschlüssel und ließ sich auf die Eckbank fallen. Er klopfte auf den Platz neben sich und bedeutete Sheila, sich neben ihn zu setzen.

„Entschuldigung, wo bin ich nur mit meinen Gedanken“, rief Georg, sprang auf, holte drei zusätzliche Gläser aus dem einzigen Schrank in diesem Raum und stellte sie auf den Tisch.

„Danke, nicht für mich“, sagte Moh schnell, als Georg nach der Rieslingflasche griff.

„Der rote Mercedes direkt vorm Tor“, rief Edwin noch.

„Für mich gerne“, sagte Sheila, als Georg ihr fragend die Flasche hinhielt. „Ich bin orthodoxe Christin.“

Schade, dachte Moh.

Er griff sich den Schirm, den er neben der Eingangstür abgelegt hatte, und schlüpfte ins Freie. Der Regen hatte nur unwesentlich nachgelassen. Mohs Finger waren kalt und er brauchte mehrere Anläufe, um den Schlüssel ins Schloss des Kofferraumes zu bekommen. Die Laterne vor dem Weingut warf orangefarbenes Licht auf den Wagen. Mit einem dumpfen „fump" öffnete sich die Klappe. Moh wollte nach einer Reisetasche greifen, als er jäh in der Bewegung erstarrte. Was hatte das jetzt wieder zu bedeuten? Er befand sich eindeutig im falschen Film.

„Scheiß Drehbuch", schrie er und knallte den Kofferraumdeckel zu.

Erschrocken fuhr Rafik hoch, als sich die Beifahrertür öffnete. „Laurenziberg, Friedhof", sagte der schwarzgekleidete dicke Mann, bevor er sich in den Wagen quetschte. „Wissen Sie, wo das ist?"

„Natürlich", gab Rafik beleidigt zurück. Wofür hielt dieser Kerl ihn? Für einen Rosenverkäufer?

„Nur keine Aufregung", sagte der Dicke und hob beschwichtigend seine Pranken. „Ich wollte nur sichergehen ... Es gibt Beerdigungen, zu denen sollte man nicht zu spät kommen."

„Oh – ein Verwandter? Oder ein guter Freund?", fragte Rafik mitfühlend.

„Nein, ganz im Gegenteil. Ich konnte den Mann nicht ausstehen. Aber seine Leiche ist in meinem Kofferraum gefunden worden."

„Mord?", krächzte Rafik aufgeregt.

Edwin dachte einen Moment nach. „Nein, nicht wirklich, glaube ich ...", sagte er dann und verfiel in grüblerisches Schweigen.

Nacht, Regen, Sturm, Laurenziberg. Der neue Jahrgang ist grandios, darin sind sich alle einig. Auch Horst. Besonders, nachdem er noch ein paar mehr Flaschen zum Probieren mitbekommen hat als die anderen drei. Die muss er schnell in Sicherheit bringen, deshalb bricht er früher auf. Er erzählt etwas von einer Computerfirma, die einen Fehler in seinem Redaktionssystem beheben soll. Irgendwelche Studenten; die würde er schon noch herunterhandeln, vielleicht sogar auf den günstigen Nulltarif, wenn das welche sind, die Angst vor den Behörden haben müssen, hähä ... Alle sind froh, als Horst weg ist.

Sie sitzen noch eine Weile zusammen, dann bricht Edwin auf. Sintflutartiger Regen. Du liebe Güte. Edwin hält sich die Weinkiste über den Kopf und geht die paar Schritte bis zu seinem Auto. Schnell die Beute in den Kofferraum. Wenn er den Deckel nicht allzu weit aufmacht, regnet es auch nicht zu viel hinein. Hat da eben jemand seinen Namen gerufen? Edwin blickt die Straße hinunter. Horst. Mit Regenschirm. Will wohl nochmal Nachschlag holen, denkt Edwin. So ein unangenehmer Mensch. Doch Horst ist nicht alleine. Eine Gestalt ist ihm dicht auf den Fersen. „Bezahlen? Wofür soll ich dich denn bezahlen, Schätzchen? Hast du etwa den Fehler behoben? Nein! Dein Pech, wenn du Stunden gebraucht hast“, höhnt Horst. „Glaub mir, mit der Flasche Wein da bist du bestens bedient. Mehr gibt‘s nicht. Hallo Edwin, willst du schon ge ...“

„Wie ist der Mann denn umgekommen?“, fragte Rafik.

„Mit einer Weinflasche erschlagen“, antwortete Edwin. Und kopfüber direkt in seinen Kofferraum gekippt. Vor seinen Augen. Aber das behielt er für sich. Der anschließende Schlag auf Edwins Kopf war zum Glück nicht ganz so heftig gewesen. Und er wurde auch nicht mit einer Flasche ausgeführt.

Er muss ohnmächtig gewesen sein. Die Gestalt ist jetzt über ihm und versucht, ihn wieder ins Leben zurückzuholen. Edwin klammert sich an ihr fest, sie hilft ihm, wieder auf die Füße zu kommen. Doch dann will sie sich seinem Griff entziehen. Moment, was ist hier los? Nicht weglaufen! Er stolpert hinterher. So bleiben Sie doch stehen! Wie wollen Sie denn von hier wegkommen – bei dem Regen! Nach wenigen Schritten stößt er mit den Knien gegen etwas Hartes … Und kurze Zeit später sitzt er auf der Rückbank eines Taxis und fragt sich, wie er dorthin gekommen ist.

„Woher haben Sie eigentlich meine Telefonnummer?", wollte Rafik wissen.

„Die hat mir Ihr Neffe gegeben. Der hat mich neulich mal gefahren", erwiderte Edwin.

„Mohammed!", stieß Rafik hervor. Sein Blick verfinsterte sich.

„Arbeitet der nicht mehr für Sie?", fragte Edwin, scheinbar überrascht.

„Nein! Der Bandit! Hat eine Frau kennengelernt und ist mit ihr auf und davon."

„Zurück nach Beirut?"

Rafik schnaubte verächtlich. „Da darf er sich erstmal nicht mehr blicken lassen."

„Warum?"

„Er ist nach Deutschland gekommen, um eine Frau aus gutem Hause zu heiraten. Und jetzt hat er sich so eine Informatikstudentin angelacht, nicht mal Muslimin – und ich glaube, die ist sogar älter als er. Eine Algerierin ..."

„Ah, interessant", sagte Edwin. „Und irgendwie auch romantisch, finden Sie nicht?"

Wieder schnaubte Rafik verächtlich. „Der Bandit!", sagte er wieder.

„Und jetzt sind die beiden nach Algerien?", fragte Edwin.

Rafik zuckte mit den Achseln. „Vielleicht", sagte er. „Glaube ich aber nicht. Wahrscheinlich eher nach London ..."

Obwohl Edwin es besser wusste – Moh und Sheila hatten sich nach Paris abgesetzt – sagte er nichts.

„So, da sind wir", sagte Onkel Rafik und stellte mit Schrecken fest, dass er vergessen hatte, die Uhr mitlaufen zu lassen. Umständlich kletterte Edwin aus dem Wagen und fischte beim Aussteigen – von Rafik unbemerkt – Sheilas Laptop aus dem Fußraum, der seit der bewussten Nacht noch immer im Taxi lag. An der Unterseite konnte er verkrustete Blutspuren fühlen und griff sich unweigerlich an den Hinterkopf.

„Hier, der Rest ist für Sie", sagte Edwin und drückte Rafik 500 Euro in die Hand. Der riss überrascht die Augen auf.

„Ach ja, ein kleiner Tipp noch ...", begann Edwin. „Falls irgendjemand – zum Beispiel die Polizei – mit Fragen zu Ihrem Neffen auf Sie zukommen sollte, würde ich an Ihrer Stelle die Frauengeschichten außen vor lassen. Kuppelei ist in Deutschland nämlich strafbar." Das entsprach zwar nicht ganz den Tatsachen, aber von Moh wusste Edwin, dass die entfernteste Möglichkeit eines Konfliktes mit dem Gesetz genügte, um seinen Onkel zu beeindrucken.

Rafik sog scharf die Luft ein und wollte eine heftige Erwiderung loslassen, doch dann fiel sein Blick auf das Geld und seine Gier siegte. Ohne ein weiteres Wort brauste er davon.

Die Anzahl der Trauergäste, die an Horsts Grab vorbeizogen, war überschaubar. Keiner verweilte länger als unbedingt nötig, nur einer warf eine Rose hinab. Plötzlich wusste Edwin, was mit Sheilas Laptop zu tun war. Der Aufprall des Metallgehäuses auf Eichenholz machte zwar gewaltigen Lärm, doch das schien keinen von den Trauergästen, die bereits eilig dem Ausgang des Friedhofs entgegenstrebten, zu stören. Niemand drehte sich um. Edwin blieb noch eine Weile vor dem offenen Grab stehen, bis jemand hinter ihm „Fertig?" fragte.

„Ja, danke", sagte er nur.

Dann begannen die Totengräber, das Grab zuzuschaufeln.

Trester-Tage

Timothy McNeal

(1)

Irgendwie mochte ich Schambes.

Allein schon der Klang der rheinhessischen Verballhornung seines Vornamens Jean - seine Vorfahren stammten aus dem Elsass – suggerierte jedermann sein wahres Wesen, das allgemein als umgänglich, freundlich, ja familiär charakterisiert wurde. Die Art, wie er mir eine Selbstgedrehte anbot, sagte, „vielleicht hast du recht“, vermittelte eine Vertrautheit, die um so erstaunlicher war, wenn man berücksichtigte, dass ich ihn ja nur wenige Male getroffen hatte.

Damals fungierte ich als Bote, hatte gerade begonnen, die kleinen Päckchen an ihn zu liefern. Deren genauer Inhalt – Art und exakte Menge des Stoffes – interessierte mich nicht, genauer: hatte mich nicht zu interessieren. Sie mochten keine Leute, die zu viele Fragen stellten, wenn Sie verstehen, was ich meine.

Als ich ihn das erste Mal belieferte, saß er in seiner Flickschusterwerkstatt und sah verwirrt aus. Ich fing ein Gespräch über seine Geschäfte mit ihm an, und er meinte, er könne nicht klagen. Er bot mir eine Selbstgedrehte an und plötzlich, übergangslos, begann er, mir von dem Traum zu erzählen, den er in der Nacht zuvor gehabt hatte. Er sagte, er habe geträumt, dass alle seine verstorbenen Familienmitglieder in seiner Werkstatt gewesen seien, alle außer einer Tante; er wundere sich immer noch, warum sie nicht dabei gewesen sei.

Ich erinnere mich, dass ich etwas von einem Psychiater murmelte; es war mehr als Scherz gemeint, doch seltsamerweise schien er es ernst zu nehmen.

Ähnlich stand es mit ihm, als ich ihn das zweite Mal aufsuchte; sein Traum hatte sich jedoch etwas verändert. Er hatte geträumt, alle noch lebenden Mitglieder seiner Familie hätten sich bei ihm versammelt, zusätzlich aber noch jene alte Tante, die in seinem ersten Traum gefehlt habe.

Sein Problem, im Traum, sei gewesen, dass er nicht gewusst habe, wie er sich ihr gegenüber verhalten sollte.

„Man kann doch nicht zu jemand neben sich sagen, du bist schon tot, oder?", murmelte er mehrfach vor sich hin, während wir seinen Tresterschnaps tranken.

Bevor ich ihn das nächste Mal aufsuchen sollte, hatte ich Gerüchte gehört, er habe einige Fehler gemacht. Wahrscheinlich wegen seiner Träume, dachte ich.

In dem dritten Traum, den er mir erzählte, geht Schambes durch einen Wald, Hand in Hand mit seiner Frau; es ist unglaublich kalt und dunkel und still. Der schmale Pfad schlängelt sich einen steilen Hügel hinauf; beide keuchen heftig, gehen schwerfällig, der Weg scheint nirgendwohin zu führen. Kein Stern ist am Himmel, noch gibt es ein Licht, das die Existenz von Menschen verriete. Schambes hat vergessen, wohin sie gehen und warum. Er sieht seine Frau an; fremd scheint sie ihm, sie sagt kein Wort. Ein Mann begegnet ihnen auf halber Höhe und Schambes fragt ihn nach dem Weg; der Mann reckt wortlos den Kopf nach oben. Schambes will ihm einen Tresterschluck aus seiner Taschenflasche anbieten und stellt fest, dass er sie vergessen hat. Einige Schritte weiter hat er bereits vergessen, dass er überhaupt einem Menschen begegnet ist. Aber er fühlt, er muss den Gipfel erreichen, denn dort oben scheint es Licht zu geben. Er beschleunigt seinen Gang, lässt seine Frau zurück, fängt an zu laufen, fällt und erreicht das Haus auf Händen und Knien. Es scheint so kalt, schneebedeckt wie es ist, und doch verheißt es Wärme. Er schaut durch das einzige Fenster und gewahrt eine seltsame Szenerie: Alle seine Freunde und Bekannten sind in dem saalartigen Wohnzimmer versammelt, etwas Unnatürliches umgibt sie, ausnahmslos erscheinen sie wesentlich jünger. Eine Déjà-vu-Ahnung überkommt Schambes; dort drinnen, das ist das Ambiente ihrer Tanzstunde. Vage erinnert er sich an seine Frau, dreht sich um und sieht sie auf sich zu kommen; sie kriecht im Schnee. Er streckt seine Arme aus, um ihr zu helfen und erkennt, dass er nicht mehr gehen kann. Wieder schaut er durch das Fenster; es sieht so aus, als seien die Bewegungen der Gestalten drinnen langsamer geworden, dann hat es den Anschein, als sei jegliche Regung erstorben. Schambes bemerkt, dass das Licht im Haus schwächer wird, draußen herrscht Finsternis. Als die Finger seiner Frau ihn berühren, wirft er nochmals einen Blick ins Innere: Er traut seinen Augen nicht, die Figuren sind verschwunden. Er strengt sich an, etwas jenseits der Scheibe zu erkennen, drückt sein Gesicht an das Glas.

Er will schreien, sein Geist weigert sich zu glauben, was seine Augen sehen, und doch kann er nicht umhin, weiter auf das Fenster zu starren, tatsächlich kann er seinen Kopf gar nicht mehr bewegen. Dort, inmitten der wieder auftauchenden Schemen, sieht er sich selbst, er hält seine Frau in den Armen, erfroren im Tanz. Sein Gehirn splittert, und den Bruchteil einer Sekunde später fragt sich der Schambes von drinnen, ob sich draußen vor dem Fenster etwas bewegt hat.

Ich habe schon erwähnt, dass ich diesen kleinen Gauner ganz gut leiden konnte, oder? Deshalb war es mir auch peinlich, ihm nun das letzte Päckchen bringen zu müssen, zwei Fische, eingewickelt in Zeitungspapier.

Und danach werde ich sicherheitshalber für einige Zeit untertauchen!

(2)

„Wir sollten mal wieder einen halbwegs normalen Fall bearbeiten dürfen“, seufzte der Leiter der Alzeyer Polizeiinspektion, Andy Weilbächer, und stieß genussvoll eine Rauchwolke durch das geöffnete Fenster im Dienstzimmer des Kripo-Chefs Ennio Neuner.

Wie gewöhnlich rauchten sie gesetzeswidrig in ihrer Dienststelle.

„Du sagst es“, entgegnete letzterer, „auf Dauer ist es doch frustrierend, dauernd mit Ereignissen konfrontiert zu werden, für deren Erklärung man Übernatürliches bemühen muss.“

„Und worüber wir strengstes Stillschweigen bewahren müssen“, ergänzte Weilbächer, „wollen wir nicht Gefahr laufen, umgehend in die Rheinhessen-Fachklinik eingewiesen zu werden!“

Aus diesem Grund hatten sie auch über ihre letzten beiden Fälle offiziell keine Akten angelegt. Eine restaurierte Mühle im Wiesbach-Tal war abgebrannt und deren Besitzer, ein Ex-Veterinär, spurlos verschwunden; kurz darauf waren sie dessen Großneffen (Codewort: „Lulu“), der sich die Brandruine als Domizil erwählt hatte, auf die Schliche gekommen. Dieser war ihrer Überzeugung nach für eine Serie von Todesfällen verantwortlich gewesen, die er mit Hilfe seiner Musik-Kompositionen bewirkt hatte. Andys Kollege Regner, Trompeter und Bandleader, hatte den Täter mittels seiner ALK (Anti-Lulu-Komposition) schließlich „final“ zur Strecke gebracht.

„Manchmal habe ich den Eindruck ...“, sinnierte Neuner, da erreichte sie der Handy-Anruf eines Sparkassen-Kunden, der ihnen einen Banküberfall mit Geiselnahme meldete.

„An und für sich ein Fall für LKA und/oder SEK“, reagierte Weilbächer, „doch bis die aus Mainz angetanzt sind ... ich schicke eine Streife hin, die die Zufahrten von Bleichstraße, Hexenbleiche und Obermarkt absperren soll; einen zweiten Wagen beordere ich zum Hubschrauberlandeplatz am Krankenhaus, der soll dort die Verstärkung aus Mainz erwarten. In der Zwischenzeit ...“

Er sah Neuner an.

„Verstehe schon“, nickte der, „ein weiterer Kunde wird die Bank betreten und die Lage sondieren.“

„So habe ich mir das gedacht“, bestätigte Weilbächer, „aber du gehst natürlich nicht ohne ...“

Er begab sich zu seiner privat angeschafften Kühlbox, die stets eine Taschenflasche Trester sowie – für alle Fälle – einige Medikamente enthielt, womit ihn seine Frau Monika, OP-Schwester im DRK-Krankenhaus, permanent versorgte.

Die beiden Polizisten besprachen ihre Taktik.

(3)

Man hätte den Mann, der aus der Sparkasse kam, für einen Somnambulen halten können, für ein Medium oder schlicht für einen Betrunkenen, wie er, ohne nach links oder rechts zu sehen, schwankend die Bleichstraße überquerte und den Brunnen am Gymnasium ansteuerte.

„Die guten Zeiten kommen nicht wieder“, stieß er halblaut hervor, als die Sonne hinter einer dunklen Wolke verschwand. Er stutzte, als er sein avisiertes Ziel erreicht hatte; es sprudelte kein Wasser.

„Immer das Gleiche, außen hui, innen pfui! Wahrscheinlich ist dafür auch die Finanzkrise verantwortlich.“

Er drehte sich langsam einmal um sich selbst, wobei seine Hände fahrig die Jackentaschen durchwühlten. Schließlich wurde er fündig, zog ein Päckchen Tabak, Zigarettenpapier und Feuerzeug hervor. Er drehte sich eine, hatte Schwierigkeiten beim Anzünden, denn es war Wind aufgekommen.

„Immer dasselbe“, sprach er zu sich selbst, „haste was, biste wer, wenn nich, biste nix; nicht mal mehr eine Schachtel Zigaretten aus dem Automat ... finito, kein Kredit mehr.“

Wie sollte sein Imbiss-Kiosk auch mit den Angeboten von Metzgern und Tankstellen-Shops konkurrieren können?!

Anklagend sah er zum Gebäude der Sparkasse hinüber, dann

hoch zum Gewölk, streifte mit seinem Blick die zwei Kirchtürme der beiden Konfessionen.

„Verbrecher, alles Verbrecher! Und der große Bankier dort oben …“

Er wandte sich nach links in die Hexenbleiche.

„Von der Bank direkt ins AWO-Heim“, keuchte er, „wie praktisch! Als Kindergarten wegen Asbest ausrangiert, aber für die Arbeiterwohlfahrt reicht's noch: Ruhe sanft!“

Er warf seine Kippe in den trockenen Brunnen und folgte seiner artikulierten Route, wobei er die Unterhaltung mit sich selbst fortsetzte.

„Noch nicht nach Hause, wozu auch? Die einzige Wärme für mich kommt höchstens aus einer heißen Suppe, und die muss ich mir erst noch selbst machen; weniger wert als der Hund! In den USA heiraten sie jetzt ihre Haustiere. Dieses Vieh! Wird umgehend abgeschafft; wenn schon sparen, dann auch richtig! Immer dieselbe Leier: Ein richtiger Junge weint nicht, ein Indianer kennt keinen Schmerz, halt dich gerade, nimm's wie ein Mann, aus, vorbei, ruhe sanft, Friedhofsruhe!“

Manchmal waren die Toten die Glücklicheren.

Schambes würde wohl bald zu ihnen zählen, wenn das stimmte, was dieses Jüngelchen – Zigarettenbürschchen oder Backpfeifengesicht hätte sein Großvater so einen genannt –, das sich großspurig als Kurier bezeichnete, ihm atemlos erzählt hatte, aus schierer Angst, selbst demnächst dran glauben zu müssen und bereits auf der Flucht. Reiner Zufall, dass sie vor Schambes' Werkstatt aufeinander getroffen waren, zusammen eine geraucht hatten. Naiv hatte er den Jungen nach der Bedeutung von dessen letzter Lieferung gefragt, woraufhin der „Mafia, Todesandrohung“ gestammelt hatte und davon gestürmt war.

So also hatte Schambes seine finanzielle Misere abwenden wollen, als Rauschgift-Dealer; fast verständlich, wenn man daran dachte, dass mittlerweile Zehn-Euro-Schuhwerk in Kaffeegeschäften zu haben war und Schuh-Reparaturen in jedem Supermarkt angeboten wurden; in seinen Träumen hatte er sein eigenes Ende schon vorweggenommen!

Als er den ehemaligen Kindergarten erreicht hatte, fiel ihm ein, wie er vor Jahr und Tag seine zwei Jungs ein ums andere Mal dorthin hatte begleiten müssen; beide wollten anfangs ums Verrecken nicht hinein. Und jetzt? Sie konnten ihm auch nicht helfen, kamen nach dem Tod ihrer Mutter, die ihnen unentgeltlich im Geschäft geholfen hatte, gerade so über die Runden.

Plötzlich spürte er die alte Null-Acht, die er stets bei sich trug, in seiner Brusttasche. Er hatte sie von seinem Großvater geerbt, niemand wusste etwas von der alten Wehrmachtspistole und natürlich war sie nicht angemeldet; allerdings besaß er keine Munition mehr dafür. Aber das machte nichts, er wollte sie ja sowieso nicht abfeuern, auf keinen Fall! Und so wie er die Sparkassen-Kassierer kannte, würde das auch gar nicht nötig sein, ihnen brauchte man die Waffe nur unter die Nase zu halten. Null Risiko, doch danach wäre er ein Verbrecher. Es gab jedoch Schlimmeres.

Er bemerkte den Kleinen jenseits der Einfriedung, beide Hände in seinen Anoraktaschen, mit leerem Blick. Er blieb stehen, da sich die Lippen des Jungen bewegten.

„Na?“

Der Junge, vier vielleicht, reagierte nicht.

„Du bist falsch hier“, sagte der Mann, „der Kindergarten ist doch schon lange ...“

„Ich bin traurig“, flüsterte das Kind.

„Kann ich verstehen; wenn einem etwas genommen wird, das man gern hat ... bei dir ist‘s der Kindergarten, bei mir ...“

„Ich bin traurig“, wiederholte der Junge mit Automatenstimme.

„Trotzdem kannst du nicht den ganzen Tag hierbleiben; bestimmt ists in deinem neuen Kindergarten auch ganz schön."

Der Kleine schüttelte den Kopf, sah den Mann zum ersten Mal an.

„Meine Hand kommt nicht wieder."

„Was?"

„Meine Hand kommt nicht wieder."

Der Mann starrte durch das Kind hindurch.

„Wo ist sie denn?", brachte er schließlich heraus.

„Papas Maschine hat sie mir genommen. Ich habe gedacht, die gibt sie mir wieder, aber heute hat der Doktor gesagt, sie kommt nie mehr wieder."

Er zog beide Arme aus den Anoraktaschen; der linke endete in einem Stumpf.

„Wann ist denn das passiert?"

„Das war … vor sieben Wochen."

Welche Parallelen! Vor sieben Wochen war seine Frau gestorben, und er hatte die erste Mahnung der Sparkasse bekommen.

„Und dein Papa?"

„Der kommt gleich, der ist noch beim Doktor."

Er nickte vage in Richtung Innenstadt.

Der Mann sah an den Kirchtürmen vorbei, fixierte sekundenlang das Bankgebäude, blickte dann auf den Jungen. Er steckte beide Hände tief in seine Jackentaschen und grinste den Kleinen an, ging langsam ein Stück am Zaun entlang.

Der tat es ihm gleich, ließ seine Unterarme in den Anoraktaschen verschwinden und begleitete den Mann auf der anderen Seite des Zaunes.

Die beiden lächelten sich an.

Nach wenigen Schritten tauchte der Vater des Jungen auf, hob seinen Sohn über den Zaun, setzte ihn auf seine Schultern und verschwand mit ihm in Richtung Kreisverwaltung.

Der Mann drehte sich um, tätschelte durch den Jackenstoff seine Pistole und ging den Weg zurück, den er gekommen war.

(4)

„Was ist denn passiert?“, fragte Neuner einen der Bankkunden, die schlau genug gewesen waren, das Gebäude schleunigst zu verlassen, und sich nun vor dem Eingang aufhielten.

„Ich habe die Polizei informiert“, drängte sich ein alerter Mittdreißiger in Anzug und Krawatte nach vorne, „die sind gleich da; ich stand gerade an der Kasse, als ...“

„Wer ist jetzt noch drin?“, wollte Neuner wissen, der sich noch nicht als Polizist zu erkennen geben wollte.

„Der Kassierer mit dem Bankräuber.“

„Wo?“

„Im Kassenraum.“

„Warum das denn?“

„Dem Räuber ging die Geldübergabe offenbar nicht schnell genug, da ist er zu dem Kassierer rein.“

„Aber das ist doch mindestens eine Viertelstunde her, was macht er denn jetzt noch da drin?!“

„Keine Ahnung. Vielleicht überlegt er noch, wie er wieder rauskommen soll, ob mit oder ohne Geisel. Auf mich machte er jedenfalls nicht den cleversten Eindruck; und seine Kanone ist von Anno Toback.“

Als Neuner den Streifenwagen anfahren sah, wartete er ab, bis die Kollegen das Bankgebäude in drei Richtungen abgesichert und die Kunden mit sanfter Gewalt in die Hexenbleiche abgedrängt hatten. Als er Weilbächer aussteigen sah, betrat er die Bank.

Ein absoluter Amateur, dachte er, nachdem er bemerkt hatte, dass es allen Angestellten außer dem Kassierer wohl gelungen war, ihre Arbeitsplätze unbeschadet zu verlassen. Er schlenderte zur Kasse, wobei er die Taschenflasche aus seinem Jackett zog, den Verschluss abschraubte und sie dann demonstrativ zum Mund führte; er trank jedoch noch nicht.

„Stehenbleiben!“, scholl es ihm aus dem Kassenraum entgegen, als er dessen Panzerglasscheibe erreicht hatte.

Die Waffe in der Hand des Mannes, der schräg hinter dem bleichen Kassierer stand, konnte er auf Anhieb nicht identifizieren, sie sah jedenfalls recht alt aus. Vielleicht funktioniert sie gar nicht mehr, ermutigte er sich selbst.

„Was liegt an“, fragte er betont jovial, „kleiner persönlicher Kleinkredit? Dann nehmen Sie doch gleich was für mich mit, bin auch pleite.“

„Was wollen Sie dann hier?“, lautete die Gegenfrage des Bankräubers.

Doch nicht ganz so tumb, erkannte Neuner, doch er hatte sich ja vorbereitet.

„Wollte diesem ganzen Bankgesockse mal die Meinung sagen, rumrandalieren, Krach schlagen, dass sie noch ein bisschen an mich denken sollen!“

Der Mann mit der Antik-Pistole grinste schief.

„Nicht schlecht.“

Dann erst schien er die Taschenflasche in Neuners Hand zu bemerken.

„Mut angetrunken, ja? Was ist drin?“

„Trester“, antwortete Neuner, „erste Sahne, von einem rheinhessischen Winzer gebrannt, schlägt jeden Grappa!“

Der Mann ließ seine Pistole etwas sinken; sie zielte jetzt nicht mehr auf das Genick des Kassierers, sondern auf dessen Knie.

Immerhin, konstatierte Neuner.

„Tranken wir auch immer gern“, sagte der Geiselnehmer dann halblaut zu sich selbst, „mein Kumpel Schambes und ich, doch in letzter Zeit ... und in Zukunft ...“

Die Pistole sank noch etwas tiefer.

Jetzt würde er mit Glück nur noch die Fußspitzen des Kassierers treffen, schätzte Neuner.

Er hielt die Flasche einladend vor die Geld-Durchreiche.

„Auch einen Schluck? Anschließend lässt sich die ganze Aktion viel einfacher durchführen; der Kassierer sollte auch einen nehmen, sieht so aus, als könnte ers brauchen!"

Der Mann zögerte noch.

„Okay", stimmte er dann zu, „in der Reihenfolge: erst Sie, dann der Kassierer, zuletzt ich, nur für alle Fälle."

Nachdem die beiden im Kassenraum getrunken hatten, zog sich Neuner eilig einen Stuhl vom nächsten Schreibtisch heran und setzte sich direkt an die Panzerglasscheibe, legte seine Arme auf die Durchreiche.

Keine zwei Minuten, hatte Weilbächer versprochen.

(5)

„Was gehört?", fragte Weilbächer den Beamten vor dem Eingang zur Bank.

Der schüttelte den Kopf.

„Wir sollten ja nicht rein, Chef ..."

„Richtig", bestätigte Weilbächer und sah auf seine Uhr.

Drei Minuten. Obwohl er der angegebenen Zwei-Minuten-Frist durchaus traute, wollte er noch die Sicherheitsreserve weiterer sechzig Sekunden in Anspruch nehmen.

„Rufen Sie drei Krankenwagen", instruierte er dann seinen Kollegen.

„Um Gottes Willen", erschrak der, „Sie meinen, dass alle drei ...?"

„Immer nur mit der Ruhe; Sie haben ja selbst gesagt, dass nichts zu hören gewesen ist, also ist auch nicht geschossen worden."

„Aber wozu ...?"

„Wir brauchen drei Liegen", antwortete Weilbächer sybillinisch, „Sie können ruhig ohne Licht- und Tonsignal anrauschen."

Kopfschüttelnd kam der Beamte der Anweisung seines Chefs nach.

„Ich gehe jetzt rein", verkündete der, „sobald die Ambulanzen da sind, schicken Sie die drei Liegen rein, okay?"

Ein Bild für die Götter, resümierte er, als er den in seinem Sessel zusammengesunkenen Neuner und die beiden anderen auf dem Teppichboden des Kassenraums gewahrte.

Er lächelte.

Auf Monika war Verlass; wenn sie behauptete, dass ihr Schlafmittel innerhalb von zwei Minuten den stärksten Eskimo vom Schlitten haute, dann konnte man sich getrost darauf verlassen, was er und Neuner schließlich ja auch getan hatten. Ein äußerst gelungener Selbstversuch, wie er fand.

Zusammen mit den sechs Sanis und ihren drei Liegen betrat auch Weilbächers Türwache die Bank.

„Ich habe den Hubschrauber mit den Leuten vom LKA und ihrem SEK-Team gesehen, die landen jeden Moment am Krankenhaus", berichtete der. Im gleichen Augenblick meldete sich das LKA beim Alzeyer Polizei-Chef via Handy.

„Sie können wieder abziehen", reagierte der, „wir haben alles unter Kontrolle."

„Was heißt das?", bellte eine Stimme zurück.

„Keine Toten oder Verletzten, kein Geldverlust, lediglich drei Schlafende in der Bank!"

„Ich erwarte Ihren detaillierten Bericht!", verlangte die Stimme.

„Sicher doch", entgegnete Weilbächer und beobachtete schmunzelnd die Arbeit der Sanitäter.

Wer andern eine Grube gräbt oder: Das Haar in der Suppe

Vera Bleibtreu

Sein gepflegter Glatzkopf glänzte wie poliert in der milden Sonne des frühen Herbsttages. Das Sakko seines Anzugs war an der Seite zurückgeschlagen, das Signet verriet die teure Herkunft. Allerdings passten die Schmutzspuren am Revers nicht ganz zum edlen Stoff und die handgenähten ungarischen Schuhe waren üblicherweise auch nicht lehmverkrustet.

„Selten hat man ihn so schweigsam gesehen", sagte Friedhelm Berger, während er mit wie im Gebet gefalteten Händen am Rand der Baugrube stand und auf die Leiche von Dr. Siegfried Müller-Herbst blickte. Etwas überrascht nahm er zur Kenntnis, dass Müller-Herbst noch im Tod den leicht überheblich-beleidigten Zug um den Mund trug, der ihn auch zu Lebzeiten ausgezeichnet hatte. Sollte die Architektur des himmlischen Jerusalem nicht den Vorstellungen von Dr. Müller-Herbst entsprochen haben? Doch wieso stellte er sich Müller-Herbst im Himmel vor? Reichte die göttliche Versöhnungskraft aus für Dr. Siegfried Müller-Herbst, pensionierten Studienrat für Latein und Geschichte, passionierten Hobby-Architekten und Fachmann für Alles und Jedes? Friedhelm Berger zog die Augenbrauen hoch. Egal wo, im Himmel oder in der Hölle – er wollte das Jenseits niemals mit ihm teilen müssen. Lieber schmorte er im Fegefeuer, an das er als evangelischer Christ eigentlich nicht glaubte. Berger klopfte sich die Hände ab, wie einer, der gerade Erde ins offene Grab geworfen hat. Er seufzte. „Noch im Tod macht er nichts als Ärger", sagte er zu Franz Werner, dem Bauleiter. „Geben Sie mir mal Ihr Handy, ich glaube, das ist ein Fall für die Kriminalpolizei."

Tanja Schmidt stand am Rand der Baugrube und sah mit gerunzelter Stirn dem Treiben der Spurensicherung und der Gerichtsmedizinerin Dr. Sabine Weiden zu, die gerade vorsichtig die Leiche hin- und herbewegte. Die Männer der Spurensicherung hatten das Areal abgesteckt und sammelten kleine Fundstücke in Plastiktüten.

„Was haben wir denn da?“

Ein Mann hob eine kleine Statuette hoch, die nicht weit von Dr. Müller-Herbsts Leiche in der Erde stak.

„Finger weg, Sie Idiot!“, schrie plötzlich jemand hinter Tanja, und ehe die überraschte Kommissarin sich fassen konnte, war ein junger Mann an ihr vorbei zur Grube gestürzt, die Leiter nach unten geklettert und schon dabei, dem Mann der Spurensicherung die kleine Figur aus den Händen zu winden.

„Geben Sie das her“, japste er mit überschnappender Stimme. „Sie wissen ja gar nicht, was Sie tun.“

„Wir brauchten drei Mann, um ihn zu bändigen“, erzählte Tanja am späten Nachmittag ihrer Freundin Susanne Hertz. Sie nahm einen Schluck aus ihrer Teetasse und musste bei der Erinnerung an die Szene immer noch grinsen. „Dr. Weiden war kurz davor, ihn mit ihrem Stethoskop zu fesseln, aber wir haben es dann doch geschafft, ihm die Handschellen anzulegen. Völlig durchgedreht, der Typ.“

Der Typ wies sich aus als Dr. Hilmar Schöffenstedt, frisch gebackener Landesarchäologe. Sein Vorgänger hatte sich nach langjährigem und verdienstvollem Wirken im Amt pensionieren lassen müssen; ein Herzinfarkt in Folge eines bedauerlichen Unglücks. Seine Assistentin hatte eine antike Schale aus der Keltenzeit vor seinen Augen versehentlich fallen lassen, und 2500 Jahre zersplitternder Geschichte ließen auch das Herz des passionierten Archäologen bersten – letzteres glücklicherweise reparabel, im Gegensatz zu der antiken Schale. Hilmar Schöffenstedt hatte das schwere Erbe des beliebten und verehrten Vorgängers angetreten und fühlte sich offenbar in jeder Hinsicht unter Druck, den hohen Erwartungen zu entsprechen.

Zufällig hatte ihn sein Weg an diesem Morgen an der Baugrube nahe der St. Johannis-Kirche vorbeigeführt; was heißt, „zufällig" ... In jeder Baugrube von Mainz witterte Dr. Schöffenstedt (und das ja auch zu Recht) eine potentielle Schatzkiste mit Relikten aus der reichen Geschichte der alten Stadt. An diesem Morgen nun erblickten seine Archäologenaugen mit Entsetzen einen weiß gekleideten Menschen, der zwar sorgfältig, aber dennoch in verwerflich unkundiger Art, eine antike Statuette ihrer ursprünglichen Ruhestätte entriss.

„Die Leiche von Müller-Herbst hat ihn nicht interessiert, das wäre dem Verstorbenen – den Äußerungen der anwesenden Zeugen zufolge – zu Lebzeiten äußerst unangenehm aufgefallen, doch in seinem Zustand als Leiche focht es ihn nicht mehr an, dass ein junger Doktor der Archäologie eine kleine Metallfigur interessanter fand als ihn. Dr. Schöffenstedt schrie irgendeinen kruden Unsinn über Jupiter und Drüsen, so genau konnte man ihn nicht verstehen, er hatte schließlich auch Schaum vor dem Mund, dabei traten seine Augen aus den Höhlen und seine Stimme überschlug sich so sehr, dass Dr. Weiden ihn in die Psychiatrie einliefern ließ. Dort wird er gerade beruhigt. Heute Nachmittag können wir ihn vernehmen."

Susanne Hertz musste bei der Erzählung ihrer Freundin lächeln, obwohl ihr eigentlich überhaupt nicht zum Lachen zumute war. Seit dem frühen Morgen schwitzte sie über der Kostenberechnung des integrativen Mehrgenerationen-Wohnprojekts der Evangelischen Kirchengemeinde St. Johannis. Hier sollten behinderte und nichtbehinderte Menschen, Jung und Alt, in einem Haus miteinander leben können. Ein kühnes Projekt, das seit Monaten all ihre Zeit in Anspruch nahm. Der engagierten Pfarrerin waren die vielen einsamen Menschen nicht verborgen geblieben, die in ihrer Gemeinde lebten. Sie kannte auch die jungen Eltern, die dringend arbeiten mussten und keine Möglichkeit der Kinderbetreuung fanden. Und sie wusste um die Nöte älterer Menschen mit behinderten Kindern, die sich um die Zukunft ihrer Lieben sorgten. Das von Susanne und ihrem Team geplante Haus sollte ein Heim für ganz unterschiedliche Menschen werden, ein Haus mit offenen Türen für alle, die sich nach einer Heimat sehnten. Bevor sich diese Türen jedoch öffnen konnten, musste der Bau fertig gestellt werden – und davon waren sie zur Zeit leider weit entfernt. Vor Beginn der Baumaßnahme waren Susanne Bezeichnungen wie „Gewerke“ und „Baukostenverfolgung“ gänzlich unbekannt gewesen, und jetzt, ein halbes Jahr nach Baubeginn, kannte sie sich immer noch nicht viel besser aus.

„Was sind WWDVS-Bauarbeiten? Lieber übersetze ich zehn Seiten hebräische Bibel“, hatte sie leise vor sich hingeschimpft.

Zumal selbst einer gänzlich Unkundigen wie ihr nicht verborgen bleiben konnte, dass sich die Kosten inzwischen um 100 000 Euro über der ursprünglichen Kalkulation bewegten. Doch Friedhelm Berger, der Architekt des Bauvorhabens „Neues Wohnen St. Johannis“, hatte ihr und dem Bauausschuss der Kirchengemeinde überzeugend erklärt, dass die explodierenden Stahlpreise und unvorhergesehene Probleme mit den Abwasserkanälen in der Altstadt diese Kosten verursacht hatten. Außerdem gab es einen Kostenfaktor, mit dem niemand vor Baubeginn gerechnet hatte: Dr. Siegfried Müller-Herbst. Der pensionierte Oberstudienrat lebte in der Nähe der St. Johannis-Gemeinde und fühlte sich deshalb unmittelbar betroffen von dem Bauvorhaben. Leider mochte er weder Kinder (machen Krach) noch Alte (sind unästhetisch) noch Behinderte (machen Krach und sind unästhetisch). Eigentlich mochte Müller-Herbst niemanden leiden, Kinder, Alte und Behinderte mochte er jedoch überhaupt nicht. Seitdem Pfarrerin Susanne

Herbst das Bauvorhaben der Öffentlichkeit vorgestellt hatte, nutzte Müller-Herbst jede Eingabemöglichkeit beim Bauamt der Stadt, um das Projekt zu sabotieren.

„Seine Aktionen haben den Bau um mindestens einen Monat verzögert – frag mal Friedhelm Berger, was das in Euro und Cent ausmacht: Das geht über die 10 000 Euro!", erklärte Susanne ihrer Freundin Tanja genervt. „Am liebsten hätte ich ihn mitsamt seinen Eingaben auf den Mond geschickt oder ihn hinter seinen Eingaben ans Bauamt wie hinter sieben Papierbergen eingemauert!"

„... oder ihn in deiner Baugrube versenkt ..." ergänzte Tanja.

„Genau!", freute sich Susanne, um sich im nächsten Moment die Hand auf den Mund zu schlagen. „Was habe ich da gesagt, so habe ich das nicht gemeint!"

Tanja grinste säuerlich. „Du bist schon wieder tatverdächtig! Kannst du nicht mal deine Finger von Mordfällen lassen?!"

Susanne war empört. „Ich doch nicht, das glaubst du doch nicht im Ernst!"

Tanja schüttelte den Kopf. „Nein, glaube ich nicht, aber mir wäre es lieb, wenn du nicht ständig in meine Fälle verwickelt wärest. Ich mache ja auch keine Prädikantenausbildung und stehe jeden Sonntag auf deiner Kanzel in St. Johannis. Warum, liebe Susanne, gibt es nicht mal einen schönen Mord im goldigen Mainz, mit dem du rein gar nichts zu tun hast?"

Susanne zuckte hilflos mit den Schultern. „Ich war's nicht, ehrlich! Aber", sie zögerte, „ich kann jeden verstehen, der es getan hat. Ich fand ihn ätzend, menschenfeindlich, und ich habe mich immer gefragt, wie Gott es schafft, auch solche Exemplare Mensch zu lieben. Das wird mir wohl ein ewiges Rätsel bleiben. Na ja, ein Gutes hatte er ja – er war aus der Kirche ausgetreten. Wenigstens muss ich ihn nicht beerdigen."

Tanja trank den letzten Schluck Tee aus ihrem Glas. „Schön, dass du keine weitere Arbeit mit ihm hast. Aber ich muss seinen

Mörder beziehungsweise seine Mörderin finden. Deine Baugrube bleibt übrigens noch eine Weile gesperrte Zone, dieses Ziel immerhin hat Herr Dr. Müller-Herbst unter Lebenseinsatz erreicht. Wir müssen erst die Ergebnisse der Spurensicherung abwarten. Und um einen Gefallen muss ich dich noch bitten: Wem außer deiner Kirchengemeinde und dir ist Müller-Herbst noch auf den Heiligen Geist gegangen? Ich wäre dir wirklich dankbar, wenn du mir die Namen aufschreibst. Für heute ist aber erst einmal Schluss mit Arbeiten, ich gehe mit Arne noch ein Bier trinken – gehst du mit?"

Susanne überlegte. Sie hatte Arne schon viel zu lange nicht mehr gesehen. Auf der anderen Seite – sie musste dringend weiterarbeiten.

„Geht schon mal vor, ich komme nach. Dann trinken wir darauf, dass wir bald weiterbauen können."

Aber das sollte nur ein frommer Trinkspruch bleiben. Denn als der verwirrte frisch gebackene Landesarchäologe vernehmungsfähig war, zeigte sich erst das Ausmaß der Tragödie.

„Wenn diese Statuette aus der Zeit vor Drusus stammt", erklärte Dr. Schöffenstedt mit Nachdruck, „dann muss die Geschichte von Mainz neu geschrieben werden!"

Dem jungen Archäologen standen die Schweißperlen auf der Stirn. Arne Dietrich, der die Vernehmung in die Psychiatrie verlegt hatte, äugte besorgt nach dem Pflegepersonal, das sich in angemessenem Abstand aufhielt.

„Wann können wir denn die Statuette in Augenschein nehmen? Was ist ein Mord im Vergleich zur Geschichte der Menschheit!"

Schöffenstedt traten schon wieder die Augen aus den Höhlen.

„Herr Schöffenstedt, mäßigen Sie sich", wehrte Arne ab. „Um eine Verurteilung wegen Beamtenbeleidigung bringt Sie übrigens auch Jupiter nicht herum, man beschimpft keine Beamten in Ausübung ihrer Spurensicherungspflicht als ‚hirnlose Idioten' und man versucht auch nicht, die Gerichtsmedizinerin niederzuringen. Ich mache Ihnen da keine Hoffnungen, das wird teuer!"

Schöffenstedt nickte tapfer und entschlossen zugleich. Arne betrachtete den jungen Wissenschaftler. So wie er mussten die christlichen Märtyrer in den römischen Arenen geblickt haben, die in einer heidnisch-feindlichen Umgebung unerschrocken ihren Glauben mit dem Leben bezahlt hatten. Arne hatte plötzlich eine Vision: Ein junger Schöffenstedt in Toga, der tapfer einem Löwen eine Statuette entgegenhält. Arne schüttelte sich und Schöffenstedt schaute irritiert.

„Wann kann ich hier wieder raus?"

Arne zuckte mit den Schultern und wies auf das Pflegepersonal. „Fragen Sie Ihre Ärzte."

Arne und Tanja beugten sich über die Liste, die sie nach den Angaben von Susanne, dem Architekten Friedhelm Berger und anderen Menschen aus der Umgebung von Oberstudienrat i.R. Dr. Siegfried Müller-Herbst erstellt hatten. Tanja fragte sich im Stillen, ob sie es wohl zeit ihres Lebens schaffen könnte, so viele Menschen gegen sich aufzubringen.

„Schau mal, auf der Liste steht auch der Polizeipräsident", bemerkte Arne.

„Was hatte der denn mit Müller-Herbst zu tun?", fragte Tanja neugierig.

„Müller-Herbst hat ihn angezeigt", erläuterte Arne. „Verletzung der Fürsorgepflicht für die Bevölkerung während des Rosenmontagszugs. In Müller-Herbstens Hauseingang wurde uriniert."

„Unschön", gab Tanja zu. „In derselben Angelegenheit hat er auch den Zugmarschall angezeigt. Verletzung der Aufsichtspflicht für die Fassenachts-Garden."

„Da hilft nur Festnahme", Tanja nickte entschieden. „Mit wem fangen wir an?"

„Mit dem Polizeipräsidenten", schlug Arne vor. „Den Zugmarschall sperren wir dann mit ihm in eine Zelle, dann ist er nicht so allein."

„Gute Idee", meinte Tanja. „Hast du die Ergebnisse der Gerichtsmedizin?"

Arne nickte. „Sie liegen vor dir, meine Liebe. Aber weil dir das Lesen nicht so leicht fällt", er wich dem Schlag Tanjas mit einer Aktenmappe geschickt aus, „hier die Kurzfassung: Müller-Herbst starb an einem Genickbruch. Todeszeitpunkt wahrscheinlich sieben bis acht Stunden vor Auffinden der Leiche, also etwa 24 Uhr bis 1 Uhr in der Nacht. Sein Mörder oder seine Mörderin muss ihn in die Baugrube gestoßen haben und er hat sich bei dem Sturz das Genick gebrochen."

„Riskant, er hätte ja auch nicht tot sein können!"

„Ja, aber auch nicht so riskant", entgegnete Arne. „Der Täter hatte den Schutz der Dunkelheit und den Überraschungseffekt auf seiner Seite. Müller-Herbst wäre nach dem Sturz zumindest schwer verletzt, der Täter hätte Gelegenheit, ihm in der Baugrube den Rest zu geben, zum Beispiel mit der Statuette, die wir unten gefunden haben. Die wird noch untersucht."

Tanja widmete sich wieder der langen Liste potentieller Müller-Herbst-Feinde. „Wer mochte ihn eigentlich?", fragte sie. „Seine Frau vielleicht?"

Arne schüttelte den Kopf. „Es gibt eine Ex-Frau. Und ob die ihm freundlich gesonnen ist?"

„Das kann doch nicht sein, dass ihn niemand mochte", meinte Tanja. „Gibt es denn einen Menschen, dem keine einzige Menschenseele gewogen ist? Übrigens, wie steht es mit dir und Susanne?"

„Der Kenner genießt und schweigt", antwortete Arne und legte pathetisch den Finger an die Lippen.

„Ihr zwei könnt mir nichts vormachen, ich weiß schon lange, dass es zwischen euch ganz schön funkt!“

„Solange du uns nicht dazwischenfunkst ...“, unkte Arne. „Aber jetzt wollen wir mal unsere Arbeit tun und schauen, ob Frau Müller-Herbst ihren Ex noch leiden mag.“

Und zu ihrer großen Überraschung stellte sich heraus: Petra Müller-Herbst mochte ihren Ex-Mann, sogar sehr.

„Ich liebe ihn immer noch“, erklärte Petra Müller-Herbst und hatte dabei Tränen in den Augen. „Ja, wundern Sie sich ruhig, aber ich bin mir sicher, die Welt sähe besser aus, wenn wir ihm besser zugehört hätten. Sicher, Siegfried war ein kritischer Geist, der immer das Haar in der Suppe entdeckte, aber wenn er eins fand, dann war eben auch ein Haar in der Suppe, und wer mag das schon. Auf der anderen Seite – wer mag den, der das Haar entdeckt?“ Petra Müller-Herbst lächelte unter Tränen. „Er konnte halt nicht anders, als die Fehler zu sehen. Und wenn er sie sah, dann tat er alles, um sie aus der Welt zu räumen.“ Sie schluckte. „Gut, manchmal hat er dafür ungewöhnliche, ja harte Wege gewählt, ich fand das oft übertrieben, aber er sagte: ‚Der Zweck heiligt die Mittel, Petra, du wirst sehen, dass ich recht habe.’ Und so war es ja auch. Mein Siggi – er hasste es, wenn ich ‚Siggi‘ zu ihm sagte, aber man braucht doch einen Kosenamen für den eigenen Ehemann – also mein Siggi war eben so.“

„Was gab es denn an einem Haus für Kinder, Alte und Behinderte auszusetzen?“

Petra Müller-Herbst machte eine entschuldigende Geste. „Wir haben keine Kinder, Kinder waren ihm unangenehm, da fehlte ihm wohl etwas das Verständnis.“

Tanja war erstaunt. „Aber er war doch Lehrer!“

„Ja, aber nur Gymnasium, Oberstufe. Die Grundschule hätte er nie ertragen, dieses Geschrei, und manchmal machen die ja sogar noch in die Hose, das wäre für Siggi ganz unerträglich gewesen. Die Oberstufe war schon schlimm genug, all diese unerzogenen Kinder. Doch Siggi sah es als seine Pflicht an, der Jugend wenigstens ein bisschen Bewusstsein für Kultur mitzugeben."

„Und was war an Alten und Behinderten so schlimm?", fragte Arne.

Frau Müller-Herbst zögerte etwas. „Die schreien doch auch manchmal, die Behinderten, und sie sind auch so unästhetisch, fand Siggi, genauso wie die Alten. Er war eben Ästhet, mit Leib und Seele."

Arne verkniff sich die Bemerkung, dass Siggi Müller-Herbst seinem Mörder ja regelrecht dankbar sein konnte, dass er ihn vor dem unästhetischen Zustand des Alters bewahrt hatte. Arnes Schweigen wertete Petra Müller-Herbst offenbar als stilles Einverständnis. Sie weinte jetzt hemmungslos. „Wir haben auch immer so schöne Reisen unternommen, noch, als wir geschieden waren. Siggi wusste über alles genau Bescheid, den Reiseführern von Studiosus war das nicht immer recht, dabei hätten sie doch dankbar sein können, wenn ihnen jemand weiterhilft oder einen Fehler korrigiert."

„Warum haben Sie sich eigentlich von Ihrem Mann getrennt?", fragte Arne etwas ratlos.

„Er hat auch bei mir das Haar in der Suppe entdeckt", schluchzte Petra Müller-Herbst. „Er hat sich zwar Mühe gegeben, über meine Fehler hinwegzusehen, aber es fiel ihm so schwer. Und wenn ich ihn ansah, dann sah ich meine eigene Unzulänglichkeit in seinen Augen gespiegelt. Er hatte Besseres verdient als mich! Aber wir haben uns noch regelmäßig getroffen und miteinander Kaffee getrunken. Schließlich bin ich ja im selben Haus wohnen geblieben und habe die Wohnung unter ihm gemietet. In einem Haus, in dem Siggi wohnte", sie blickte entschuldigend, „also, da wurden immer wieder Wohnungen frei. Die anderen Mieter schätzten nicht immer Siggis Genauigkeit, dabei ging es ihm doch nur um das Wohl der Hausgemeinschaft."

„Haben Sie etwa weiter seinen Haushalt geführt?", fragte Tanja vorsichtig.

Petra Müller-Herbst lachte auf. „Wo denken Sie hin, ich war ihm viel zu ungenau. Nein, Siggi polierte alles eigenhändig! Jeder Schmutz und jedes Chaos waren ihm ein Gräuel. Seine Kleidung, seine Schuhe, sie waren stets auf Hochglanz poliert. Ich finde es so unwürdig, dass er ausgerechnet in einer Baugrube sterben musste."

Arne hakte nach: „Sie sagen, Sie haben ihn immer noch geliebt?"

Petra Müller-Herbst nickte weinend. „Er hat mir so eine Ahnung vom Paradies vermittelt. So perfekt, dachte ich, muss der Himmel sein."

„Meistens im Leben kommt es auf die Perspektive an", erklärte Susanne Tanja.

Die Kommissarin war auf einen Sprung bei ihrer Freundin hereingeschneit und hatte sich einen Tee gewünscht. Der Oktobertag heute war zwar sonnig, aber doch empfindlich kühl. Tanja wärmte ihre Finger an der Tasse. Eben hatte sie von ihrem Gespräch mit der Ex-Frau des Verstorbenen erzählt.

„Der Himmel, den Frau Müller-Herbst beschreibt, kommt mir eher wie die Hölle vor. Kennst du den Witz von dem Evangelischen, der in die Hölle kommt?"

Tanja schüttelte den Kopf.

„Der Teufel zeigt ihm alles, überall glückliche, freundliche Menschen, Sekt wird serviert, hübsche nackte Frauen räkeln sich am Pool, und dann zeigt er einen Raum, in dem Menschen gefoltert und mit glühenden Zangen gequält werden. ‚Das ist ja schrecklich', meint der Evangelische. ‚Das ist die Hölle für die Katholiken, die wollen das so', antwortet der Teufel."

Tanja lachte. „Du meinst, der Himmel ist ein kreatives Chaos, Kinder spielen im Matsch, überall Durcheinander und Baugruben und in einer Ecke ein Raum, innen klinisch rein, staubfrei und mit Sagrotan ausgewischt, und das ist der Himmel für Petra und Siggi Müller-Herbst?"

Susanne nickte. „Genau. Der perfekte Mensch ist übrigens nur zu ertragen, wenn er die Gesichtszüge von Jesus trägt."

Tanja schnickte mit den Fingern. „Jetzt wirst du mir zu tiefsinnig."

Susanne lächelte. „Menschen, die die Perfektion anstrebten, die haben schon immer in der Geschichte Schreckliches hervorgebracht. Nur Jesus konnte Perfektion leben, einfach, weil es bei ihm eine liebevolle Perfektion war."

Tanja stand auf und brachte ihre Tasse in die Küche. „Danke für den Tee. Ich muss weiter. Schließlich ist es meine Aufgabe herauszufinden, wer Herrn Müller-Herbst das vorzeitige Vergnügen bereitet hat, seine private Hölle beziehungsweise seinen privaten Himmel kennenzulernen."

Susanne schmunzelte. „Vielleicht ist es derselbe Ort – wie gesagt, es kommt auf die Perspektive an."

Arne betrachtete Frau Studiendirektorin Dr. Anders. Sie erinnerte ihn an die Schildkröte aus Momo, mit ihrer ausgeprägten Nase und dem grünen Lodenkostüm, dazu hatte sie schwere Lider, die halb über ihren Augäpfeln lagen. Das hätte müde wirken können, wenn nicht unter diesen schweren Lidern zwei ausgesprochen lebendige und kluge Augen hervorgeblitzt hätten.

„Mir kommen in diesem Fall zu viele Doktoren vor", hatte Tanja gemault, als sie gemeinsam mit Arne auf dem Weg zur ehemaligen Schule von Müller-Herbst waren.

„Bildung ist in jedem Alter möglich", antwortete Arne mahnend. „Nicht für die Schule, für das Leben lernen wir!" Tanja schwieg verstimmt. „Lass dich befördern", munterte Arne sie auf. „Dann bist auch du ‚promoviert'!"

„Ach, halt die Klappe, Arne."

Die ersten Sätze von Frau Dr. Anders hatten Tanjas Laune nicht gehoben. Konnte die sich nicht deutsch ausdrücken?

„De mortuis nihil nisi bene", sagte die Direktorin nachdenklich, als sie den beiden Kommissaren zwei Plätze vor ihrem Schreibtisch angeboten hatte. „Beliebt war er zwar nicht, aber ein Pädagoge mit Leidenschaft für sein Fach, wenn auch nicht mit Leidenschaft für die Menschen. Trotzdem gab es eine Gruppe unter den Schülern, die gerne seine Kurse belegten. Das waren Typen, die ihm ein wenig ähnelten. Diese etwas humorlosere Sorte Schüler. Fleißig, nicht übermäßig intelligent, aber genau. Müller-Herbst war auch ein wenig pingelig, im Nachhinein muss man sagen, dass er oft den wunden Punkt herausfand, aber wer will das schon immer hören? Jedenfalls – als er pensioniert wurde, da gab es viele, die aufgeatmet haben. Endlich nicht mehr diese lästigen Einwürfe bei den Konferenzen."

Dr. Anders schwieg und lächelte. Sie hatte den Satz mit einem offenen Ende gesprochen, es war, als ob sie noch etwas hätte sagen wollen.

„Und dann?", fragte Arne neugierig nach.

„In jedem Gremium gibt es einen Klingonen", antwortete Frau Dr. Anders und lächelte wieder unter ihren schweren Lidern. Sie ähnelte jetzt tatsächlich einer Schildkröte. Arne wunderte sich, woher diese Frau wusste, was Klingonen waren. War sie ein Star Wars-Fan? War sie am Ende selbst eine Außerirdische? Er beschloss, diese menschliche Schildkröte nicht zu unterschätzen.

„Wissen Sie", die Direktorin faltete ihre Hände, „in solchen Fällen könnte man zum Buddhismus konvertieren und an die Wiedergeburt glauben. Dr. Müller-Herbst ging, und wir bekamen umgehend adäquaten Ersatz. Ich sage ja, in jedem Gremium gibt es einen Klingonen. Aber ...", sie schmunzelte, „man kann ja nicht alle Klingonen umbringen, oder? Der Gesellschaft würde etwas fehlen. Daher: Wenn Sie mich fragen, wer Müller-Herbst hätte umbringen wollen – ich weiß es nicht. Alle hätten ein Motiv, ihn nicht zu mögen – aber reicht das, um jemanden umbringen zu wollen?"

„Vielleicht hat er mit seiner Pingeligkeit ja bei einem Kollegen ein tödliches Haar in der Suppe entdeckt", überlegte Tanja.

„Arbeite bitte an deiner Metaphorik", sprach Arne in belehrendem Ton und erhielt umgehend einen Knuff in die Seite. „Pass doch auf, das kann böse Folgen haben, besonders beim Autofahren! In der Sache, wenn auch nicht mit der Metaphorik, hast du natürlich recht. Da hatte jemand etwas zu verbergen, und Müller-Herbst hat das herausgefunden. Womöglich war ihm gar nicht klar, was er da herausgefunden hat, es störte ihn einfach in seinem Perfektionswahn."

„Übrigens – ich fand die Direktorin trotz des Latein-Zitats am Anfang ganz sympathisch."

„Eben."

„Was soll das jetzt wieder heißen? Und wie sollen wir überhaupt herausfinden, wer die Person war, bei der Müller-Herbst ein Haar in der Suppe gefunden hat und was das für eins war?"

„Geduld, liebe Tanja, und Taktik. Wirf einen Stein in den See, und er wird Kreise ziehen."

„Deine Metaphorik ist abgelutscht, lieber Kollege. Außerdem – welcher Stein soll in welchen See geworfen werden?"

„Woher soll ich das denn wissen? Ich finde aber, es klingt gut, geradezu biblisch oder nach chinesischer Weisheit."

„Chop suey, wie der Asiate sagt", stöhnte Tanja. „Oder Pekingsuppe. Da habe ich mal ein Haar drin gefunden, schwarz, kräftig, irgendwie auch asiatisch. Ich habe mit tiefem Spürsinn den Koch als Schuldigen entlarvt."

„Schöffenstedt am Apparat, spreche ich mit Frau Pfarrerin Hertz?"

Susanne bejahte. „Sie sind Bauherrin des Bauvorhabens an der St. Johannis-Kirche? Dann muss ich Ihnen die Mitteilung machen, dass sofort alle Baumaßnahmen gestoppt werden müssen."

Susanne war entsetzt. „Aber die Polizei hat mir mitgeteilt, dass die Spurensicherung abgeschlossen ist und die Bautätigkeit heute Nachmittag fortgesetzt werden kann!"

„Aus Sicht der Polizei ist es abgeschlossen, aus Sicht der Stadtgeschichte überhaupt nicht! Die kleine Statuette, die in der Baugrube gefunden wurde, trug, soweit wir es entziffern konnten, die Aufschrift Gaius Iulius dem Jupiter."

„Ja und?"

Schöffenstedt bekam wieder einen leicht hysterischen Klang in der Stimme. „Gaius Iulius Caesar, den müssten Sie doch kennen, haben Sie denn im Geschichtsunterricht nicht aufgepasst? Sie müssten doch wenigstens einmal im Leben Asterix und Obelix gelesen haben! Gaius Iulius Cäsar eroberte als Prokonsul in den Jahren 58-51 v. Chr. ganz Gallien bis zum Rhein. Und wenn diese Statuette echt ist, dann hat er einen Ausflug bis Mainz gemacht und hier ein römisches Lager gegründet. Und das wäre eine Sensation!"

„Aber ..."

„Kein Aber, Frau Pfarrerin, Ihre Baugrube wird nun von uns gründlichst erforscht. Keine Baumaßnahmen mehr, bis wir fertig sind. Und wenn wir in Ihrer Baugrube Reste eines Jupitertempels aus der Zeit Cäsars finden, dann müssten wir sowieso ganz neu überlegen!"

„Wie lange wird das denn dauern?“

„Wir arbeiten mit Hochdruck an der Untersuchung der Statuette. Aber vierzehn Tage müssen Sie auf jeden Fall einkalkulieren, bis wir definitive Ergebnisse haben, und, wie gesagt, das betrifft nur die Statuette.“

Es knackte im Hörer. Susanne ließ sich erschöpft auf ihren Schreibtischstuhl sinken. Dann zückte sie ihr Notizbuch und wählte die Nummer von Friedhelm Berger. „Herr Berger, hier spricht Susanne Hertz. Wir haben Baustopp, und da ich als Christenmensch leider keinen guten Draht zur Götterwelt habe, wird es dauern, mindestens vierzehn Tage! Schöffenstedt wittert unter unserer Baugrube einen Jupitertempel, ich fürchte, da können wir gar nichts anderes tun, als abzuwarten.“

CÄSAR GRÜNDET MAINZ titelte die Allgemeine Zeitung am nächsten Tag. Darunter war ein Farbfoto von Dr. Schöffenstedt mit der kleinen Statuette in der Hand zu sehen. Im Hintergrund die Baustelle der St. Johannis-Gemeinde. Ausführlich widmete sich der Artikel den dramatischen Umständen, unter denen die Statuette entdeckt worden war, und dem ungeklärten Mord an Siegfried Müller-Herbst und ließ auch nicht den selbstlosen Einsatz von Dr. Schöffenstedt unerwähnt, der sogar eine Festnahme und Klinikeinweisung im Dienste für das Allgemeinwohl riskiert hatte – alles aus Leidenschaft für das römische Mainz. „Was machen wir, wenn die in unserer Baugrube tatsächlich einen Jupitertempel finden?“, fragte Susanne Friedhelm Berger.

„Es gibt Dinge, an die mag ich gar nicht denken“, entgegnete der. „Auf hoher See, vor Gericht und bei der Denkmalpflege sind Sie in Gottes Hand.“

„Ich weiß auch nicht, warum mich das gerade überhaupt nicht tröstet“, seufzte Susanne.

„Frau Kollegin, haben Sie Zeit für einen Ausflug nach Oppenheim?“

Die Stimme am Telefon klang freundlich. Es war Mechthild Michelstadt, Pfarrerin an der wunderschönen gotischen Katharinenkirche, die das Stadtbild von Oppenheim prägte.

„Danke für die Einladung, was verschafft mir die Ehre?“, fragte Susanne.

„Ich habe gerade die AZ gelesen und von Ihren Problemen am Bau und vom Tod des Herrn Dr. Müller-Herbst erfahren. Ich kannte den Herrn. Und ich glaube, ich habe Ihnen etwas Interessantes zu erzählen.“

Susanne blätterte in ihrem Terminkalender. Eigentlich hatte sie gar keine Zeit. Auf der anderen Seite – ein kleiner Ausflug könnte eine gute Ablenkung sein.

„Wie wäre es gleich morgen Nachmittag?“, fragte sie.

„Gerne“, entgegnete Pfarrerin Michelstadt. „Am besten parken Sie bei uns im Pfarrhof, wir haben gerade so viele Baustellen in Oppenheim, dass die Parkplatzsuche etwa so kompliziert ist wie eine Mordermittlung.“ Mechthild Michelstadt kicherte. „In Mordermittlungen, liebe Kollegin, haben Sie ja – soweit ich es gehört habe – so Ihre Erfahrungen, aber man muss es schließlich nicht übertreiben mit der Komplexität des Alltags.“

Susanne und Tanja genossen die kurze Fahrt von Mainz nach Oppenheim am Rhein entlang. Kurz entschlossen hatte Susanne Tanja angeboten, sie mitzunehmen. Schließlich klang die angekündigte Information auch für die Ohren der Polizei interessant, und Pfarrerin Michelstadt war auch einverstanden damit, dass Tanja mitkam.

„Ich bin urlaubsreif!“, seufzte Tanja und blinzelte in die Oktobersonne. Die Bäume am Rheinufer färbten sich langsam bunt. „Jetzt mit deinem Alfa Richtung Paris, das wäre es.

Komm, Susanne, wir lassen alles hinter uns und fahren los, in vier Stunden können wir mit deinem kleinen Flitzer durch den Arc de Triomphe fahren!"

Susanne lachte. „Ich kenne ein süßes kleines Hotel in der Nähe des Boul' Mich', und heute Abend könnten wir beim Chinesen im 11. Arrondissement essen."

„Ach nee, Chinese, da steh' ich im Moment nicht so drauf", meinte Tanja. Sie dachte an eine gewisse Pekingsuppe mit Einlage. „Wie wär's stattdessen mit Joggen in den Sonnenuntergang am Seine-Ufer?"

„Hör auf", jaulte Susanne, „du machst mich ganz fertig, gleich drücke ich aufs Gaspedal. Konzentrier dich auf deinen Job. Wir sind jetzt ganz brav und hören uns an, was Oppenheim zu sagen hat!"

Pfarrerin Mechthild Michelstadt war eine kompakte kleine Person mit pfiffigen Augen, die alles andere als auf den Mund gefallen war. Kaum hatte Susanne ihren Alfa in der wunderschönen alten Hofanlage des Pfarrhauses geparkt, als Mechthild Michelstadt auch schon die Tür öffnete.

„Gehen wir gleich los, Sie haben gewiss keine Zeit zu verlieren", sagte sie energisch und eilte der mächtigen Katharinenkirche entgegen.

Susanne bedauerte ihre eklatante Fehlentscheidung, ihre schwarzen hochhackigen Stiefel ausgewählt zu haben, die zwar phantastisch zu ihrem Alfa, weniger jedoch zum Oppenheimer Pflaster passten. Ihr Gang wirkte jetzt wesentlich uneleganter als der wieselflinke Schritt von Pfarrerin Michelstadt, die solides Schuhwerk gewählt hatte. Allerdings sah die Kollegin auch nicht so aus, als ob sie mit Susannes Vorliebe für exzentrische Schuhe viel anfangen könnte. Sie wirkte praktisch und energisch, im Abendkleid mit High Heels konnte Susanne sie sich wirklich nicht vorstellen. Obwohl – wer weiß? Susanne humpelte Michelstadt und Tanja hinterher, ständig drohte sie in den Ritzen des Pflasters umzuknicken. Tanja hatte – natürlich – ebenfalls praktische Schuhe an, so wie immer, bemerkte Susanne mit leichtem Verdruss über ihre eigene kurzsichtige Wahl.

„Lassen Sie uns kurz einen Blick in unsere Kirche werfen", entschied Michelstadt und öffnete die Tür zur Katharinenkirche. „Wo Sie schon einmal hier sind."

Tanja und Susanne konnten nicht anders, sie verstummten. Welch herrlicher Raum! Und frisch renoviert, wie Susanne mit einem Quantum Neid in Gedanken an ihre schwer renovierungsbedürftige St. Johannis-Kirche feststellte. Hier wurde wirklich nicht gespart, sorgsam war die Schönheit der Kirche wiederhergestellt worden. Die Kirche hatte sich auch dem Neuen geöffnet, hinter dem Altar erhob sich ein modernes Kunstwerk in Gold und Rot, ein Diptychon, das dem Altarraum optisch Halt gab und den Blick konzentrierte. Susanne blickte auf die kleine Pfarrerin in ihrer großen Kirche. Es war, als ob Michelstadt Gedanken lesen könnte. „Man lernt es, diese große Kirche zu füllen. Und – wenn man sich einmal daran gewöhnt hat, dann kann man es sich nicht mehr vorstellen, in einer kleineren Kirche zu arbeiten."

Dann dürfte mit Oppenheim ja wohl der Zielpunkt ihrer Karriere erreicht sein, dachte Susanne. Oder sie wird Papst und übernimmt den Petersdom, bei ihrer Energie wäre ihr das durchaus zuzutrauen. Päpstin Mechthild I. Susanne musste unwillkürlich kichern, Tanja schaute sie irritiert an.

Unbeeindruckt vom merkwürdigen Verhalten ihrer Kollegin mahnte Pfarrerin Michelstadt nun zur Eile. „Eigentlich wollte ich mit Ihnen zur Michaelskapelle."

„Von wegen Kapelle", dachte Susanne, als sie kurz darauf in der Kirche standen, die sich direkt neben der Katharinenkirche über dem Beinhaus erhob. Die Kirche bot leicht Platz für hundert Menschen, dazu gab es eine Empore. Wunderschön und liebevoll war auch diese Kirche renoviert. Und erstaunlich warm!

„Fußbodenheizung", erklärte Pfarrerin Michelstadt. „Und das ist auch der Grund, warum ich Sie eingeladen habe. Denn diese Fußbodenheizung passte Dr. Siegfried Müller-Herbst nicht. ‚Zur Entstehungszeit dieser Kirche gab es keine Fußbodenheizungen, das ist unhistorisch', beschwerte er sich schriftlich beim Kirchenvorstand. Nun, wir waren der Ansicht, dass – Geschichte hin, Geschichte her – ein Raum für die Menschen da ist und nicht umgekehrt und schließlich niemand sieht, warum man in dieser Kirche nicht frieren muss. Das hat Müller-Herbst nicht überzeugt."

„Was hatte Müller-Herbst eigentlich mit Oppenheim zu tun?", erkundigte sich Tanja.

„Nichts", erklärte Michelstadt. „Aber Müller-Herbst ging grundsätzlich zu allen Neubau- und Renovierungsprojekten, die historisches Gelände oder historische Gebäude betrafen. Er hasste ‚Geschichtsklitterung', wie er es nannte. Eine falsche Ziegelfarbe oder eine moderne Lampe konnten ihn bis zur Weißglut reizen. Eine Fußbodenheizung, die nicht historisch war, ebenso. In der Michaelskapelle gibt es moderne Lampen und eine Fußbodenheizung, das war zu viel für ihn. Als seine Eingaben beim Kirchenvorstand und beim Bauamt keine Wirkung zeigten, schien es so, als habe er kapituliert."

„Aber dann?", fragten Susanne und Tanja wie aus einem Mund. Sie hatten das Gefühl, dass sie gleich etwas Wichtiges erfahren würden.

„Laufen Sie gerne nachts durch die Straßen?", fragte Pfarrerin Michelstadt.

Tanja bejahte spontan, Susanne dachte sofort an ihre ehemalige Konfirmandin Julia und die Bedrohung, der sie noch vor nicht allzu langer Zeit durch Julias Mörder ausgesetzt war, und zögerte etwas. „In Begleitung ja“, antwortete sie dann ehrlich.

„Ich laufe grundsätzlich gerne nachts durch die Straßen“, erzählte Mechthild Michelstadt mit Nachdruck. „Ich habe keine Angst, schließlich war ich Deutsche Jugendmeisterin im Ringen!“

Susanne und Tanja staunten.

„Man sieht es mir nicht an“, lächelte Pfarrerin Michelstadt, „aber ich könnte Konflikte in der Kirchenvorstandssitzung auch auf unkonventionelle Weise lösen – wenn ich wollte. Tue ich aber nicht. Jedenfalls, wenn ich zugreife, dann greife ich zu. Und an diesem Abend griff ich zu. Denn ich sah eine Gestalt, die sich hinter der Absperrung befand, die die Baustelle Michaelskapelle schützte.“

Pfarrerin Michelstadt erzählte ihren überraschten Zuhörerinnen, wie sie sich mit leichtem Fuß an den nächtlichen unbefugten Besucher ihrer Baustelle herangeschlichen und diesen dann mit einem beherzten Ringergriff in den Schwitzkasten genommen hatte.

„Das hier hatte er in der Hand, ich konnte ihn gerade noch hindern, es in die Baugrube zu werfen“, sagte Michelstadt und zeigte eine kleine Münze. „Römisch, 2. Jahrhundert. Wenn die gefunden worden wäre, dann hätte das zwei Wochen Baustopp bedeutet, bis die Archäologen das Gelände gesichert hätten. Zwei Wochen – mindestens. Und wir waren schon knapp mit der Zeit, wer weiß, ob wir die Renovierung wegen der Winterwitterung nicht sogar hätten abbrechen müssen.“

„Und Ihr nächtlicher Besucher hatte diese Münze aus der Baugrube entwendet und wollte sie zurückwerfen, damit sein Diebstahl nicht entdeckt wurde?“, fragte Susanne.

„Nein, umgekehrt wird ein Schuh draus. Er wollte uns diese Münze unterschieben. Der nächtliche Besucher war Müller-Herbst, Sie haben es sicher schon vermutet, und er hat es getan, um die Fußbodenheizung für mindestens zwei Wochen, vielleicht sogar drei Monate zu verhindern. Wenn schon nicht endgültig, dann doch für einen Übergang. Er konnte keine Geschichtsklitterung ertragen. Im Kampf dagegen war ihm jedes Mittel recht. Diese Münze ist übrigens nicht echt, sondern eine Fälschung. Er hat sie sich aus der Türkei mitgebracht, er war viel auf Reisen. Bis so eine Münze als Fälschung erkannt ist, dauert es seine Zeit. Und in dieser Zeit hätten wir Baustopp gehabt. Das hat er mir alles erklärt, als ich ihn im Schwitzkasten hatte. Er hat auch ziemlich gequietscht, mein Griff ist noch ganz ordentlich", sagte die resolute Pfarrerin nicht ohne eine gewisse Selbstgefälligkeit.

„Angezeigt habe ich ihn nicht, ich schätze mal, mein Griff war Strafe genug. Die Münze habe ich allerdings behalten, auch damit er sie nicht dazu nutzt, sie anderen unterzumogeln. Bei Ihnen hat er ja auch keine Münze, sondern eine Statuette gewählt. Aufwändiger, in der Türkei jedoch auch kein Problem, die fälschen Ihnen alles, was Sie wollen und trimmen es auf antik. Ich bin mir jedenfalls sicher, dass sich der Jupiter aus Ihrer Baugrube als Fälschung herausstellen wird."

Nachdenklich fuhren Susanne und Tanja zurück nach Mainz. Sie hatten sich herzlich bei Pfarrerin Mechthild Michelstadt für die wichtige Information bedankt, wobei sie ihr die Hand nicht ohne eine gewisse Vorsicht gereicht hatten. Diese kleine Person sollte man tatsächlich nicht unterschätzen!

Susanne lenkte den Alfa durch Nierstein, der Rhein glitzerte in der Abendsonne.

„Wir werden uns mal umhören, wie viele Baustellen durch unvorhergesehene Funde für einige Zeit gesperrt wurden", meinte Tanja und notierte sich Merkpunkte auf ihrem Block. „Ich bin mir sicher, wir werden einige finden."

„Wer hat ihn dann in unsere Baustelle gestoßen?" fragte Susanne.

„Ich denke mal, es war Jupiter, die Rache der Götter!"

„Wie bitte?", fragte Susanne.

„Jupiter, die kleine Statuette. Als er sie schleudern wollte, hat er das Gleichgewicht verloren. Er hat schon sein Gewicht, dieser Jupiter, ich habe ihn selbst in der Hand gewogen. Vielleicht ist er aber auch ausgerutscht, als er versuchte, möglichst nahe an den Grubenrand zu kommen. Oder es ist ihm schwindelig geworden, eine kleine Kreislaufschwäche, wer weiß. Wir werden es nie erfahren. Was ich aber mit an Sicherheit grenzender Wahrscheinlichkeit annehme, ist, dass es keinen Mörder gibt. Dr. Siegfried Müller-Herbst hat sich mit seiner nächtlichen Aktion selbst zu Fall gebracht. Ich jedenfalls werde der Staatsanwaltschaft vorschlagen, die Akten zu schließen. Morgen melde ich der Denkmalpflege unsere Ergebnisse, das dürfte die auch in Bezug auf vergangene Funde in Baustellen interessieren. Die werden Jupiter noch auf Herz und Nieren prüfen und feststellen, dass er eine gute Fälschung ist, made in Turkey."

Susanne war nachdenklich: „Irgendwie tut mir Müller-Herbst auch leid. Es ist doch so viel schöner, die Blüten des Lebens zu suchen als das Haar in der Suppe."

Tanja seufzte. „Ich finde, Arne und du, ihr passt wirklich hervorragend zusammen, schon eure metaphorische Sprachgewalt!"

Susanne wurde rot, jedoch eher wegen der Anspielung auf Arne. Tanjas Ironie perlte an ihr ab, sie hatte sie gar nicht mitbekommen.

„Deine Baustelle an St. Johannis ist garantiert noch für zehn Tage dicht – warum machst du nicht einfach Urlaub? Mein Tipp: Paris mit Arne!"

Susanne überlegte. Der Vorschlag war verlockend. Die Seine glitzerte jetzt bestimmt genauso romantisch wie der Rhein. Und hatte Arne nicht neulich angedeutet, er könnte ein paar freie Tage gut gebrauchen, gerne auch mit ihr?

„Tanja, du hast recht.“

Knapp acht Stunden später konnten sich Arne und Susanne davon überzeugen, dass das kleine Hotel in Paris immer noch ganz süß war.

„Ich liebe dich, beim Jupiter“, flüsterte Arne und küsste Susannes Haar. Dabei bekam er eins in den Mund und zupfte es heraus. „Nun ja – besser ein Haar von dir im Mund als eins von Müller-Herbst in der Suppe …“

Ein Holz, aus dem man Träume macht

Jürgen Heimbach

Tom Polhaus: „Das ist schwer. Was ist das?"
Sam Spade: „Das? Ein Stoff, aus dem man Träume macht."
Tom Polhaus: „Was?"

Die Spur des Falken, John Huston

Am 7. April 2009 erreichte den fünfundvierzigjährigen Kaufmann und Großhändler für Weinzusatzstoffe Jochen Falke in seinem Büro im rheinhessischen Alzey um 14 Uhr 12 ein Anruf, der sein wohlgeordnetes Leben durcheinander und zu einem grausamen Ende bringen sollte.

Wie immer ging Falkes Blick mit dem Läuten des Telefons zu der Uhr über der Eingangstür, die er von seinem ledernen Schreibtischstuhl sehr gut im Blick hatte. Aus einer anfänglichen Übung zum Training seines Gedächtnisses hatte sich mit den Jahren ein ausgewachsener Spleen entwickelt. Falke, der ein außergewöhnlich gutes Gedächtnis für Zahlen besaß und komplexe Rechenaufgaben in kürzester Zeit ohne technische Hilfsmittel zu lösen verstand, wusste zu allen Anrufen der vergangenen Wochen die entsprechenden Uhrzeiten, und wichtige, bedeutende oder überraschende Anrufe hatte er für immer gespeichert. Ein solcher hatte ihn vor drei Jahren, am 12. Juli 2006 um 10 Uhr 43, erreicht. Ein junger Mann, zumindest schwang für ihn in der Stimme des Anrufers etwas unbekümmert Jugendliches durch, wollte eine Stripperin für eine Geburtstagsparty bestellen und glaubte in Jochen Falke den Vertreter einer dafür zuständigen Eventagentur am Apparat zu haben. Trotz mehrmaliger Versuche, den Mann über das Missverständnis aufzuklären, war der nicht von seinem Vorhaben abzubringen, sodass Falke, der nie ein Freund solcher Späße und Albernheiten gewesen war, am Ende versprach, ihm die schärfste Mieze aus seinem Stall zu schicken. Genau diese Worte hatte er gewählt – schärfste Mieze aus seinem Stall – und das war ihm sogar leicht über die Lippen gekommen. Und dann hatte er diese Mieze beschrieben, die langen Beine, die gewellten blonden Haare, den üppigen Busen, den vollen und lasziven Mund und ihre ebenso grazilen wie verführerischen Bewegungskünste. Nachdem sie sich über die Gage geeinigt und den Termin für den Auftritt vereinbart hatten, am 27. Juli um 19 Uhr 30, wollte der junge Mann am anderen Ende der Leitung weitere Details über die scharfe Mieze hören und es bereitete Falke so großen Spaß, diesem Wunsch nachzukommen, dass er abends, als er neben seiner Frau im Bett lag und sie heimlich aus den Augenwinkeln mit der von ihm erfundenen Mieze verglich, heftig erschrak, sich schnell zur Seite drehte und große Mühe hatte, seine Erektion zu verbergen. Am nächsten Morgen, als der Wecker ihn wie immer um 6 Uhr 05 aus dem Schlaf riss, hatte er seinen Scherz für den Moment vergessen, erinnerte sich aber später im Büro wieder daran und erzählte ihn seinem langjährigen Geschäftspartner Milo Bogenspanner. Gemeinsam lachten sie über diesen ungewohnten Zug von Jochen Falke, doch dann verbannte dieser den Scherz in einen hinteren Winkel seines Gedächtnisses.

Nun, am 7. April um 14 Uhr 12, drei Jahre nach diesem Vorfall, war es kein junger Mann, sondern eine Frau, die ihn anrief, und erneut war Falke das Opfer eines Missverständnisses, denn diese Frau suchte einen Privatdetektiv, der ihre verschwundene Schwester Corinna finden sollte. Wieder gelang es dem Kaufmann Jochen Falke nicht, das Missverständnis aufzuklären. Als die Frau, die sich mit dem Namen Ruth Wunderlich vorstellte, um 14 Uhr 37 das Gespräch beendete, hatte Jochen Falke zugesagt, sich auf die Suche nach der verschwundenen Corinna zu machen. Laut Ruth Wunderlich war ihre Schwester mit dem Falke entfernt bekannten Winzer Heinrich Rossmann aus Flonheim verheiratet, die Ehe aber schon seit Jahren durch die vielen Affären des Ehemanns zerrüttet, welcher sich augenblicklich für zwei Wochen in den USA befand, um als Botschafter auf einer Messe für den rheinhessischen Wein zu werben. Ruth Wunderlich hatte Falke gegenüber den Verdacht geäußert, dass sich ihre Schwester mit einem der polnischen Erntehelfer abgesetzt hatte. Briefe, die sie in Corinnas Sekretär gefunden hatte, legten ihr diesen Schluss nahe.

In diesem Fall war es nicht die Impertinenz, die der Anrufer am 12. Juli um 10 Uhr 43 an den Tag gelegt und die Falke widerstandslos gemacht hatte, es war die Stimme der Ruth Wunderlich, die, kaum dass er die ersten Worte aus ihrem Mund vernommen hatte, in ihm sofort das Bild der scharfen Mieze – lange Beine, üppiger Busen, gewellte blonde Haare, voller und lasziver Mund – heraufbeschwor.

Nach dem Telefonat saß er noch minutenlang an seinem Schreibtisch, sah Ruth Wunderlich mit all den Attributen seines Wunschbildes in sein Büro eintreten, ihm tief in die Augen schauen, die Beine übereinanderschlagen und immer wieder und langsam so aneinanderreiben, dass diese Bewegungen ein feines circelierendes Knistern ihrer Strümpfe hervorrief, das ihn über alle Maßen erregte.

In diesen Tagtraum hinein klingelte plötzlich sein Telefon und Falke vergaß zum ersten Mal seit acht Jahren, so lange betrieb er schon seine Form des Gehirntrainings, auf die Uhr über der Tür zu schauen. Milo Bogenspanner, sein Geschäftspartner, mit dem er die Firma vor fünfzehn Jahren gegründet hatte und der in dieser Zeit analog zu ihrem erwirtschafteten Wohlstand mindestens so korpulent wie er selbst geworden war, rief an, um ihn zu bitten, für ihn einen Kunden in Flonheim zu besuchen, da sein Termin im Haus des deutschen Weines in Mainz länger als geplant dauern werde. Typisch, schoss es Falke durch den Kopf, und er vermutete, dass sein Partner wieder irgendwelche privaten Verabredungen in der Landeshauptstadt hatte und darüber seine geschäftlichen Verpflichtungen wie so oft vernachlässigte. Manchmal bedauerte er es, dass er damals nicht den Mut gehabt hatte, die Firma alleine zu gründen. Ihm wären genauso viele unnütze Ausgaben wie Nerven und Streitereien erspart geblieben.

Jochen Falke, der bis dahin weder an Übersinnliches noch an Zufall geglaubt hatte, wusste diesen Anruf gleich als ein Zeichen zu deuten und machte sich, kaum dass er den Hörer aufgelegt hatte, auf den Weg in den kleinen rheinhessischen Ort. Der Name Flonheim elektrisierte Falke so sehr, dass er noch vom Büro aus seine Frau anrief, um ihr mitzuteilen, dass er an diesem Abend wegen eines auswärtigen Termins sehr wahrscheinlich nicht nach Hause kommen und in einem Hotel übernachten würde. Wenige Minuten danach, um 11 Uhr 02, befuhr Jochen Falke die Kreisstraße 12 und die Stimme von Ruth Wunderlich, die sich in seinen Gehörgängen festgekrallt hatte, ließ ihn die ersten Worte des Radiosprechers überhören, der den gewaltsamen Tod des Winzers Heinrich Rossmann aus Flonheim bekannt gab. Falke benötigte einige Sekunden, um sich zu vergegenwärtigen, dass Ruth, er nannte die Anruferin schon vertraut bei ihrem Vornamen, dass Ruth ihm doch mitgeteilt hatte, dass Rossmann sich als Weinbotschafter in den USA befände. Er trat auf das Gaspedal, überschritt, was er sonst peinlichst vermied, die Geschwindigkeitsbegrenzung und stellte weniger als eine Viertelstunde später seinen Wagen an einer Stelle an den Straßenrand, die genau zwischen dem Hof seines Kunden und dem von Heinrich Rossmann lag.

Um 11 Uhr 27 stand Jochen Falke vor der Einfahrt des Rossmannschen Weingutes neben zwei älteren Frauen, die unangenehm nahe an ihn herantraten, um ihm mit verschwörerisch gesenkter Stimme mitzuteilen, dass der Heinrich wegen einer ganz alten Geschichte sterben musste und jetzt tot in seiner eigenen Lagerhalle liege. Was für ein Tag, überlegte Falke, erst der Anruf von Ruth, dann die Bitte seines Partners und gleich darauf der rätselhafte Tod des Mannes der Frau, die verschwunden war und die zu suchen er Ruth versprochen hatte.

Doch bevor er da mehr hineindeuten konnte, trat ein Mann neben ihn und sah ihn mehrmals aus den Augenwinkeln an, bis er es nicht mehr aushielt und sich dem Fremden zuwandte, um zu prüfen, ob sie miteinander bekannt wären.

„Hauptkommissar Pohlmann", stellte sich der Mann mit der Stirnglatze und der runden Nickelbrille vor, „darf ich fragen, wer Sie sind?"

Falke überlegte, wie er angemessen antworten konnte, und das dauerte zu lange. „Bitte!", forderte Pohlmann ungeduldig.

„Jochen Falke", antwortete der endlich, „ich bin geschäftlich hier."

„Bei Herrn Rossmann?"

Falke gefiel Pohlmanns Blick aus den zugekniffenen Augen hinter den runden Gläsern nicht. „Nein, in der Nähe. Ich habe im Radio von Herrn Rossmanns Tod gehört."

„Sie kennen sich?"

„Er ist ein Kunde von mir. Ich dachte nur, er wäre verreist."

„Verreist?"

„In die USA."

„Wer hat Ihnen das gesagt?"

Kurz nur überlegte Falke, ob er von Ruths Anruf erzählen sollte, aber abgesehen davon, dass es für einen Kommissar reichlich blöde geklungen hätte, dass er unfähig gewesen war, ein so einfaches Missverständnis wie das zwischen ihm und Ruth aufzuklären, wäre damit womöglich seine Liaison mit dieser Frau schon nach kürzester Zeit beendet gewesen. Darum sagte er nur: „Ich weiß es nicht mehr. Vielleicht täusche ich mich auch und verwechsele da etwas." Pohlmanns Antwort war ein sehr skeptischer Blick, und bevor er in Richtung der

Lagerhalle mit dem toten Rossmann verschwand, notierte er sich Falkes Namen und Adresse.

Etwas später, um 11 Uhr 40, saß Falke bei Wiglaf Greiner, dem Kunden, den sein Partner Milo Bogenspanner eigentlich hätte aufsuchen sollen. In dem nur halbstündigen Gespräch, in dem es um die Konditionen für eine Lieferung von Eichenholz-Chips ging, mittels derer der Wein preiswert den wertvollen Barriquegeschmack erhalten sollte, fiel es Falke sehr schwer, konzentriert die Geschäftsverhandlung zu führen, die dadurch noch erschwert wurde, dass Bogenspanner dem Winzer vorab falsche Angaben hinsichtlich des Preises gemacht hatte. Viel mehr beschäftigte Falke, warum ihm Ruth gesagt hatte, dass Rossmann sich in den USA aufhalte, wo der doch ganz offensichtlich und leider nicht mehr lebendig in Flonheim weilte. Mehr noch aber lenkten ihn die Gedanken an Ruth selbst und das Bild von ihr, das immer mehr dem der scharfen Mieze ähnelte, ab. Das änderte sich auch während des Restnachmittags nicht und Falke war äußerst froh, seiner Frau mitgeteilt zu haben, nicht nach Hause zu kommen. So hatte er Zeit und die nötige Ruhe, im Büro über Ruth und ihren toten Schwager nachzudenken, zumal Bogenspanner an diesem Tag nicht mehr im Büro erscheinen würde.

Es war draußen schon dunkel, als das Telefon klingelte und ihn aus seinen Überlegungen riss. Falkes Reflexe funktionierten wieder. Bevor er abhob, ging sein Blick zur Uhr. 21 Uhr 31. Er wusste, dass es Ruth war. „Haben Sie schon etwas herausgefunden?“, fragte sie mit ihrer rauen Stimme, die Falke das klare Denken erschwerte, weil er sich sogleich den zu dieser Stimme gehörenden lasziven Mund vorstellte.

„Sind Sie noch dran?“

„Ja“, beeilte sich Falke zu beteuern, und da ihm in seiner Aufregung nichts Besseres einfiel, teilte er der Frau am anderen Ende der Leitung mit, dass ihr Schwager, der Ehemann ihrer verschwundenen Schwester Corinna, sich mitnichten in den USA aufhielte, sondern in seiner eigenen Lagerhalle tot aufgefunden worden sei.

„Oh Gott", stöhnte Ruth auf, „wie schrecklich. Aber warum war er hier?"

Darauf wusste Falke keine Antwort.

„Corinna ist in großer Gefahr!", sprudelte es plötzlich aus Ruth heraus. „Das war bestimmt dieser Pole!"

Falke war verwirrt. Warum sollte Corinna in Gefahr schweben, wo der Pole doch ihr Liebhaber war und die Tat sicher für sie und ihr gemeinsames Leben begangen hatte?

„Aber …", versuchte Falke seine Überlegungen in Worte zu übersetzen, doch Ruth war schneller: „Sie müssen Corinna finden, bitte. Bitte …"

Falke war schon nicht mehr fähig zu seinem Einwand. „Wie soll ich sie denn finden?"

„Warten Sie!", war die gehauchte Aufforderung, die Falke aufs Neue durcheinander brachte. Er sah sie vor sich, in einer grauen Strickjacke aus feinem weichen Mohair, das Dekolleté von schwarzen Spitzen bedeckt, aus denen die Ansätze ihres Busens hervorschauten. Er stellte sich vor, wie sie vor ihm saß, die Beine aneinanderrieb, sich leicht vorbeugte und er nicht anders konnte, als in ihr Dekolleté zu schauen, was sie zuließ und genoss.

Kurz darauf hörte er wieder ihre Stimme. „Ich habe einen Zettel bei Corinna gefunden." Sie nannte Falke eine Adresse in der Mainzer Neustadt, in der Nähe des Hauptbahnhofs. Falke versprach, sich sofort auf den Weg zu machen, um nach Corinna zu suchen. Im Auto erst fiel ihm auf, dass er Ruth nicht nach ihrer Telefonnummer gefragt hatte. Er nahm sich vor, dies bei ihrem nächsten Gespräch auf gar keinen Fall zu vergessen.

Das Haus, das Ruth ihm genannt hatte, lag am Kaiser-Wilhelm-Ring und Falke fand nicht weit entfernt davon einen

Parkplatz. Er, der sich nie in dieser Gegend aufhielt, konnte vermutlich nicht erfassen, welch ein Glück er hatte, zu so vorgerückter Stunde – es war mittlerweile 22 Uhr 34 an dieser Stelle eine Parklücke zu finden.

Der Gedanke an Ruth nahm ihm, der sonst kein Freund von Heldentaten war, jede Angst und er betrat durch die nicht verschlossene Haustür den nur schwach beleuchteten Flur. Erst dort wurde er gewahr, dass er gar nicht wusste, wo er suchen sollte. Ruth hatte ihm nicht den Namen des polnischen Geliebten ihrer Schwester genannt, der möglicherweise der Mörder von Rossmann war. Aber dies beunruhigte Falke nicht nachhaltig. Er trat an die Briefkästen und fand tatsächlich auf einem der schon arg verschrammten und beschädigten Blechbehälter ein handgeschriebenes Etikett, auf dem ‚Andrzej Gombrowicz' stand, was für Falke polnisch genug klang. Der Großhändler für Weinzusatzstoffe aus Alzey war sehr stolz auf sich und stieg die Treppen Stockwerk für Stockwerk hinauf, bis er auf einer braunen Tür ein goldenes Messingschild mit der Gravur ‚A. Gombrowicz' fand.

Einige Sekunden und mehrere Gedanken an Ruth waren nötig, bis er sich gefestigt genug sah, diesem Polen entgegenzutreten und von ihm zu fordern, dass er Corinna zurück zu ihrer Schwester schicken solle. Er klopfte an die Tür und erschrak, als die dabei nach innen aufsprang und den Blick in einen langen Gang freigab. Unschlüssig blieb Falke stehen und sah auf seine Uhr, 22 Uhr 47. Ihm fielen der tote Rossmann und Ruths Worte am Telefon ein: ‚Corinna ist in großer Gefahr!' Wenn er sie jetzt rettete, die Gerettete ihn zu Ruth führen würde … In diesem Moment hatte Falke jeden Gedanken an die Frau, die zu Hause in Alzey auf ihn wartete, weit von sich geschoben.

Aus einem Zimmer fiel ein schmaler, flackernder Lichtstreifen in den Flur. Falke nahm all seinen Mut zusammen, trat beherzt in den dunklen Gang und ging mit schnellen Schritten bis zu dem Zimmer, aus dem das Licht kam. Vor der einen Spalt weit geöffneten Tür blieb er stehen, klopfte, wartete, klopfte erneut, stieß die Tür mit einem Tritt seines Fußes auf, wartete und ging endlich hinein. Er hatte mit irgendetwas gerechnet, einem Schlag, einem Menschen, der auf ihn wartete. Aber nichts geschah. Er stand in einem nicht sehr großen Raum, dessen karge Einrichtung aus einem hellbraunen, den ganzen Boden bedeckenden Teppich bestand, einem genauso braunen Sofa und zwei Sesseln, einem Tisch, einer braunen Kommode und einem sehr großen Flachbildschirm, der angeschaltet war und dessen Bilder den flackernden Lichtstrahl in den Flur geworfen hatten. Eine SWR-Nachrichtensprecherin berichtete über den gewaltsamen Tod des Flonheimer Weinhändlers Heinrich Rossmann. Das Bild schnitt auf den Hof, vor dem Falke an diesem Vormittag um 11 Uhr 17 selbst noch gestanden hatte. Hauptkommissar Pohlmann klärte die Zuschauer mit ernster Miene auf, dass nach dem derzeitigen Stand der Ermittlungen ein Stück Eichenholz, dessen Alter nach ersten Untersuchungen von Experten auf mehrere hundert Jahre geschätzt wurde, im Hals des Toten gefunden worden war. Das erstaunte Falke und er versuchte sich vorzustellen, wie man einen Menschen mit einem Stück Eichenholz umbringt, fand aber auf die Schnelle keine plausible Antwort und ermahnte sich, sich auf den eigentlichen Grund seines Herkommens zu konzentrieren. Er riss sich von dem Bildschirm los und sah sich weiter in dem Zimmer um. Dabei entdeckte er die Spuren eines Kampfes, von dem mehrere umgefallene Flaschen auf und neben dem Tisch, ein verschütteter Aschenbecher und rote Farbflecken auf dem Teppich und dem Tisch zeugten. Blut, schoss es Falke durch den Kopf, und er spürte, dass sein Herz zu rasen begann und seine Hände zitterten, aber er war unfähig, den Raum zu verlassen. Zwischen den Flaschen und den Kippen auf dem Tisch entdeckte er eine Straßenkarte. Kaum hielt er sie in seinen Händen, stach ihm sofort, trotz der Blutflecken, ein schwarzer Kringel ins Auge. Er musste die Karte noch näher vor seine Augen halten, um zu erkennen, dass der Kreis das alte Weinlager im Mainzer Zollhafen markierte, das Weinlager, das in dieser Form nicht mehr lange existieren würde, da es zu einem Weinerlebniszentrum umgebaut werden sollte, ein Vorhaben, das Falkes vollste Unterstützung genoss und von dem er sich positive Auswirkungen auf sein Geschäft versprach.

Etwas Bekanntes hier zu finden, beruhigte Falke ein wenig und er erkannte, dass auf dem Tisch, vorher von der Karte verdeckt, ein Reisepass lag, der ebenfalls blutverschmiert war. Mit spitzen Fingern nahm er ihn an sich und blätterte ihn auf. Das Passbild zeigte die Porträtaufnahme eines jungen Mannes mit einem scharf geschnittenen Gesicht. Gombrowicz, Andrzej stand da.

Was war hier passiert? Und wo waren Corinna und dieser Pole? Falke legte Karte und Pass zurück auf den Tisch und verließ das Zimmer. Im Flur erkannte er Blutspuren auf dem Boden, die ihm beim Eintreten entgangen waren und die zu einem Zimmer auf der anderen Seite des Ganges führten, dessen Tür geschlossen war. Mit seinem Ellenbogen drückte Falke die Klinke herunter, stieß die Tür auf und versteinerte augenblicklich. Vor der Kloschüssel lag ein Mann auf dem Bauch und bewegte sich nicht. Unter ihm auf den weißen Fliesen hatte sich eine große rote Lache ausgebreitet. Die zweite Leiche an diesem Tag, fuhr es Falke durch den Kopf! Nachdem sich seine Verkrampfung gelöst hatte, kniete er sich neben den Toten. Obwohl er nur einen kleinen Teil des Gesichtes sehen konnte, erkannte er sofort die Ähnlichkeit mit dem Bild in dem Ausweis. Dieser Mann war Andrzej Gombrowicz, der Geliebte von Corinna Rossmann! Falke war zu aufgeregt, um einen klaren Gedanken fassen und einen plausiblen Zusammenhang zwischen den beiden Toten herstellen zu können. Nur das

Holzstück, das dem Toten ein Stück weit aus dem Mund hing und ihm ein grotesk-schauerliches Aussehen gab, war für Falke ein deutliches Zeichen, dass der Tod dieses Menschen im Zusammenhang mit dem von Rossmann aus Flonheim stand. Pohlmann, der unsympathische Kommissar, fiel ihm ein. Ihn müsste er benachrichtigen. Aber was dann? Würde der ihm glauben, dass er weder mit dem Tod von Corinnas Ehemann noch mit dem ihres Liebhabers zu tun hatte? Und, was viel schwerer wog: Er könnte seinen Auftrag nicht mehr erfüllen, Ruths Auftrag. Nein, er durfte die Polizei jetzt nicht informieren, sondern musste alleine Corinna finden und zu ihrer Schwester zurückbringen.

Falke verließ die Wohnung, lief so schnell seine Konstitution dies zuließ, die Treppen hinunter und zu seinem Wagen und fuhr um 23 Uhr 23 auf das Gelände des Mainzer Zollhafens. Das alte Weinlager war nicht zu übersehen, ein großer, lang gestreckter Backsteinbau. Langsam fuhr Falke auf der Rheinseite an dem Gebäude entlang, das nur schwach beleuchtet war. Ein einziges Fahrzeug stand da, ein weißer Mercedes älteren Baujahrs mit polnischem Kennzeichen. Falke stellte sein Auto ein Stück weiter entfernt ab und ging durch die windige Nacht zu dem Mercedes zurück. Gegenüber von dem Fahrzeug war vor dem Weinlagergebäude eine kleine Treppe, einen Meter hoch, an die sich eine blaue Stahltür anschloss. Langsam stieg Falke die Stufen hinauf, musste die schwere Tür mit einem festen Stoß öffnen und stand in einem engen, kalten, von Neonlicht beleuchteten Gang, der zu einer steilen Steintreppe führte. In den beiden ersten Stockwerken waren die grauen Metalltüren verschlossen, erst die in der dritten und letzten Etage stand ein Stück weit offen. Falke warf einen Blick durch die schmale Öffnung, aber in dem dahinter liegenden Raum war es so dunkel und das Licht aus dem Flur so schwach, dass er nichts erkennen konnte.

Falke schob den Ärmel seiner Jacke zurück und sah auf seine Uhr. 23 Uhr 35. Er machte vier, fünf Schritte in die Dunkelheit und blieb plötzlich stehen, weil ihm mit einem Mal war, als ob er etwas hörte. Ein leises Wimmern, das ebenso gut von einem Tier wie von einem Menschen herrühren konnte. Sowie er ganz still stand und lauschte, war das Wimmern nicht mehr zu hören. Nur die rauschende Stille des großen, dunklen Raumes war um ihn. Langsam gewöhnten sich Falkes Augen an die Dunkelheit und er tastete sich weiter vor, langsam und vorsichtig Schritt vor Schritt setzend, bis das Wimmern wieder einsetzte. Dieses Mal war es näher, Falke schätzte es nicht weiter als vier oder fünf Meter entfernt. Aber er wusste, dass ein so großer und leerer Raum schnell zu Täuschungen verlockte. Gleich darauf war es wieder leise – doch dieses Mal nur für wenige Sekunden, und das nun wieder einsetzende Wimmern klang mehr wie ein lautes, langgezogenes und schmerzhaftes Schluchzen. Trotz der fremden und unheimlichen Situation empfand Falke keine Furcht. Er wusste, dass ihm nichts passieren konnte, solange er Ruth nicht von Angesicht zu Angesicht gegenüber gestanden und sich ihrer langen Beine, ihrer welligen Haare, ihres üppigen Busens und ihres sinnlich-lasziven Mundes versichert hatte.

„Hilfe!"

Kein Wimmern mehr, kein Schluchzen, sondern ein klar verständliches menschliches Wort, das Falke aus all seinen erotisch aufgeladenen Ablenkungen riss. Und noch einmal „Hilfe!", dann ein „Ist da jemand?", schwach und gepresst, als ob das Aussprechen der Worte große Anstrengung bereiteten.

Falke hielt den Atem an, um die Stimme zu orten. „Hier, bitte, helfen Sie mir!", kam es schwach aus dem Dunkel des Raumes. Falke fasste in seine Jacketttasche, nahm sein Handy heraus und schob den Hörer nach oben. 23 Uhr 41. Das Licht des Mobiltelefons war so schwach, dass er sich bücken musste, um den Weg vor sich zu erkennen. Das strengte ihn sehr an und er kam nur langsam voran.

„Hilfe! Bitte!" Die Stimme war mit einem Mal direkt vor ihm, aber Falke konnte niemanden sehen. „Hier!" Den Lichtschein weiterhin auf den Boden gerichtet, folgte Falke der Stimme, die, wie ihm schien, schwächer wurde. „Hier. Hilfe!"

Plötzlich stolperte Falke, das Wimmern ging in einen kurzen Schmerzensschrei über, er verlor das Gleichgewicht, das Handy fiel ihm aus der Hand und es war mit einem Mal wieder völlig dunkel um ihn herum. Falke tastete nach seinem Telefon, bekam ein Bein zu fassen und das war so überraschend, dass er es erschrocken los- und sich zurückfallen ließ.

„Bitte! Nicht weggehen!"

Sekundenlang saß Falke auf dem Boden, wusste nicht, was er tun sollte, und erst der Gedanke an Ruth brachte ihm wieder die Ruhe, die ihn befähigte, sich aufzurappeln. Auf allen Vieren bewegte er sich langsam vorwärts, fand sein Handy, das unbeschädigt war, schob den Hörer wieder nach oben und erblickte vor sich eine Person, die mit dem Rücken gegen eine Säule gelehnt auf dem Boden saß. Wie einen Scanner führte Falke das Telefon an dem Körper entlang und erkannte in dem schwachen Lichtschein, dass die Person eine Frau und blutüberströmt war. Ihre Bluse war zerrissen, die blonden Haare hingen ihr wirr ins Gesicht und ihre Augen waren zugeschwollen.

„Corinna?", fragte Falke und ihr Aufstöhnen konnte ein ‚Ja' ebenso gut wie ein ‚Nein' bedeuten, aber Falke wusste, dass er die schwer verletzte Schwester seiner Ruth gefunden hatte.

Sie griff nach seiner Hand und hielt sie fest umfasst. Falke spürte die Feuchtigkeit des Blutes.

„Das Fass", begann Corinna mit einem Mal deutlich zu sprechen, so, als ob sie noch einmal all ihre Kräfte mobilisierte.

„Fass?", hakte Falke verständnislos nach.

„Das Fass“, beharrte sie, „das Fass aus der Donar-Eiche. Sie müssen es retten! Es ist so alt ... Im Hafen. Das ... Schiff.“ Während Corinnas Stimme immer matter wurde, blitzte in Falke kurz der Gedanke an Kommissar Pohlmanns Aussage in den Nachrichten auf, der von einem mehrere hundert Jahre alten Stück Eichenholz gesprochen hatte, mit dem Heinrich Rossmann, der Ehemann Corinnas, umgebracht worden war. Doch bevor Falke eine Frage stellen konnte, deren Beantwortung das Geheimnis vielleicht auch nur ansatzweise gelöst hätte, sank Corinna vor ihm zusammen und ihr blutfeuchter Griff um seine Hand lockerte sich. Erst jetzt spürte er, dass die Frau etwas in der Hand gehalten hatte. Er hielt das Licht des Handys darauf. Es war ein kleines Stück verschrumpeltes Holz, ähnlich dem in Grombrowicz' Mund.

Er nahm es an sich und ließ es in seine Jacketttasche gleiten, um sich dann gleich wieder der Frau zuzuwenden. „Corinna!“ Falke hielt sein Handy vor ihr Gesicht. Corinnas Kopf war nach vorne gesunken und Falke musste ihn anheben, um zu erkennen, dass sie nicht mehr lebte. Und in diesem Moment wusste er auch, dass sie nicht die letzte Tote in diesem undurchsichtigen Spiel bleiben würde.

Wie Falke es in unzähligen Filmen gesehen hatte, fuhr er der Toten mit der Innenseite seiner Handfläche über das Gesicht und schloss so ihre Augen. Bevor er den Hörer seines Handys nach unten schob, blickte er auf das Display. 23 Uhr 54.

Auf dem Weg, den Falke gekommen war, verließ er das Weinlager: Der weiße Mercedes war weg! Um 23 Uhr 56 stand er vor dem Gebäude, schloss für einige Sekunden seine Augen, überlegte, ob er seinen Wagen nehmen sollte, entschloss sich dagegen und machte sich zu Fuß auf den Weg auf die andere Seite des Weinlagers.

Falke trat an den Rand des Hafenbeckens. Unter ihm klatschte das Wasser leise gegen die steile Mauer. Plötzlich flammte auf der anderen Seite der Mole, nahe bei der Hafeneinfahrt, ein Licht auf und erhellte das Steuerhaus eines Frachtschiffes. Falke kniff seine Augen zusammen und erkannte in dem Licht die Schemen von zwei Menschen. Er lief los, umrundete das Hafenbecken und erreichte um 0 Uhr 11 außer Atem das Heck des Frachters. Im Schatten eines Containers bemerkte Falke den weißen Mercedes mit dem polnischen Kennzeichen. Nun wusste er, dass er auf dem richtigen Weg war. Unter ihm lag das große Frachtschiff wie ein dunkler Fleck, der sich nur wenig von dem trüben Hafenwasser abhob. In dem fahlen Licht der Hafenbeleuchtung konnte er immerhin die vier weißen Buchstaben auf dem Heck erkennen: THOR. Er hatte bisher alles richtig gemacht. Er war kein Zufall gewesen, dieser Anruf, der nur auf den ersten Blick einem anderen gegolten hatte.

Die beiden Gestalten, die Falke von weitem schon gesehen hatte, waren noch immer in dem Steuerhaus der ‚Thor' und an ihren erregten Gesten konnte er erkennen, dass sie miteinander stritten. Er lief in einem weiten Bogen bis zur Mitte des Schiffs, wo sich die Molentreppe befand, über die er langsam auf das Deck hinunterkletterte. Leise, sich ständig ermahnend, keine Geräusche zu verursachen, schlich Falke zum Steuerhaus. Die zwei Personen drinnen waren mit sich und ihrem Streit so beschäftigt, dass sie den Fremden nicht wahrnahmen. Als Falke unter dem Steuerhaus stand, stellte er befriedigt fest, dass die Tür nur angelehnt war. Wortfetzen drangen zu ihm. Es war 0 Uhr 23.

„Wo ist das Fass?" Die Stimme kam ihm bekannt vor; sie klang verärgert, zischte die Worte hinaus. Da er die Streitenden nicht sehen konnte, ging er geduckt zum Heck des Schiffes und kletterte auf das flache Kajütendach. Im Schutz eines darauf abgestellten Pkws konnte er sich bis auf zwei Meter an das Steuerhaus heranschleichen. Vor ihm standen die zwei Männer. Einer von ihnen trug eine Schiebermütze und lehnte mit dem

Rücken gegen das hölzerne Steuerrad, ihm gegenüber, Falke den Rücken zugewandt, hatte ein anderer Mann, dessen Haare strähnig über den Kragen seines Mantels fielen, drohend seinen rechten Arm erhoben. Auch die Statur dieses Mannes kam Falke bekannt vor. Er verließ seine Deckung hinter dem Auto und ging geduckt vor, bis er fast neben der Tür stand, die in das Innere des Steuerhauses führte.

„Sag endlich, wo das Fass ist!“, forderte die Falke bekannte Stimme. Ein Röcheln war die Antwort, gefolgt von einem dumpfen Schlag. Falke erhob sich, um durch die Glasscheibe in das Innere des Steuerhauses schauen zu können. Er wusste, wie gefährlich das war, aber er konnte nicht anders handeln, er musste sehen und hören, was in dem Steuerhaus vor sich ging.

„Das Fass?! Wo ist es?!“ Die Stimme klang bedrohlich.

„Kein Fass hier“, beteuerte die andere Stimme ängstlich, mit einem osteuropäischen Akzent. Polnisch, fiel Falke ein, das klingt polnisch, der Mann ist ein Pole, wie Andrzej Gombrowicz. Der Mann sah zur Seite, genau zu Falke herüber. Doch in dem Moment, in dem sich ihre Blicke trafen, zog der Andere, von dem Falke nur den Rücken sehen konnte, ein Messer aus einem Halfter am Gürtel und stieß es dem Polen ohne Vorwarnung in die Brust. Dessen letzter Blick, bevor er zusammenbrach, galt Falke, ein vorwurfsvoller Blick, der nichts anderes sagte als ‚Warum hast du mir nicht geholfen?!‘ Falke war so erschrocken, dass er sich für Momente nicht bewegen konnte. Erst die schwer polternden Schritte, die die Stufen von dem Führerhaus herunterkletterten, rissen ihn aus seiner Erstarrung. Die Schritte verhallten auf dem Schiffsdeck und die anschließende Stille wurde erst wieder von dem Starten eines Dieselmotors gestört. Der weiße Mercedes fuhr aus dem Schatten des Containers und Falke sah die roten Rücklichter in der Dunkelheit immer kleiner werden, bis sie ganz verschwunden waren.

Jetzt erst wurde Falke sich dessen bewusst, was er soeben gesehen hatte. Ob der niedergestochene Mann tot war? Umständlich kletterte er von dem Dach der Kajüte in das Steuerhaus. Vor ihm auf dem Boden lag der Mann mit der Mütze, seinen Rücken gegen das Steuerrad gelehnt. Das hellblaue Hemd war im Brustbereich blutgetränkt. Falke glaubte den Mann schon tot, doch als er sich neben ihn kniete, hörte er ihn flach atmen. Mühsam öffnete der Sterbende seine Augen und sah den Fremden ohne Furcht an, als wüsste er, dass ihm von diesem Menschen keine Gefahr drohte oder weil ihm klar war, dass dies für ihn keine Rolle mehr spielte. Falke wandte seine Augen von dem Sterbenden ab und sah nach oben, wo sein Blick auf einer großen runden Uhr, wie sie auch in seinem Büro hing, hängen blieb: 0 Uhr 37. Der Mann öffnete seinen Mund. Er wollte etwas sagen, aber er sprach so leise, dass Falke ihn nicht verstehen konnte. Er musste sein Ohr direkt vor den Mund des Sterbenden halten.

„Fass …“, hauchte der mit seinem rauen Akzent, wiederholte nochmals „Fass …“ und brach erschöpft ab. Falke harrte in seiner Stellung aus und wartete. Endlich hatte der Mann wieder Kraft gefunden weiter zu sprechen. „Fass im Vorschiff. Kettenraum ... Vorne … Sie …“ Wieder verließ den Schiffer die Kraft. Geduldig wartete Falke, dass er weiter sprach. „Im Kettenraum. Sie … Fass retten. Darf nicht …“

„Ja?“, fragte Falke dieses Mal, als der Mann erneut abbrach. Er wurde ungeduldig.

„Fass … keine falsche Hände … Katastrophe … Alle wol … len … Fass. Bitte … ver … steck … en … Fass!“

Die Abstände zwischen den Worten waren immer länger geworden, die Stimme des Mannes immer leiser und Falke wusste, dass nun jede Hilfe für diesen Menschen zu spät kam. In einem letzten Aufbäumen griff der Schiffer nach Falkes Hand, umklammerte sie und drückte ihm einen Gegenstand gegen die Handfläche. Ohne hinzuschauen wusste er, dass es ein Stück sehr altes Eichenholz war, das er zu dem anderen in die Tasche steckte.

Mit der gleichen Geste wie bei Corinna schloss Falke dem Schiffer die Augen, stand auf und verließ das Steuerhaus, um zum Vorderschiff zu gehen, wo er tatsächlich im Kettenraum, verdeckt in einem Wust von Hanfseilen, ein Holzfass fand, kaum größer als diese Bierfässer, wie man sie in Getränkemärkten für die Gartenparty zu kaufen bekommt. Falke wuchtete das Fass nach oben, was kein leichtes Unterfangen war, denn es war gefüllt und schwer. Kurz überlegte er, das Fass in der Nähe des Schiffes zu verstecken, um seinen Wagen herzuholen, aber er wusste, dass er dieses Fass nun nicht mehr alleine lassen durfte. Völlig verschwitzt und atemlos erreichte er sein Auto und hob das Fass vorsichtig in den Kofferraum. Nun, nachdem er sich den Schweiß aus dem Gesicht und seinem Nacken gewischt hatte, konnte er es endlich betrachten. Es war ein Holzfass, das Holz stark gedunkelt und schon sehr porös und alt. Was hatte es mit diesem Fass auf sich? Warum mussten bis jetzt drei, vielleicht sogar vier, wenn Heinrich Rossmann auch deshalb umgebracht worden war, Menschen dafür sterben? Wer wäre der nächste? Ruth? Würde dieser Mensch, der eben dem Schiffer sein Messer in die Brust gerammt hatte, sie als nächste meucheln? Falke musste sie retten. Doch dafür musste er sie erst einmal finden.

Um 2 Uhr 17 verließ Falke das Hafengelände und erreichte um 2 Uhr 52 das Weingut von Heinrich Rossmann in Flonheim. Er fuhr auf den Hof und stellte seinen Wagen direkt vor der Eingangstür des Wohnhauses ab. Im ersten Stock brannte ein Licht, in dessen Schein er erkennen konnte, dass der Eingang zu der Halle auf der anderen Seite, in der man den toten Rossmann am vergangenen Mittag gefunden hatte, mit einem weißroten Band abgesperrt war. Ein Fenster über Falke wurde geöffnet. „Wer ist da?“, fragte eine weibliche Stimme. Falke trat einen Schritt zurück und sah nach oben. Eine alte Frau blickte zu ihm herunter.

„Frau Rossmann?“, fragte er.

„Ich bin die Mutter vom Heinrich. Was wollen Sie?“, fragte die Frau verärgert.

Falke war plötzlich verunsichert. „Ich … es tut mir leid, was mit …“.

Die alte Frau ging nicht darauf ein. „Was wollen Sie?“, fragte sie streng.

„Wissen Sie, wo Ruth ist?“, fragte er.

„Ruth?“, wiederholte die Frau in dem Fenster verständnislos.

„Die Schwester von Corinna“, erklärte Falke und führte die Frage der Frau auf die Aufregung nach dem Tod ihres Sohnes zurück.

„Corinna hat keine Schwester!“

Diese Aussage traf Falke wie ein Keulenschlag. Das konnte nicht stimmen. Die Frau da oben log, warum auch immer. Vielleicht war sie so senil, dass sie nicht mehr wusste, dass ihre Schwiegertochter eine Schwester hatte. Oder der gewaltsame Tod ihres Sohnes hatte sie verwirrt.

„Ruth ist die Schwester von Corinna“, wiederholte Falke.

„Gehen Sie, oder ich rufe die Polizei“, war die Antwort.

Und Falke, der wusste, dass er hier keine Hilfe erwarten konnte, setzte sich in seinen Wagen und verließ um 2 Uhr 56 mit quietschenden Reifen den Hof.

Die Nacht verbrachte er vor seinem Büro im Auto, weil er in der Dunkelheit das Fass nicht alleine lassen wollte. Nur für kurze Momente fand er Schlaf, immer wieder wachte er auf, weil ein Geräusch ihn aufschreckte. Am Morgen, als es schon hell war, aber noch bevor irgendeiner seiner Angestellten das Büro betreten hatte, ging er an seinen Schreibtisch und schaltete den

Computer ein. Während er die ersten Worte in die Suchmaske eingab, schaute er zu der Uhr über seiner Tür. 6 Uhr 47. Falke war müde, erschöpft, verschwitzt und er fühlte sich dreckig. Aber das alles zählte nicht. Er hatte eine Mission zu erfüllen und er hatte ein gutes Gedächtnis. Nicht nur für Zahlen, auch die Worte, die er in der Nacht gesehen und gehört hatte, waren ihm noch präsent. Er schrieb ‚Thor' und ‚Donar-Eiche', den Namen des Schiffes und das Wort, das Corinna kurz vor ihrem Tod gehaucht hatte. Schnell hatte Falke herausgefunden, dass Donar der westgermanische Name des Donnergottes Thor war. Weit interessanter war die Geschichte der Donar-Eiche, einer Eiche, die Thor gewidmet war und die in der Nähe von Geismar bei Fritzlar stand. Diese Eiche wurde von Bonifatius, dem späteren Bischof von Mainz, während dessen Missionstätigkeit im Frankenreich im Jahre 723 gefällt, um die noch nicht zum Christentum bekehrten Chatten von der Ohnmacht ihrer Götter und der Überlegenheit des christlichen Glaubens zu überzeugen. Aus dem Holz der Eiche ließ Bonifatius eine dem Heiligen Petrus geweihte Kapelle bauen, aus der dann ein Jahr später das von Bonifatius gegründete Benediktinerkloster bei Fritzlar hervorging. So oder ähnlich las er die Geschichte der Donar-Eiche immer wieder, aber in keinem der Artikel wurde ein Fass erwähnt.

Als das Telefon klingelte, sah Falke erst auf die Uhr, bevor er abhob. 7 Uhr 35. Dabei nahm er auch die Geräusche seiner Angestellten wahr, die draußen laut redend in ihren Büros verschwanden. Schon während seine Hand nach dem Hörer griff, wusste er, dass es Ruth war, die ihn anrief. Ob er schon etwas über Corinna herausgefunden habe, fragte sie, bestimmt und fordernd. Falke fiel die Aussage von Rossmanns Mutter ein: ‚Corinna hat keine Schwester'. Er schwieg. Warum er nichts sage? Ruths Stimme klang ungehalten und das schmerzte Falke sehr, denn er wollte sie nicht verletzen. Wer sie sei, fragte er sie.

Ruth Wunderlich, war ihre Antwort, wer sonst, ob er das nicht glaube. Er müsse die Wahrheit wissen, entgegnete er und die Zärtlichkeit in seiner Stimme milderte den ausgesprochenen Zweifel und das Misstrauen ein wenig ab. Doch sie ging darauf nicht ein. Als er darum bat, sie sehen zu dürfen, schwieg sie einige Momente, bevor sie zustimmte, wohl weil in seiner Stimme etwas war, das ihr verriet, dass er mehr wusste, als er am Telefon preisgeben wollte. Falke hörte im Hintergrund etwas rascheln und ihm war, als ob da leise gesprochen würde, aber sicher war er sich nicht. Dann schlug sie ihm einen Treffpunkt vor, den Trullo gleich hinter Uffhofen. Er werde ihn von der Straße aus schon sehen, wenn er von Flonheim komme, erklärte sie. Gleich vor der Geistermühle solle er den Landwirtschaftsweg hinauffahren und die restlichen Meter zu Fuß gehen. In einer halben Stunde solle er dort sein. Falke willigte sofort ein.

Er sah auf die Uhr über der Tür. 7 Uhr 45. Bevor er die Firma verließ, ging er über den Gang und klopfte an die Bürotür seines Partners Milo Bogenspanner. Der Eingang war verschlossen, was Falke nicht verwunderte, denn sein Partner betrat selten so wie er schon um 7 Uhr 15 die Geschäftsräume. Falke ging zu seinem Wagen und sah, bevor er sich hinter das Lenkrad setzte, in den Kofferraum. Das Fass stand noch so da, wie er es gestern Nacht darin platziert hatte.

Um 8 Uhr 10 fuhr Falke vor der Geistermühle den Landwirtschaftsweg hinauf, stellte seinen Wagen neben dem Weinberg ab und ging die letzten Meter auf dem unbefestigten Weg zu dem Trullo, einer nur in Rheinhessen vorkommenden Form von weißen, zuckerhutförmigen Weinbergshäuschen, ähnlich den Bauwerken, wie sie im süditalienischen Apulien stehen. Ruth war noch nicht da. Unruhig beobachtete Falke die Straße, die etwa hundert Meter unter ihm verlief, während sich der Himmel verdunkelte und ein Gewitter aufzog. In der Ferne hörte er das dumpfe Grollen des Donners. Es dauerte mehr als zehn Minuten, in denen die Donnerschläge immer näher rückten, bis 8 Uhr 21, bevor Falke das Geräusch eines sich nähernden Autos wahrnahm. Kurz darauf sah er einen silbernen BMW in den Landwirtschaftsweg abbiegen und wenige Minuten später erkannte er eine Frau mit langen blonden Haaren, die zwischen den Reben auf den Trullo zuging. Der einsetzende Regen schien sie nicht zu beeindrucken und sie bewegte sich auf dem unbefestigten Boden trotz ihrer hohen Absätze sicher und schnell. Dabei wippten ihre Haare bei jedem Schritt auf und ab. Als sie vor Falke stehen blieb, verdeckte eine gewellte Strähne ihres Haares ihr rechtes Auge und fiel auf den schwarzen Pullover, der sich eng um ihren üppigen Busen schmiegte. Sie sah Falke lange aus dem unbedeckten blauen Auge an, bevor sich ihr laszíver, rot geschminkter Mund öffnete. Ein Donner übertönte ihre Worte. Falke glaubte, einer Erscheinung aus einem amerikanischen Film der vierziger Jahre gegenüber zu stehen.

„Haben Sie Corinna gefunden?"

Ruth klang verärgert, als ob sie die Frage schon einmal gestellt und keine Antwort bekommen hätte. Was sollte Falke erwidern? Dass er Corinna tot gefunden hatte? Aber war diese Frau überhaupt Corinna gewesen? „Reden Sie nicht mit mir?" Ruths Stimme klang immer ungehaltener und Falke gab sich einen Ruck, während ihm das Wasser über das Gesicht lief und die Feuchtigkeit durch seine Kleidung bis zu seiner Haut vordrang.

„Wer sind Sie?", fragte er.

„Ruth Wunderlich", antwortete die Frau, nun wieder ruhiger, sah ihm in die Augen und er glaubte, um ihren Mund ein Lächeln zu entdecken. Sie schien den Regen nicht zu bemerken.

„Corinna. Sie ist … tot", begann Falke seine Erklärung, aber Ruth ließ ihn nicht weiter sprechen.

„Tot? Sie haben sie …?“

Es donnerte und Falke wartete, bis der Krach verhallt war. „Nein!“, wehrte er ab. „Ich habe sie gefunden.“

„Wo gefunden?“

„Im Mainzer Zollhafen.“

„Sie waren im Zollhafen? Was haben Sie da gemacht?“

Ruth war ganz nahe an ihn herangetreten. Er spürte ihren Atem und ihr Parfüm, das ihn wie eine Wolke umfing und gefangen hielt. „Ich habe …“, stammelte Falke, unsicher, was er sagen durfte und was nicht. Aber musste er nicht die Wahrheit sagen, um das Vertrauen dieser Frau zu gewinnen?

„Das Fass …“

Wieder bekam er nur einen Satzanfang zustande.

„Das Fass? Was wissen Sie von dem Fass? Wo ist das Fass?“

Ruth stellte ihre Fragen schnell und sie konnte ihre Aufregung dabei nicht verbergen. Das machte sie in Falkes Augen noch begehrenswerter. Trotzdem zögerte er. Sie stand nun direkt vor ihm, ergriff seine Hände und zog ihn so nahe an sich heran, dass er mit seinem Oberkörper ihren Busen berührte.

„Das Fass …“ Ihre Augen fraßen sich in ihn hinein. „Das Fass!“, forderte sie und jetzt war sie wieder ruhiger, weniger aufgeregt, hatte sich im Griff.

„Kommen Sie!“, forderte Falke sie auf, obwohl sich alles in ihm weigerte, diese Position aufzugeben, weil er fürchtete, dieser Frau nie mehr so nahe zu kommen.

„Im Auto?“, fragte sie und als er nickte, war sie es, die sich langsam umdrehte, dabei nur seine linke Hand losließ und ihn mit sich über den aufgeweichten Boden zu seinem Wagen zog. Er trabte hinter ihr her und erst, als sie vor dem Kofferraum seines Autos standen, ließ sie seine rechte Hand los. Er betätigte den Verriegelungsknopf, wobei sein Blick auf seine Armbanduhr fiel, die 8 Uhr 39 anzeigte, und hob den Deckel hoch.

„Das Fass aus der Donar-Eiche!“

Nun war sie wieder aufgeregt, beugte sich vor und berührte das alte Holz ganz sachte mit den Spitzen ihrer rot lackierten Fingernägel, begleitet von dem Krachen eines neuen Donnerschlags. „Die Donar-Eiche", sagte sie noch einmal. Sie löste sich von dem Fass und wandte sich Falke zu. „Wo haben Sie es her?"

„Was ist mit dem Fass?", fragte er statt einer Antwort.

Sie sah ihn verblüfft an. „Das wissen Sie nicht?"

Falke schüttelte den Kopf.

„Der Wein darin hat große Kraft. Ein Schüler des Bonifatius hat aus dem Holz der Donar-Eiche dieses Fass hergestellt und es am Tag von dessen Berufung zum Bischof von Mainz mit einem rheinhessischen Wein gefüllt ..."

„Quatsch nicht zu viel, Brigitte!"

Eine Stimme hatte Ruth brüsk unterbrochen, die Stimme, die Falke schon auf dem Schiff gehört hatte und die ihm da schon bekannt vorgekommen war, die er dennoch nicht hatte zuordnen können. Warum nannte diese Stimme Ruth ‚Brigitte'? Er drehte sich um. Neben Ruth stand ein massiger Mann mit Sonnenbrille und fettigen Haaren, die ihm bis auf die Schulter reichten. Er grinste Falke an und brachte ihn völlig aus dem Konzept. Denn trotz seiner Verkleidung erkannte er dieses Mal sofort, dass er Milo Bogenspanner vor sich hatte.

„Überrascht, Jochen?", fragte Falkes Geschäftspartner mit einem diabolischen Lächeln, trat ein Stück zur Seite und gab Falke den Blick auf einen weißen Mercedes älteren Baujahrs frei, der ein Stück weiter unten am Weg stand.

Obwohl Falke keinen Zweifel hegte, dass dieser Mann Milo war, war der hier doch ein anderer als der, den er schon so viele Jahre kannte und mit dem zusammen er sich seinen Wohlstand erarbeitet und dem er schon so oft aus der Patsche geholfen hatte. Es war nicht nur dieses böse Grinsen, das ihn anders aussehen ließ. Auch die gespannte Körperhaltung passte nicht zu dem Milo, in dem er fünfzehn Jahre lang einen Mann gesehen hatte, der Jahr für Jahr schwerer an seinem Gewicht zu tragen hatte. Dann war die Szene aus der vergangenen Nacht wieder vor Falkes geistigem Auge, als dieser Milo Bogenspanner den Kapitän des Schiffes im Mainzer Zollhafen mit einer schnellen und geschickten Bewegung niedergestochen hatte. Das konnte nicht sein Geschäftspartner sein! „Milo?", fragte er deshalb und hoffte, dass der Mann vor ihm diese Frage verneinen würde.

Doch der nickte bloß.

„Was ist mit dem ...?"

„Mit dem Fass?" Milo lachte laut auf. „Eine Reliquie, mit Geld nicht aufzuwiegen, ein Vermögen wert."

„Der heilige Wein ...", warf Ruth ein, doch das ging in Milos dröhnenden Lachen fast unter.

„Der Wein ist was für mythengläubige Täubchen wie unsere Brigitte, nicht wahr?" Er gab ihr einen festen Schlag auf den Hintern und erhielt einen zornigen Blick zur Antwort.

„Und woher ...?"

„Das Fass war viele Jahrhunderte verschwunden, bis ein Pole es in Krakau fand. Keine Ahnung, wie es dahin gekommen war. Der wollte es zu Geld machen. Ich habe davon erfahren, die Lesehelfer, du weißt, und ... tja."

„Andrzej?", fragte Falke erstaunt und Bogenspanner nickte lächelnd.

„Andrzej hat das Fass in Krakau besorgt und sollte es für viel Geld hierher bringen. Aber dann hat er sich in das Flittchen Corinna verliebt und die kam auf die Idee, dass er viel, viel mehr Geld verlangen sollte, damit sie gemeinsam ein neues Leben beginnen könnten."

Bogenspanner begleitete seine Ausführungen mit einem dröhnenden Lachen. Falke sah und hörte einen Mann, den er nicht kannte. Er schaute zu Ruth hinüber, aber die hatte nur Augen für Milo.

„Und ihr Mann …?“, fragte Falke, der sich nicht traute, den Satz zu vervollständigen.

„Der hat das mitbekommen und verlangte einen Anteil, wenn er Corinna gehen ließe. Und mein Anteil würde dabei immer kleiner werden.“

Nun meldete sich Ruth zu Wort. „Unser Anteil!“, verbesserte sie den Mann, dessen lange Haare durch den Regen noch strähniger herunterhingen. Ihr schienen der Regen und das Gewitter nichts auszumachen. So durchnässt, wie sie dastand, war sie für Falke noch begehrenswerter als zu Beginn ihres Treffens.

„Unser Anteil natürlich“, korrigierte sich Bogenspanner und grinste dabei auf eine Art, die Falke nichts Gutes verhieß. „Andrzej wollte das Fass nicht herausrücken. Hat geschwiegen wie ein Grab.“ Wieder lachte Bogenspanner gehässig. „Da musste er dran glauben. Erst Corinna hat das mit dem Schiffer verraten, einem Freund von Andrzej. Aber diese Polen sind stur. Aus denen kriegst du nichts raus.“ Bogenspanner machte eine Pause und sah Falke an. „Aber ich wusste ja, lieber Jochen, dass du dank unserer scharfen Mieze“, er musste über seine eigene spöttische Bemerkung lachen, „dass du dank unserer scharfen Brigitte ganz in der Nähe warst. Und der Schiffer hat dir ja dann auch ganz brav das Versteck verraten. Alles hat wie vorgesehen geklappt.“

„Und … die Holzstücke?“

„Genial, oder?“, erwiderte Bogenspanner. „War die Idee von unserem Esoteriktäubchen hier.“ Er gab Ruth oder Brigitte einen Klaps auf den Hintern, dieses Mal nur leicht. „Das Beste, das sie zu der ganzen Sache beigetragen hat. Verwirrung, lieber Jochen. Verwirrung. Und Fährten. Falsche Fährten. Für mich zumindest. Für Brigitte sind es höhere Zeichen.“ Wieder ließ er sein dröhnendes Lachen vernehmen, über das sich ein krachender Donnerschlag legte. „Der Pole aus Krakau hatte die Stücke vorab geschickt, um zu zeigen, dass das Fass wirklich so alt ist. Einfach genial. Oder? Was denkst du, Mister Korrekt?"

Falke wusste nicht, was er denken sollte. War das alles nur ein Spiel gewesen, er nur ein Spielball und Ruth nichts weiter als ein Lockvogel? Fassungslos betrachtete er den Mann vor sich, den er schon so lange Jahre kannte. Alles an ihm schien im Moment gespannt und zielgerichtet, Züge, die Falke nie an ihm gekannt hatte. Und als habe Bogenspanner seinen Partner durchschaut, sagte er, in einen neuen Donner hinein: „Jochen, Jochen, kannst du dir vorstellen, wie du mich in all den Jahren mit deiner Korrektheit, deiner Pünktlichkeit, deiner Keuschheit und deinen Zahlen angekotzt hast?"

Er trat einen Schritt vor, nahm Falkes rechte Hand und legte sie auf Ruths Busen. Sie blieb davon völlig ungerührt, aber Falke zog seine Hand schnell zurück.

„Und dann hast du mir diese Geschichte von dem Telefonat und der scharfen Mieze erzählt …" Bogenspanner lachte und Falke suchte mit seinen Blicken Hilfe bei Ruth, aber die sagte nichts und reagierte nicht.

„Du hast alle …?", begann Falke seine neue Frage, aber bevor er sie zu Ende gestellt hatte, stieß Milo ihm mit einer schnellen Bewegung ein Messer in die Brust. Im Zusammensacken sah Falke Ruths wunderbar üppigen Busen, der sich unter dem nassen Pullover noch stärker abzeichnete, dann lag er vor ihren langen Beinen, weit, weit weg von ihrem gewellten Haar und ihrem lasziven Mund. Ein Donner, leiser schon als die vorangegangenen, verhallte in der Ferne. Auf dem feuchten Boden liegend, ratterten dem Mann mit dem phänomenalen Zahlengedächtnis noch einmal alle Uhrzeiten seit Ruths erstem Anruf durch den Kopf und er addierte die Quersummen von Stunden und Minuten, die zusammen 1286 ergaben, so viele Jahre, wie seit dem Fällen der Donar-Eiche bis zu diesem Tag vergangen waren. Dann spürte Falke einen Schlag neben sich und kurz darauf etwas Warmes auf seiner ausgestreckten Hand.

Mit einer immensen Kraftanstrengung drehte er seinen Kopf ein klein wenig zur Seite, erkannte zuerst eine fremde Hand, die auf seiner eigenen lag, und blickte dann in Ruths Gesicht. Ihre blonden Haare waren verrutscht und gaben eine dunkle, fransige Ponyfrisur frei.

Es wurde schwarz um Falke und er bekam nicht mehr mit, wie Milo Bogenspanner ihm das Messer in die Hand drückte, das Fass aus der Donar-Eiche in den weißen Mercedes umlud und fortfuhr. Ebenso wenig, dass Hauptkommissar Pohlmann eine Stunde später neben seiner Leiche stand und verwundert die beiden Holzstücke betrachtete, die einer seiner Männer von der Spurensicherung in Falkes Jacketttasche gefunden hatte, und sich dabei daran erinnerte, gestern mit dem Toten vor dem Rossmannschen Weingut gesprochen zu haben.

Hägar

Antje Fries

Dass sich mein Leben in den letzten Monaten so grundlegend geändert hat, das hat wohl damit angefangen, dass ich dieses alte Haus an der Osthofener Hauptstraße kaufte. In meiner alten Zwei-Zimmer-Eigentumswohnung im Wormser Mehrfamilienhaus wäre mir das alles nie passiert. Nie!

Ich hatte mühsam alles von Grund auf renoviert und war eingezogen. Stolz ließ ich mein Werk bei der Einweihungsparty feiern, denn es hätte mir ja niemand zugetraut, die vergammelte Bruchbude in das schmucke Häuschen zu verwandeln, das nun zwischen Metzgerei und Weingut die Hauptstraße zierte.

Vermutlich wäre auch weiter nichts Gravierendes geschehen, hätte es nicht diesen Gewittersturm im Juli gegeben, acht Wochen nach meinem Einzug.

Schon den ganzen Tag über war es schwül und drückend gewesen, und kaum jemand lief durch die Straßen. Gelblichgrau kündigte der Himmel bereits Stunden vorher an, was geschehen würde: Abends öffnete er bei einem ohrenbetäubenden Gewitter alle Schleusen und überschwemmte die Stadt. Ich fühlte mich sicher in meinem Haus, dessen Kellerdecke weit aus dem Boden ragte. Sollte der Keller doch notfalls volllaufen – was machte das schon.

Dann aber hörte ich es im Bad rauschen. Als ich die Tür öffnete, sprudelte mir Wasser entgegen, das munter über den Rand der Toilette schwappte. Na prima, eine Rückschlagklappe besaß mein Haus also nicht. Immerhin schien nur einigermaßen klares Regenwasser aus dem Kanal hochgedrückt zu werden, keine stinkende Kloake. Zumindest erschien das Mischungsverhältnis noch akzeptabel.

Plötzlich klatschte etwas Dunkles auf die Kacheln neben der Porzellanschüssel. Es wand sich und zappelte panisch. Na so was, eine Eidechse im Abwasser! Ich griff das erstaunlich kräftig gebaute Tier und verließ das Bad. Hier konnte ich sowieso nichts tun.

Die Eidechse setzte ich in der Küche auf die Spüle, um sie mir genauer anzusehen. Verwundert hielt das Tier still und schien die Wärme der Lampe über der Arbeitsplatte zu genießen. Dann bemerkte es meine Hand neben sich und biss ebenso unerwartet wie heftig in meinen rechten Daumen. Fluchend riss ich die Hand zurück und steckte mir den blutenden Daumen in den Mund. Die Eidechse hatte wohl auch einen Schreck bekommen, jedenfalls glitt sie eilig von der Spüle und in die Ritze zwischen Herd und Küchenschrank.

Das Wasser aus dem Bad floss zum Glück von ganz allein in Richtung Haustür ab, also brauchte ich nicht viel zu unternehmen. Aber wo war die Eidechse? Ich leuchtete mit meiner Notfall-Taschenlampe in die Spalten zwischen allen Möbeln, aber nirgendwo konnte ich sie entdecken. Na, sie würde schon den Weg in die Freiheit finden. Jedenfalls interessierte es mich doch noch zu erfahren, um welche Art Eidechse es sich gehandelt hatte. Das Lexikon bot nur wenig Aufschlussreiches: Farblich wäre alles möglich gewesen, immerhin schienen sämtliche Eidechsenweibchen der Welt graubraun wie die meine zu sein. Aber mit den Größenangaben hatte ich ernsthafte Probleme: Während sich das Wasser immer noch leise plätschernd den Weg durch mein Haus bahnte, musste ich mich mit der Erkenntnis vertraut machen, dass keineswegs eine Eidechse zwischen meinen Möbeln hockte. Eigentlich logisch: Wo hatte man je von einer zubeißenden Eidechse gehört! Junge Krokodile, so las ich, maßen in etwa dreißig Zentimeter. Das kam hin, leider! Aber hatten die schon Zähne? Egal, es schmerzte jedenfalls höllisch! Und weg war das Vieh auch. Immerhin war das Gewitter vorüber und auch der Regen hatte sich in einen ziemlich normalen Landregen gewandelt.

Ich ging ins Bad, watete zum Schrank und angelte sämtliche Putzlappen, die ich finden konnte, heraus. Der Wasserstand im Toilettenbecken hatte wieder Normalniveau erreicht, sodass ich wirklich mit der Putzerei beginnen konnte. Ich rutschte auf nassen Knien über die Fliesen. Aus dem Augenwinkel bemerkte ich eine Bewegung im Flur. Das Tier! Es hatte die Deckung aufgegeben und schlich um das aufgeweichte Katzenfutter herum. Ich überlegte noch, ob und wie ich es fangen sollte, da glitt es ohne zu fressen wieder in die Küche und bog sich um das Heizungsrohr, das dort aus dem Fußboden kam.

Ein paar Tage später hatte ich mich daran gewöhnt, dass das Tier die Nähe meiner Heizungen suchte und sich freute, wenn ich im Duschbecken Wasser stehen ließ. Es hatte mich nicht mehr gebissen, allerdings hatte ich auch besser auf meine Finger geachtet. Das Katzenfutter schien das Tier überhaupt nicht zu beeindrucken und die Katze als potenzielles Frühstück zum Glück auch nicht. Immerhin bot meine Katze momentan auch noch deutlich mehr Masse als das Krokodilchen. Ich taufte es Hägar, weil ich es bei seinem Einzug noch schrecklich fand.

Mittlerweile wusste ich, dass mein neues Haustier auf Frisches stand: Immer wieder machte es sich über den Obstkorb oder Gemüsereste im Bio-Eimer her. Dieser Umstand trug mit dazu bei, dass ich vorerst kein neues Zuhause für Hägar suchte: Ich hatte noch nie zuvor von einem Krokodil gehört, das sein Dasein als Vegetarier fristete, also konnte es auch nicht übermäßig gefährlich sein. Es besaß zwar eine ansehnliche Anzahl an scharfen Zähnen, aber solange es die nur in Broccoli vergrub, sollte es mir recht sein. Ich musste zugeben, dass es mir mehr und mehr gefiel, wie wohl sich Hägar in meinem Haus fühlte und wie sehr es mich faszinierte, dass er stundenlang träge in der Ecke liegen konnte, um ganz plötzlich und ohne erkennbaren Anlass wie wild loszuschießen, um sämtliche Stuhlbeine zu fegen und im Duschbecken zu landen – ob es nun gefüllt war oder nicht. Zudem reagierte er nach und nach auf meine Stimme. Er kam – abgesehen von seinen Döse-Phasen – angekrochen, wenn ich ihn rief, und fraß mir einigermaßen behutsam aus der Hand.

Als der Herbst dem Winter wich, maß Hägar schon einen guten Meter und musste sich verbiegen, um im Duschbecken zu baden. Der kleine Hof hinter meinem Haus war ringsum von alten Mauern umgeben und ich nutzte ihn nur zum Abstellen meines Fahrrades und für einen alten Tisch und zwei Stühle. Ich ersteigerte im Internet ein zu dieser Jahreszeit besonders günstig zu bekommendes Kinder-Planschbecken zum Aufblasen und stellte es in den Hof. Für die nächsten Monate sollte das doch wohl genügen, um Hägar schwimmen zu lassen. Tatsächlich, er freute sich riesig und nahm das Becken sofort an. Vor Freude schlug er seinen Oberkiefer in den Rand des Beckens, wobei sich herausstellte, dass Planschbecken nun einmal nicht für Krokodile gemacht sind. Ich hatte das Becken beizeiten entsorgt und organisierte mir eine alte Badewanne aus der Verwandtschaft – als Regenwasser-Reservoir für meine Zimmerpflanzen, wie ich vorgab.

Mein gesellschaftliches Leben ging dank Hägar in den letzten Monaten gegen Null. Ich traute mich anfangs nicht, ihn und meine Katze und mein Haus überhaupt allein zu lassen. Und Freunde einladen konnte ich auch nicht mehr: Hägar wäre unweigerlich wenige Tage später im Tierheim oder im nächstgelegenen Zoo gelandet. Im Internet hatte ich recherchiert, dass wohl das Geschirr für einen Schlittenhund am besten passen würde, und so bestellte ich mir ein Exemplar bei eBay, das ich in mühevoller Handarbeit an düsteren Winterabenden umarbeitete, Hägar immer zwischen mir und der Heizung dösend. Das Krokodil ließ sich das Geschirr anfangs nicht freiwillig anziehen, es zappelte und wand sich gewaltig. Mehr als einmal bekam ich dabei dann doch wieder den einen oder anderen

Zahn zu spüren. Bei der Arbeit begründete ich meine Wunden mit einem überaus aggressiven Nachbarshund. Was allerdings niemand verstand, war, warum ich dem Hund nicht einfach aus dem Weg ging. Schließlich aber begriff Hägar, dass er nach dem problemlosen Überstreifen nicht nur eine Tomate – seine absolute Lieblingsspeise – bekam, sondern auch noch eine Runde an der frischen Luft in Aussicht stand. Meist erst nach Mitternacht wagte ich mich mit Hägar vor die Tür, um mich mit ihm vorsichtig von Hauseingang zu Hauseingang zu schleichen. Und es klappte wunderbar: Hägar watschelte neben mir her, blieb stehen, wenn ich es verlangte, bewegte sich weiter, wenn ich das wollte, und zerbiss im Vorbeigehen nur ein einziges Mal einen Fahrradmantel.

Als der Frühling in die Stadt einzog, drehte ich am Rad: Ich musste unbedingt wieder einmal richtig an die Luft, lange Spaziergänge unternehmen, und das bei Tageslicht! Ich konstruierte aus einer Fressbremse für Pferde einen passablen Maulkorb für Hägar, denn ein Krokodil auszuführen war an sich schon ein Wagnis, aber mit einem Krokodil ohne Maulkorb würde ich unbehelligt wahrscheinlich nicht einmal bis zur nächsten Ecke kommen. Ich beschloss, in die Offensive zu gehen und mein Haustier wie einen Hund registrieren und genehmigen zu lassen, um allem Ärger aus dem Weg zu gehen. Daher rief ich beim Ordnungsamt an.

„Guten Tag, ich möchte gern ein Haustier anmelden."

„Haustiere sind nicht meldepflichtig. Hunde unterliegen allerdings der Hundesteuer."

„Ich habe keinen Hund, ich habe ein Krokodil."

„Ja, klar. Und ich bin Elvis!"

„Nein, wirklich. Ich habe ein Krokodil und möchte es anmelden, damit ich mit ihm spazieren gehen kann."

„Krokodile gehören in Zoos, gute Frau!"

„Ja, aber meins kam zu mir, als es noch ganz klein war, und

nun ist es ein wirklich zahmes Haustier geworden, das ich ausführen möchte."

„Aha. Hören Sie, ich habe hier noch mehr zu tun, veräppeln Sie mich also bitte nicht."

„Das liegt mir fern. Ich würde für mein Tier auch Steuer bezahlen, wenn Sie das wünschen."

„Von Krokodilsteuern ist mir nichts bekannt. Ich würde Ihnen aber dringend raten, das Tierchen in den Zoo zu bringen und sich selbst in ärztliche Behandlung zu begeben."

„Nein, nein, er beißt nicht, es geht mir gut."

„Soo einen Arzt meine ich auch nicht. Also gut: Wie heißen Sie? Wo wohnen Sie?"

„Und Sie versprechen, mir Hägar nicht wegzunehmen?"

„Hägar?"

„Das Krokodil."

„Tja, also, das müsste wohl unser Amtsleiter entscheiden. Da kenne ich mich nicht so aus. Fangen wir also nochmal an: Wie sieht Ihr Krokodil denn aus?"

„Sie wissen nicht, wie ein Krokodil aussieht?"

„Doch, sicher. Aber wie sieht Ihres aus? Farbe?"

„Braun natürlich."

„Was heißt hier natürlich? Es hätte ja auch blau sein können."

„Blau?"

„Und wie groß ist Ihr Krokodil?"

„Ich habe ihn gestern gemessen: zwei Meter fünfzehn."

„Wie bitte?"

„Aber wissen Sie, ich habe ein gutes Geschirr mit Maulkorb für ihn, Hägar lässt sich prima ausführen. Ich möchte halt nur, dass das amtlich abgesegnet ist und ich keine Schwierigkeiten bekomme, wenn ich mit einem Krokodil durch die Fußgängerzone gehe."

„Um Gottes Willen! Wo, sagten Sie, wohnen Sie?"

„Das habe ich Ihnen aus gutem Grund noch nicht verraten. Also, was ist denn nun?“

„Ich kann Ihnen wirklich nur dringend raten, das Tier von einem Zoo abholen zu lassen. Bitte nennen Sie mir doch Ihre Adresse!“

Ich legte auf. Bei dieser amtlichen Ignoranz kam ich nicht weiter. Ich brauchte keine Klapsmühle, sondern eine Genehmigung. Man sah doch immer wieder Zirkustiere in der Stadt, deren Besitzer mit Sammeldosen daneben standen. Ich wollte ja nicht einmal Geld mit Hägar verdienen, sondern einfach nur raus an die Luft. Aber wahrscheinlich hatte ich mir soeben die letzte Möglichkeit dazu verbaut. Wäre ich nur bei meinen nächtlichen Ausflügen geblieben! Tagsüber lümmelte Hägar jetzt meist auf dem Hof herum, wo er aber auf dem betonierten Boden wenig Bewegungsmöglichkeiten hatte. Deshalb schaffte ich ein Bassin für einen Gartenteich an, das nahezu die Hälfte meines Hofes einnahm. Mühevoll schleppte ich säckeweise Erde durch den Flur nach draußen, um das Becken zu unterfüttern. Schließlich befestigte ich auch noch ein riesiges Tarnnetz wie eine Zeltkuppel über dem Hof, um dem Metzger und dem Winzer nebenan keine Möglichkeit zu geben, Hägar beim Baden zu entdecken.

Aber es ging ja auch um mich: Ich hielt es einfach nicht mehr aus in meinen vier Wänden. Schließlich erstand ich einen uralten moosgrünen Lieferwagen, der aber frisch TÜV hatte und der vor allem nur vorn Fenster besaß, ansonsten aus solidem und – viel wichtiger – undurchsichtigem Blech bestand. An einem extrem frühen Samstagmorgen, die letzten Nachtschwärmer waren eben heimgekehrt, fuhr ich mit dem Heck dicht an mein Haus heran und schleuste Hägar in den Wagen, der sich dort sogleich über die als Köder ausgelegten Tomaten hermachte. Ein Hundegitter sollte verhindern, dass mein Krokodil bis zu mir auf den Fahrersitz kletterte, und das klappte bestens. Hägar genoss die Fahrt offensichtlich. Ich steuerte das Gänswieser Loch auf der Gemarkungsgrenze zwischen Osthofen und Worms an, von dem ich erst kürzlich in der Zeitung gelesen hatte, dass es besonders einsam gelegen sei. Da nicht einmal ein Kiosk oder gar ein offizieller Parkplatz vorhanden waren, schied das Gebiet als Ausflugsziel für die meisten Menschen einfach aus. Mir aber kam das sehr entgegen. An einem Feldweg konnte ich hinter dichtem Holunder perfekt getarnt parken und Hägar aus dem Auto lassen. Aufgeregt blickte er um sich, reagierte aber immer noch auf mich, sodass wir eine gute Viertelstunde tatsächlich spazieren gehen konnten: Ich mit meinem Picknick-Rucksack, er an der Leine und im Geschirr. Es war wunderbar. Die Vögel zwitscherten, die Sonne schien von einem unglaublich blauen Himmel, die Bäume knospten in frischem Grün. Dann hatten wir unser Etappenziel erreicht, diesen ruhigen Weiher am Rand eines Wäldchens. Natürlich stand hier ein Schild, das mir das Verhalten in einem Naturschutzgebiet erklärte, aber was sollte ich machen? Wo sonst sollte ich Hägar seine Natur ausleben lassen? Ich ließ ihn also von der Leine. Es schien mir, als habe er mich kurz angegrinst, als er sich gleich darauf mit Schwung die Böschung hinab und in die Fluten stürzte. Im Nu war mein Krokodil unter Wasser verschwunden. Ich konnte nicht mehr erkennen, wo er herumschwamm. Erst als plötzlich die Wasseroberfläche an einer Stelle ganz hinten in Ufernähe aufriss, Hägars Gebiss in die Höhe schoss, ein Büschel Schilf abmähte und genüsslich kaute, sah ich ihn wieder. Später labte er sich an Wasserpflanzen und drehte endlose gemächlich gepaddelte Runden. Derweil hatte ich Zeit für ein ausgiebiges Picknick und freute mich über meinen Mut, diesen Ausflug unternommen zu haben. Irgendwann schob Hägar seinen massigen Körper aus dem Wasser und legte sich dicht neben mir in die Sonne. Gemeinsam verdösten wir entspannt den Tag unter dem Frühlingshimmel. Wir konnten ja sowieso erst an die Rückreise denken, wenn die Dunkelheit das Umsteigen meines Krokodils vom Lieferwagen ins Haus kaschierte.

So wurden die Samstage zu wahren Highlights in unser beider Leben. Hägar bewegte sich so viel wie sonst die ganze Woche über nicht, wurde zum wahren Kunstschwimmer, futterte die Pflanzen im Weiher und am Ufer und ließ sich in der Sonne braten. Und ich, ich kam endlich wieder an die Luft. Nur mit einem Krokodil zwar, aber bei der Arbeit im Büro traf ich ja noch genug Menschen, um nicht vollends wunderlich zu werden. Irgendwie war klar, dass das nicht ewig gut gehen konnte, aber bis zum Beginn der Sommerferien hatten wir Glück. Niemand begegnete uns bei unseren samstäglichen Ausflügen. Dann aber, am ersten Juli-Wochenende, ich hatte eben mein Picknick ausgebreitet, Hägar war gerade untergetaucht, marschierte eine gut gelaunte Familie – Vater, Mutter und zwei Kinder in Funktionskleidung – auf mich zu. Während das Familienoberhaupt eine Begrüßung schmetterte, betete ich im Stillen, Hägar möge unter Wasser bleiben.

„Ein wunderbares Fleckchen Erde, nicht?“, sprach der Mann mich an und strahlte. „Na ja, nur furchtbar viele aggressive Stechmücken“, entgegnete ich. Ich musste schließlich zumindest versuchen, diese Leute loszuwerden.

„Mama, ich will keine Stiche!“, jammerte auch sofort eins der Kinder.

Aber die Mutter stammte wohl auch noch aus der „Gelobt sei, was hart macht“-Generation und lachte nur: „Ach was, kommt mit rüber da vorne unter die alte Weide, da werden wir essen.“

Und dann passierte natürlich das Unvermeidliche: Hägar tauchte auf. Zunächst bemerkte ihn niemand, denn Vater und Kinder suchten mit den Augen noch nach der Stelle am Ufer, die die Mutter meinte. Dann beging das Krokodil jedoch den

Fehler, an einer Waldrebe zu zerren, die von einem Baum aus bis kurz über die Wasseroberfläche baumelte.

„Da, ein Krokodil!", schrie das gleiche Kind, das schon keine Mückenstiche gewollt hatte.

„Blödsinn!", brummte der Vater und winkte dem Kind, es solle sich endlich aufmachen und hinter seiner Mutter her zum ausgesuchten Essplatz wandern.

„Papa, wirklich, guck doch selbst!", rief das Kind und zeigte auf Hägar, der zugegebenermaßen ziemlich gefährlich aussah, als er mit der meterlangen Rebe kämpfte.

„Aber das kann doch nicht sein!", entfuhr es dem Vater.

Seine Frau reagierte schnell: „Kinder, sofort zurück zum Auto. Macht euch keine Sorgen, Papa kommt gleich nach." Sie schob ihre Kinder auf den Weg zurück, wo alle drei zu rennen begannen. Der Familienvater hatte derweil ein Handy gezückt und fragte mich: „Sagen Sie mal, Sie sitzen doch schon länger hier. Haben Sie es denn vorher gar nicht bemerkt?"

Mein Ruf wäre ohnehin ruiniert, deshalb fragte ich nur: „Was denn bemerkt?"

Er schnaufte: „Na, das Krokodil, um das es die ganze Zeit geht!"

„Quatsch, hier ist kein Krokodil. Oder sehen Sie eines?"

Hägar war offensichtlich satt und wieder untergetaucht.

„Trotzdem, ich rufe jetzt die Polizei an", verkündete der Mann. Ich geriet in Panik. Wer würde mir schon glauben, dass mein Krokodil Vegetarier war? Ich müsste zusehen, wie er von übereifrigen Veterinären eingeschläfert oder in den Zoo gesteckt würde. Blitzschnell griff ich mir einen dicken Ast, der am Boden lag, und wummerte ihn meinem Gegenüber auf den Schädel, bevor der noch mehr Krokodile sähe. Bewusstlos sackte der Mann zusammen und rutschte die Uferböschung hinab. Perfekt, wie er kopfüber im Wasser zu liegen kam! Es würde nicht mal Spuren von mir geben, außer natürlich am Ast, aber den gedachte ich mitzunehmen. Hägar kroch zufrieden aus dem Weiher. Zu meinem großen Glück war die Familie aus der entgegengesetzten Richtung gekommen, wohl irgendwo aus Herrnsheim über das freie Feld, sodass ich meinen Rückweg hoffentlich unerkannt antreten konnte. Ich legte Hägar wieder an die Leine und entschuldigte mich bei ihm, dass das Sonnenbad heute ausfallen müsse. Er war aber auch ganz zufrieden, den Tag im Wagen zu verbringen, zumal ich ihm aus dem nächsten Supermarkt noch ein Netz Tomaten mitbrachte. Bibbernd vor Angst saß ich dort auf dem Parkplatz Stunde um Stunde in meinem Lieferwagen und hörte Radio: Der Wert des Dollars hatte sich irgendwie verändert, es hatte Proteste gegen den Staatsbesuch eines arabischen Herrschers gegeben, der Tabellenführer hatte sein Spiel verloren, aber noch nichts über ein Krokodil in freier Natur oder gar über eine Leiche direkt daneben. Ich war heilfroh, als es endlich dunkel und ruhig genug war, um Hägar wieder nach Hause zu bringen. Ich ließ ihn ins Haus, legte ihm drei Köpfe Weißkohl hin und sah von da an sämtliche Nachrichtensendungen auf den privaten Kanälen.

Im Frühstücksfernsehen war es dann soweit: RTL berichtete von einer völlig hysterischen Familie, deren Vater in einem Naturschutzgebiet zurückgeblieben war, um die Polizei zu rufen, weil man ein Krokodil von mindestens fünf Metern Länge gesichtet hatte. Welch eine Übertreibung, Hägar maß jetzt gerade mal drei Meter neunzehn! „Das Untier – unser Papa – aufgefressen – blutrünstig ... “, mehr war von der Frau nicht zu verstehen.

Eine Stunde später berichteten auch die öffentlich-rechtlichen Sender über Hägar: Eine Familie auf Wandertour habe ein Krokodil entdeckt, zur Sicherheit habe der Vater die anderen zum Auto geschickt, das in drei Kilometern Entfernung geparkt war. Er habe nur der Polizei zeigen wollen, wo sich das Tier befinde. Als er bis zum Nachmittag nicht zurückgekehrt sei, habe die Ehefrau ihrerseits die Polizei verständigt, die überhaupt noch nichts von einem Krokodil wusste. Statt des Raubtiers habe man den Mann am Seeufer tot aufgefunden. In diesem Zusammenhang werde auch nach einer weiteren Person gesucht, die den Vorfall miterlebt habe und die eventuell ebenfalls in Gefahr geraten sei: Es handele sich um eine Frau mittleren Alters, mittlerer Größe, mittlerer Statur mit unbekannter Haarfarbe, in Jeans und blauer oder grüner Regenjacke. Ich freute mich zum ersten Mal im Leben, dermaßen unscheinbar zu sein!

Ganz dicke kam es aber am nächsten Tag in der Zeitung: Der Mann war erschlagen worden und danach im Tümpel ertrunken, jedoch wiesen keinerlei Spuren darauf hin, dass er gewaltsam ans Wasser gebracht worden war. Spuren eines Krokodils hatte man tatsächlich gefunden, sie führten durch den Wald und zu einer Holunderböschung am Rande eines Wirtschaftsweges, wo öfter Handelsvertreter ihre Mittagspause verbrachten oder Liebespärchen die Deckung zur Straße hin nutzten. „Wenn es nicht so verrückt klänge, würde ich sagen, das Krokodil ist mit dem Auto weggefahren", wurde ein Polizeisprecher zitiert, denn die Tierspuren endeten hier. Leider habe man angesichts der Vielzahl der Fuß- und Reifenspuren nicht mehr klären können, ob die unbekannte Spaziergängerin möglicherweise auch hier geparkt hatte, denn sonntagmorgens käme an dieser Stelle allwöchentlich der örtliche Lauftreff zusammen und habe einfach alles zertrampelt. Und leider musste die Polizei auch zugeben, am Samstagabend nicht mehr ausreichend gesucht oder abgesperrt zu haben. Nur die am Rand des Weges und ohnehin tief verlaufenden Krallenspuren waren noch eindeutig erkennbar. Es wurden Vermutungen angestellt, ob vielleicht die Spaziergängerin vom Krokodil angegriffen worden sei, der Familienvater habe zu Hilfe eilen wollen und dann vom Untier einen Schlag mit dem Schwanz gegen den

Kopf erhalten habe. „Möglich wäre das rein technisch“, erklärte der Polizeisprecher, „aber die Frau haben wir noch nicht gefunden.“ Und wenn nun die Frau gemordet habe, fragte sich der Artikelschreiber. Aber er verwarf diese Möglichkeit, denn welchen Grund sollte sie haben, zumal in einer so brenzligen Situation wie der mit einem menschenfressenden Ungeheuer im See. Nein, die Ehefrau kannte die Spaziergängerin auch nicht. Und sie kannte die meisten der Menschen, die ihr Mann auch kannte, behauptete sie. Die Identität des getöteten Familienvaters brachte besondere Brisanz in den Fall: „Leitender Staatsanwalt tot aufgefunden“, titelte die Tageszeitung.

Hägar und ich verkrochen uns in meinem Haus, er offensichtlich ruhig und zufrieden, ich fahrig und nervös. Im Büro wurde ich auf mein schlechtes Aussehen angesprochen und faselte etwas von Hormonproblemen und schlecht verträglichen neuen Medikamenten, so wurde ich in Ruhe gelassen und nur leise bedauert. Diese Ruhe hatte ich bitter nötig, kamen doch täglich neue Vermutungen ans Tageslicht: Der Staatsanwalt habe einen Mafioso eingebuchtet, dies sei nun die Rache, mutmaßte ein Anzeigenblättchen. Doch viel beunruhigender war die Neuigkeit, dass sich ein städtischer Angestellter erinnerte, vor vielen Monaten einen überaus merkwürdigen Anruf erhalten zu haben, bei dem eine Unbekannte ein Krokodil als Haustier registrieren lassen wollte. Er habe die Dame damals für geistig verwirrt gehalten, denn Fastnachtszeit sei nicht gewesen. Klar, dachte ich, wer wäre nicht etwas verwirrt, wenn ihm ein Krokodil aus dem Klo in die Wohnung schwappen würde! Das hatte ich nun davon, dass ich das Tierchen damals nicht gleich mit den reißenden Fluten wieder zur Haustüre hatte herausströmen lassen!

Unser schönes Ausflugsziel war seit dem tragischen Samstag logischerweise keins mehr. Jedenfalls nicht für uns, denn die Naturschutzbehörden beklagten einen regen Krokodilsucher-

Tourismus an dem ehemals verschlafenen Weiher. Überhaupt trauten Hägar und ich uns nicht mehr aus dem Haus, nicht mal mehr zu unseren nächtlichen Spaziergängen. Es war alles viel zu riskant geworden.

Ich habe auch überhaupt keine Ahnung, wie das Veterinäramt auf mich kam. Jedenfalls stand eines Tages morgens noch vor acht Uhr ein sportlicher Mittvierziger mit einem Ausweis seiner Behörde vor meiner Haustür. Er bat um Einlass, da der Verdacht bestehe, dass in meinem Hause Wildtiere gehalten würden, und dies wohl nicht entsprechend der EU-Verordnung Nummer Soundso vom Wasweißichwievielten.

„Wer erzählt denn so einen Blödsinn?", fragte ich lächelnd, wenngleich mir der Angstschweiß aus allen Poren trat.

„Wir haben Hinweise aus der Nachbarschaft erhalten. Und deshalb habe ich auch noch gar nichts groß offiziell gemacht, sondern wollte einfach mal nachfragen, weil ich sowieso gerade hier vorbeikam. Kann ich jetzt reinkommen?"

Was sollte ich tun? Natürlich ließ ich den Mann in mein Haus. Binnen einer Minute war ihm klar, dass ich hier nicht allein lebte. Als er wohl gerade mit einem Fachvortrag über Tierhaltung ansetzen wollte, schoss Hägar in den Flur und walzte den Mann einfach zu Boden. Manchmal war er etwas ungestüm, aber mit Mitte vierzig ist man offensichtlich nicht mehr sehr widerstandsfähig, jedenfalls begann der Mann zu röcheln und griff sich ans Herz. Hägar war nach seiner wilden Begrüßung längst wieder im Hof verschwunden und kümmerte sich um nichts mehr. Während ich noch überlegte, wie dem Herrn Veterinär zu helfen wäre, schied dieser ganz leise aus dem Leben. Da stand ich nun mit einem aus der Nachbarschaft denunzierten Krokodil und einem toten Tiermediziner im Hausflur. Wenn Hägar wenigstens Fleischfresser gewesen wäre! Aber er verspürte nach wie vor keinen Appetit darauf. Dann kam mir die Entsorgungs-Idee: Sicher hatte mich der

Metzger von nebenan angeschwärzt, der versuchte sowieso seit Monaten, mehr über mein Privatleben herauszubekommen. Er hatte sowohl mit Blumen und Sekt vor der Haustür gestanden als auch den Versuch unternommen, um mein weit gespanntes Tarnnetz herum zu erspähen, was ich im Hof so tat. Das mit dem Sekt konnte ich charmant mit Hinweis auf seine Gattin abbiegen, aber was er auf dem Hof gesehen hatte, wusste ich nicht. Dabei schien es mir, als sei das Netz noch immer weitgehend blickdicht. Der Metzger konnte höchstens Umrisse erkannt haben und Bewegungen, mehr nicht. Aber wenn ihm das schon ausreichte, um sich für meinen Korb zu revanchieren, bitte sehr. Im Hof der Metzgerei standen mehrere Rollcontainer und der größte davon, soviel wusste ich noch aus der Zeit, als ich ohne Tarnnetz täglich über die Mauer schauen konnte, diente zur Lagerung der Schlachtabfälle. Der Metzger rollte ihn jeweils am frühen Morgen in den Lieferwagen und brachte ihn zur Entsorgung, bevor er dann zum Schlachthof fuhr und neues Fleisch abholte.

Ich hatte ausgiebig zu tun und musste mich auch bei der Arbeit krank melden, um das amtliche Problem aus dem Weg zu schaffen. Mit der Kettensäge kämpfte ich mich durch die Knochen und war froh, dass sich mein Brechreiz nach dem ersten heftigen Anfall fortan in Grenzen hielt. Wie gut, dass ich den alten Duschvorhang aufgehoben hatte, sonst wäre mein kompletter Keller-Fußboden verschmiert gewesen. So aber blieb der Herr Veterinär schön sauber in allen Einzelteilen auf dem alten PVC-Teil von Ikea. Abends, als der Metzger zu seinem Stammtisch und die Gattin wie allwöchentlich beim Gesangverein waren, hob ich mein Tarnnetz an und verfrachtete die Fleischbrocken in den Abfallcontainer. Der Kopf kam zuerst an die Reihe, damit er zuunterst zu liegen kam. Nicht auszudenken, was passieren würde, wenn noch jemand einen Blick in den Container warf, bevor er vom Hof kam! Mir wurde noch einmal so richtig übel, als mich der Mann aus glasigen Augen anstarrte, und so ein Kopf ist auch ganz schön schwer, aber schließlich hatte ich ihn und alles, was darunter gelebt hatte, in den Container gewuchtet und zur Sicherheit ein paar Schweineknochen darüber drapiert. Geschafft! Müde schleppte ich mich ins Haus, wo Hägar sich währenddessen mit ein paar Kohlköpfen amüsiert und die Küche ziemlich verwüstet hatte.

Ich wartete die Nacht über voller Unruhe, doch die Abfuhr des Containers geschah am nächsten Morgen völlig problemlos. So wie immer eben.

Nun musste ich nur noch wissen, was der Metzger tatsächlich über Hägar und mich in der Hand hatte. Aber das lange Grübeln wurde mir abgenommen: Ich bekam ein paar Tage später abends nach der Arbeit einen sehr merkwürdigen Anruf: „Kommen Sie um neun in den Stadtpark. Setzen Sie sich auf die Bank zwischen den beiden großen Kiefern."

„Wer sind Sie?", fragte ich aufgeschreckt.

„Das tut nichts zur Sache. Und Sie wollen doch sicherlich nicht, dass Ihrem Tierchen etwas passiert, nicht wahr?"

Wie der Metzger hatte der Anrufer nicht geklungen. Viel leiser, schärfer.

Was blieb mir also? Ich kippte Hägar eine Gemüseladung aus Tomaten, Salat und Kartoffeln in den Hof. Er wäre beschäftigt und zufrieden, bis ich nach Hause käme.

Auf dem Weg zum Stadtpark wurde mir immer mulmiger: Was, wenn irgendein Verrückter dort auf mich wartete? Oder wenn – viel schlimmer noch – kein Verrückter, sondern ein eiskalter Killer dort saß? Aber wieso überhaupt? Ich ärgerte mich, dass ich mich nicht in aller Ruhe zu Hause auf die Situation eingestellt hatte, sondern wie ein aufgescheuchtes Huhn nervös flatternd zum Stadtpark flog.

Auf der angegebenen Bank lag eine alte Zeitung. Ich setzte mich, nachdem ich vorher in alle Richtungen gespäht, aber niemanden entdeckt hatte. Wenig später kam ein Mann im dunkelgrauen Anzug auf mich zu, ganz offen durch den Park. Er lächelte knapp und setzte sich neben mich. „Schön, dass Sie so vernünftig waren, unsere Verabredung einzuhalten“, meinte er mit der Stimme, die ich schon vom Telefon her kannte.

„Was wollen Sie von mir?“, fragte ich.

„Von Ihnen? Nichts. Wir wollen Ihr Tier.“

„Wie bitte?“

„Stellen Sie sich nicht dumm. Wir möchten Ihr Tier für unsere Zwecke nutzen.“

„Ihre Zwecke? Wer sind Sie denn eigentlich?“

Der Mann zückte einen eingeschweißten Ausweis und schwenkte ihn kurz vor meinem Gesicht. Ich konnte lediglich erkennen, dass ein Foto darauf war, mehr erkannte ich nicht. Nicht einmal, ob es das Foto meines Gesprächspartners war. Was mich aber wirklich erstaunte, war, dass der Mann „BND“ murmelte. „Sie sind vom Bundesnachrichtendienst?“, fragte ich ungläubig.

„Hmm. Bringen Sie mich nun in Ihr Haus?“

„Wie käme ich dazu? Sicher hat schon ein Team von Spezialisten meine Wohnung auf den Kopf gestellt, während Sie mich hier rausgelockt haben!“

„Das sind Ami-Methoden, sowas machen wir nicht!“, entrüstete sich der graue Herr, der bei näherer Betrachtung ziemlich braungebrannt aussah und einen Dreitagebart trug. „Wir erbitten Ihre Kooperation.“

„Wozu denn überhaupt? Kann ich das endlich mal erfahren?“

„Ihr Tier kann für Deutschland von unschätzbarem Wert sein.“

Verwirrt war ich nur zu einem debilen „Hä?“ fähig. Dann fragte ich: „Wieso mein Tier? Wieso nicht das Haustier von irgendwem?“

„Ihr Nachbar, der Metzger, hat in seiner Stammtischrunde etwas zu laut spekuliert, dass Sie da wohl ein ganz besonderes Haustier pflegen. Wie es der Zufall wollte, saß ein Informant von uns am Nebentisch und hörte alles mit an. Ein zahmes Krokodil wäre genau das Tier, das wir bräuchten."

„Woher wollen Sie wissen, dass der blöde Metzger nicht einfach nur sturzbesoffen war und fantasiert hat?"

„Was glauben Sie, wer wir sind? Natürlich haben wir Sie ein wenig beobachtet."

„Schon lange?" Ich bekam Angst, man wisse längst Bescheid über die beiden Unfälle in letzter Zeit.

„Ein paar Tage nur. Aber die reichten aus. Deutschland braucht Ihr Krokodil!"

„Wozu?"

„Unterwasser-Aufklärung. Eine bessere Tarnung gibt es nicht."

„Und wo wollen Sie da was aufklären? Ein Krokodil in der Spree vor dem Kanzleramt? Ich bitte Sie, das fällt auch dem eiligsten japanischen Touristen noch auf!"

„Über die Einsatzorte darf ich nichts sagen."

„Und wenn ich nicht mitspiele?"

Er lachte trocken. „Dann ist Ihr liebes Tierchen heut' am Tag im nächsten Zoo und Sie kriegen eine Anzeige wegen Tierquälerei und so weiter!"

„Aber ich will ihn doch gar nicht abgeben!"

„Daran war auch nie gedacht: Sie würden ihn natürlich als Trainerin begleiten und dafür von uns bezahlt. Auslandsreisen, Spesen, alles dabei, wenn Sie verstehen."

„Ist nicht wahr ..."

„Wir treffen uns morgen um dieselbe Zeit hier, dann erwarte ich Ihre Zusage. Guten Abend!" Mit diesen Worten stand er auf und verschwand aus dem Park, ohne sich noch einmal umzusehen.

Mit zitternden Knien kam ich zu Hause an. Ob mein Haus wirklich noch mein Haus war? Oder hatte der BND am Ende doch meine Abwesenheit genutzt und die Räume verwanzt, Hägar etwas getan oder, oder, oder?

Als ich den Hausflur betrat, watschelte Hägar gemütlich auf mich zu, so gut das in dem mittlerweile viel zu engen Häuschen eben ging, und ließ sich tätscheln. Genüsslich grunzend bettete er seinen riesigen Schädel auf der Fußmatte und döste ein. Es schien ihm gut zu gehen. Zur Sicherheit durchforstete ich sämtliche Zimmer und den Hof, schraubte mein Telefon auf und suchte auch an meinem Computer nach Spuren für eine Wanze. Aber wo sollte ich suchen? Wie sah so etwas aus? Ich stellte fest, dass ich wahrscheinlich eine Menge lernen konnte, würde ich zum BND gehen. So ein Blödsinn! Ich war eine kleine kaufmännische Angestellte, die zufällig ein exotisches Haustier hatte, mehr nicht. Geheimdienst, haha! Aber der Mann hatte geklungen, als habe ich keine Wahl. Bevor ich mich von Hägar trennte und ihn nach Verbüßen der Haftstrafe für dies und jenes irgendwo im Zoo besuchen müsste, würde ich lieber mitmachen. Wen hatte ich schließlich noch im Leben außer Hägar?

Es war schon fast Mitternacht, als ich endlich zur Ruhe kam, nicht ohne dem Krokodil vorher noch ein paar Tomaten gegönnt zu haben. Aus Angst vor Geheimdienst und Metzger hatte ich Hägar im Haus gefüttert, aber die paar Tomatenflecken auf dem Teppich in der Küche machten auch schon nichts mehr aus. Mein Entschluss stand fest: Ich würde mit Hägar die Stadt verlassen. Es müsste doch irgendwo auf dem Land ein altes Haus mit großer Scheune zu mieten geben, in der Hägar ungestört leben konnte. Möglicherweise mit einem Teich dabei, das wäre natürlich ein Traum. Ich stellte den Wecker auf drei Uhr und wachte dementsprechend schlecht ausgeruht auf, als er piepste. Eilig packte ich zusammen, was ich für die nächsten Tage zu brauchen glaubte. Ich rangierte den Lieferwagen wie immer dicht ans Haus und hoffte, der Metzger möge noch schlafen. Hägar kletterte ins Auto, ich warf mein Gepäck auf den Beifahrersitz, schloss das Haus ab und fuhr los. Erstmal irgendwo aufs Land, dachte ich mir. Nervös blickte ich immer wieder in den Rückspiegel, und meine Furcht war begründet: Als ich die Stadtgrenzen Osthofens hinter mir gelassen hatte, bemerkte ich einen silbernen Wagen, der mir folgte. Das war ja zu erwarten gewesen. Ich verfiel trotzdem in eine gewisse Panik. Sie wussten, dass ich nicht kooperieren wollte. Hägar würde mir weggenommen. Ob ich das noch verhindern konnte?

Ich hielt am nächstbesten Parkplatz an und wartete einfach ab, dass sie kämen und das taten, was sie tun mussten. Sie redeten kaum mit mir, sondern stiegen gleich nach hinten zu Hägar. Der tat zum ersten Mal in seinem Leben etwas zu Erwartendes: Er zeigte Appetit auf frisches Fleisch. Beiden Männern, die mich verfolgt hatten, darunter der graue Herr vom Vorabend, biss er zunächst ein Bein ab, bevor er die vor Schmerzen und Angst völlig wehrlosen Männer ganz verspeiste. Zum Schluss, ich schwöre es, rülpste Hägar laut.

Davon wachte ich auf. Verschlafen quälte ich mich aus dem Bett und beschloss, mir niemals ein eigenes Haus zuzulegen. Beim Kaffeekochen ärgerte ich mich über die rotbraunen Flecken auf dem Teppich. Fast wie von Tomaten ...

Rheinhessische Vendetta

Gerd Merz

Mondlicht fiel durch das Fenster auf ihr Gesicht. Es verlieh ihrem blassen Teint etwas Unwirkliches, fast schon Gespenstisches. Auch das Weinrot ihrer Kleidung vermochte an diesem Eindruck nichts zu ändern. Der Herbstwind wehte den vertrauten Geruch des frischen Tresters zu ihr herein, den die Winzer zum Düngen ausgebracht hatten. Es war die Zeit, in der sich in den Weinkellern der rheinhessischen Schweiz der ungestüme Federweiße in süffigen und gefälligen Wein verwandelte.

Juliane Bartoli lag mit halb geschlossenen Augen wie eine künstliche Figur bewegungslos auf ihrem Bett, die Arme hinter dem Kopf verschränkt. In Madame Tussauds Wachsfigurenkabinett wäre sie kaum aufgefallen. Sie lächelte bei dem Gedanken, bald einen derartigen Bekanntheitsgrad erlangt zu haben, der sie für eine Aufnahme in die illustren Reihen berühmter Persönlichkeiten geradezu empfehlen würde. Sie stellte sich vor, neben Boris Becker ausgestellt zu werden. Sie war davon überzeugt, dass ihre Verdienste seinen sportlichen Erfolgen absolut ebenbürtig waren. Auch ihre Rückhand war gut platziert und hart, wenn auch in einer anderen Disziplin.

Morgen würde sie ihren großen Tag haben. Ihr Team hatte bestens vorgearbeitet und einen hervorragenden Job gemacht, um sie angemessen in den Medien zu präsentieren und die Öffentlichkeit auf ihren Auftritt einzustimmen. Eigentlich müsste sie Angst haben, Eingeweide fressende Angst. Aber das Gefühl, das Panik und Ohnmacht vereint, stellte sich nicht ein. Vielmehr empfand sie Erleichterung darüber, dass sie in einem rasanten Endspurt die Ziellinie überschreiten würde. Assistiert von den beiden äußerst attraktiven Männern würde sie der Presse und dem Fernsehen in einem wahren Blitzlichtinferno entgegentreten. „Diese Männer“, dachte sie. Ihre Gesichtszüge wurden zynisch und hart. Der letzte – und gleichzeitig der erste, der sie nach Marcos Tod berührt hatte – war 52 Jahre alt gewesen, fast zwanzig Jahre älter als sie. Aber die Berührung durch seinen Körper hatte einen Schalter in ihrem Gehirn umgelegt. Von diesem Moment an hatten weder der Altersunterschied noch seine Ehe eine Rolle gespielt. In der kurzen Zeit ihres Zusammenseins war er ihr willenlos ergeben. Sie hatte sich so intensiv um diesen Mann bemüht wie um keinen Mann zuvor. Dabei hatte sie strenge Regeln eingehalten: Absolut neutrales Verhalten in der Öffentlichkeit, keine verräterischen Blicke, keine Kommentare, keine Zeugen ihrer Aktivitäten, die zumeist nachts stattfanden. Alles musste unauffällig geschehen und war sorgfältig geplant. Weder seine Frau noch sonst irgendjemand sollte etwas von diesem speziellen Arrangement bemerken. Nicht der leiseste Anflug eines Verdachtes durfte sich einstellen. Sie hatte derartig professionell getarnt und getäuscht, dass selbst heute noch die meisten an dieser Geschichte zweifelten. Das Abenteuer mit Horst Rosenbacher hatte nicht lange gedauert, dafür war es körperlich ungeheuer intensiv gewesen. Es hatte ihrem Leben eine Wende gegeben. Einen Kick, der sie wie eine Droge aus einem körpereigenen Cocktail aus Dopamin, Serotonin, Noradrenalin und Endorphin aufgeputscht hatte. Das Wichtigste an dieser Liaison war jedoch, dass sie endlich wieder eine Perspektive bekommen hatte.

Ihr Leben ... sie wurde wehmütig, als ihre Gedanken sie zwölf Jahre zurückführten ... „Peter“, ihre Lippen formten lautlos den Namen ihrer ersten großen unglücklichen Liebe.

Der Mond war weitergezogen und nur noch die Kerze auf dem Tisch am Fußende ihres Bettes warf mit diffus flackerndem Licht bizarre Schatten an die getünchten Wände. Die Erinnerung an Peter und die Stimmung im Raum ergänzten sich, als seien sie bewusst in Szene gesetzt.

Sie hatten beide in Mainz Kunstgeschichte studiert und die Wohnung miteinander geteilt. Nach zwei Jahren hielt es Juliane nicht länger aus. Peter hatte sie auf die Rolle einer Ehefrau reduziert. Er liebte sie nicht. Sie musste sich neben dem Studium um den Haushalt kümmern. Er rührte keinen Finger.

Im August 1997 hatte Juliane das Angebot wahrgenommen, für ein Jahr nach Florenz zu gehen. Im Rahmen eines EU-Praktikums hatte sie die Chance genutzt, in den berühmten Uffizien zu arbeiten, ihre Sprachkenntnisse zu vervollkommnen und den Lebensabschnitt mit Peter hinter sich zu lassen.

In Florenz explodierten ihre Gefühle. Mit der Energie aufeinander prallender Schnellzüge trafen Juliane und Marco einander. Es war am Hauptbahnhof Santa Maria Novella. Irritiert und suchend stand Juliane vor einem Fahrkartenautomaten, der ihren 50.000-Lire-Schein zwar angenommen, aber die 30.000 Lire Rückgeld nicht ausgespuckt hatte. Jemand zeigte an ihrem Kopf vorbei auf ein Hinweisschild. In klein geschriebenen Buchstaben stand dort, dass nur maximal 10.000 Lire bar zurückgezahlt würden. „Il resto, signorina ...", hörte sie eine wohlklingende, Vertrauen einflößende Männerstimme. Der Mann wollte ihr noch erklären, wie sie eine Ticket-Gutschrift bekommen konnte, aber ihm fehlten die Worte, wie er ihr später immer wieder das Gefühlschaos schilderte, in das ihn ihr atemberaubender Anblick versetzt hatte: Juliane hatte sich umgedreht und er sah eine rothaarige junge Frau vor sich stehen, wie er sie sich bezaubernder nicht hätte vorstellen können. Julianes Gesichtszüge, eben noch angespannt, ja sogar verärgert, veränderten sich im Zeitlupentempo von einem ungläubigen über ein staunendes zu einem herzlichen Lächeln. Dabei entblößte sie ihre makellosen weißen Zähne und bewegte die Zungenspitze über die Schneidezähne. Auch sie reagierte auf Marco. Sie musste zu ihm aufblicken, da der muskulöse Mann sie um Haupteslänge überragte. Als ob ein Wunschbild zur Realität geworden wäre – das war er. So hatte sie sich den Mann ihrer Träume immer vorgestellt. Schwarze Haare, in die das Spiel der Natur eine weiße Strähne eingeflochten hatte. Aus tiefbraunen Augen strahlten ihr Ehrlichkeit und Sympathie entgegen. Sein Blick signalisierte Vertrauen und zog sie in seinen Bann. Amor ließ einen ganzen Pfeilhagel auf beide herabprasseln – es war Liebe auf den ersten Blick. Von diesem Moment an ließen sie sich nicht mehr aus den Augen, trafen sich fast täglich und wussten, dass sie füreinander bestimmt waren.

Ein Jahr später heirateten sie und aus Signorina Kästner war Signora Bartoli geworden. Etwa zwanzig Kilometer südlich von Florenz, in dem Dörfchen Uzzano, hatte die Mainzerin eine neue Heimat gefunden.

Nicht weit davon entfernt, in dem von Touristen frequentierten Städtchen Greve in Chianti, betrieb Marco mit seinem Vater Rino und seinem jüngeren Bruder Attilio eine Marcelleria, eine Metzgerei. Seine Mutter war schon vor mehreren Jahren gestorben. Sie produzierten und verkauften ausschließlich toskanische Spezialitäten von Wurst, Schinken und Braten.

Juliane erkannte sehr schnell, dass auch die Verarbeitung von Haus- und Wildschweinen eine traditionsreiche Kunst sein konnte, die der eines Leonardo da Vinci oder eines Michelangelo Buonarrotti in nichts nachstand – was natürlich eine geschmacksindividuelle Abwägung war. Jedenfalls fiel es ihr leicht, ihr Studium aufzugeben und sich stattdessen in den seit dem 17. Jahrhundert überlieferten Familiengeheimnissen der Marcelleria Bartoli unterweisen zu lassen. Es war eine glückliche, ja geradezu schicksalhafte Entscheidung.

Die Bartolis züchteten Schweine – die Cinta Senese, eine alte toskanische Rasse – die ganzjährig im Wald unter freiem Himmel lebten. „Unsere Schweine gehören zur Famiglia, sie sind glücklich“, hatte Rino, ihr Schwiegervater, das Geheimnis des einmaligen Geschmacks gelüftet.

Von Marco lernte sie, wie man die Schweine vor dem Schlachten beruhigte, betäubte und dann endgültig tötete, ausbluten ließ, zerlegte und schließlich zu den verschiedensten Endprodukten verarbeitete. Außer ihren Eigenzüchtungen verarbeiteten sie cinghiale, Wildschwein, das ihnen von Jägern bereits in zerlegtem Zustand geliefert wurde.

Nach gut drei Jahren war Juliane in der Lage, vom Einkauf über die Schlachtung und Verarbeitung bis hin zum Verkauf eine Metzgerei mit diesen speziellen Produkten selbständig zu betreiben. Ihre deutsche Herkunft und damit verbunden die Sprachkenntnisse, zudem noch die profunden Kenntnisse über Geschmack, Aufbewahrung, Haltbarkeit und Verwendung, sprachen sich schnell herum. Bald schon war die Metzgerei mit ihren Spezialitäten in jedem gängigen Reiseführer zu finden. Einheimische und vor allem Touristen kamen aus Siena, Florenz und den toskanischen Dörfern, in denen sie ihren Urlaub verlebten, um in der Marcelleria Bartoli und speziell bei der Signora rossa einzukaufen. Das Geschäft florierte, man musste an- und umbauen und der Familienbetrieb der Bartolis konnte einer sorglosen Zukunft entgegen sehen.

Dem beruflichen Glück stand das private um keinen Deut nach. Marco erwies sich als der aufmerksamste und liebenswürdigste Mann, den sie sich wünschen konnte. Er war meilenweit davon entfernt, sich als Macho zu gebärden. Und als Juliane ihm, gerade von Dottore Sebastiano kommend, im dicksten Geschäftstrubel mitteilte, dass sie ein Kind erwarteten, führte er ungeachtet der Kundschaft einen wahren Freudentanz auf. Mitte Juni 2002 sollte das Baby zur Welt kommen. Die Schwangerschaft verlief komplikationslos und die Vorfreude auf das Ereignis wuchs von Woche zu Woche. Ein Kind von diesem fantastischen Mann, das hineinwachsen würde in eine intakte italienische Familie, es war wie im Märchen! Manchmal hatte Juliane Angst. Es lief alles viel zu glatt, bestünde da nicht die Gefahr übermütig zu werden?

Aber Marco beruhigte sie. Er sah sie mit dem für ihn charakteristischen Blick an. Während er den Kopf leicht zur rechten Seite neigte, blinzelte er mit den Augen und rümpfte mehrmals die Nase. Auch wenn ihr dieses mimische Spiel sehr vertraut war, so verfehlte es niemals seine Wirkung und setzte in Juliane ein entspannendes Lachen frei. Dann nahm er sie in seine Arme, küsste sie auf die Augen und erklärte ihr, dass schließlich gerade sie doch alles Glück der Erde verdient hätte, wer denn sonst. Und was sollte auch schon passieren, er liebe sie schließlich mehr als alles auf der Welt.

Aber nicht nur er liebte Juliane, sondern offenbar auch jenes höhere Wesen, von dem man sagt, dass seine Wege unerforschlich seien. Ist nicht im Hebräerbrief zu lesen: „Wen Gott liebt, den züchtigt er?" Juliane war fromm. Sie kannte diesen Spruch, der ihr Schicksal wurde.

Am 24. Februar 2002 war Marco auf der P222 in Richtung Pieve di Palzano unterwegs. Er wollte dort seinen Cousin besuchen, der eine Schreinerwerkstatt besaß, um eine Kinderwiege in Auftrag zu geben. Da riss ihn die verirrte Kugel eines Jägers von seinem Motorrad. So vermutete man, da man den Schuldigen nie ausfindig machen konnte.

Ein Hubschrauber brachte ihn in die Unità Operativa di Chirurgia Vascolare der Universität Siena, eine anerkannte Abteilung für Gefäßchirurgie. Aber die Geschoss- und Sturzverletzungen und der Blutverlust waren zu groß.

Juliane traf ihn noch lebend an. Er zog sie leicht an sich und flüsterte stoßweise und von Hustenanfällen unterbrochen schwer verständliche Worte, bevor er in ihren Armen starb. An diesem 24. Februar 2002 verlor sie nicht nur ihren Mann, sondern auch ihr ungeborenes Kind.

Während der nächsten Wochen schwankte sie zwischen zwei Zuständen: Wachphasen mit zerstörerischen Fragen, auf die es keine Antworten gab – „Weshalb musste das geschehen? Wie soll mein Leben weitergehen?“ – und Dämmerphasen, in denen man sie mit der Verabreichung von Diazepam sedierte. Immer wieder musste sie an Marcos letzte Worte denken, auch wenn sie sie nicht mit absoluter Sicherheit verstanden hatte: „Ich werde bald wieder bei dir sein, mein Herz. Ich komme wieder, du musst nicht traurig sein.“

Etwa zwei Monate waren seit den tragischen Ereignissen vergangen, als ihr Schwager Attilio aus heiterem Himmel verkündete: „Sie hat sich von allem abgewandt und hadert mit Gott und der Welt. Sie geht an ihrem Selbstmitleid kaputt. Sie braucht jemanden, um den sie sich kümmern muss. Jemand, der ihre Gedanken in eine andere Richtung lenkt.“

Attilio wollte ihr einen Hund kaufen. Er hatte in einem Artikel gelesen, dass man beste Erfahrungen damit gemacht hatte, Hunde therapiebegleitend bei traumatisierten und depressiven Menschen einzusetzen.

Nur zwei Tage später fragte ein Kunde Attilio, ob er niemanden wüsste, der einen zehn Wochen alten Labradormischling nehmen würde. Es sei ein wunderschöner Rüde, mit Herkunftsnachweis und Impfpass, den er leider nicht selbst behalten könne. Ohne zu zögern sagte Attilio zu und noch am selben Abend legte er Juliane den tapsigen Welpen in die Arme.

Sie nahm Attilios vierbeiniges Mitbringsel ohne Verwunderung oder gar Skepsis an, mit einem fatalistischen Selbstverständnis, als hätte sie nur darauf gewartet. Sie war nicht irritiert, als sie in dem rabenschwarzen Fell eine erst schwach ausgeprägte weiße Zeichnung auf dem Kopf sah. Sie wusste mit absoluter Sicherheit, dass diese sich zu einer Strähne entwickeln würde – so wie bei ... Marco. Auch als sie die tiefbraunen Augen bemerkte, überraschte sie das nicht, sie hatte es erwartet. Erst als sie mit zitternden Händen den Impfpass öffnete, um das Geburtsdatum zu prüfen, zweifelte sie daran, ob so etwas wirklich sein könne. Sie entzifferte durch den Schleier ihrer jäh einsetzenden Tränen den 24.02.2002. Es gab für sie abseits jeglicher Vernunft nur eine Schlussfolgerung: Marcos Prophezeiung war eingetreten. Es war sein Todestag und der ihres ungeborenen Kindes. Im Moment seines Todes … Nur so konnte es sich abgespielt haben.

„Bei Menschen, die sich derart überirdisch lieben wie wir, deren Beziehung so intensiv ist wie die unsere, kann es das geben, nicht wahr?", bestätigte Juliane sich und dem kleinen Labrador diese Erklärung und fügte zärtlich seinen Namen hinzu:. „Marco". Wenige Tage später brachte ihr ein Schlüsselerlebnis die endgültige Gewissheit. Sie hatte Marco auf ihren Schoß gehoben und gekrault, was er sichtlich genoss. Als einige ihrer Tränen auf sein Fell tropften, hob er plötzlich den Kopf und neigte ihn mit der so vertrauten Geste nach rechts. Dabei blinzelte er mit den Augen und zog mehrmals die feuchte schwarze Nase kraus. Dann setzte er sich auf und versuchte mit seiner Schnauze an ihre Augen zu gelangen.

„Jetzt würdest du mir wohl gerne noch ins Ohr bellen, dass du mich mehr liebst als alles auf der Welt", hatte sie kopfschüttelnd gesagt, dabei gelächelt und ihn sanft weggeschoben. Als hätte er sie verstanden, seufzte er, ließ sich wieder in ihren Schoß fallen und reckte ihr den Bauch entgegen, als stumme Ermunterung zum Kraulen.

Aber der Hund konnte Marco nicht ersetzen. Wenn sie wenigstens noch das Kind hätte zur Welt bringen können. Jetzt erinnerte sie alles, was sie umgab, schmerzhaft an die Verluste.

Es gab nur einen Ausweg: Sie musste weg von hier, wieder zurück in ihre angestammte Heimat. Finanziell war sie abgesichert. Dazu trug nicht nur Marcos Lebensversicherung bei, sondern auch ein großzügiger Betrag, den Rino, ihr Schwiegervater, ihr als Marcos Erbteil ausgezahlt hatte.

Wieder wurde ihr Lebensweg durch eine schicksalhafte Vorsehung beeinflusst. Auf der Suche nach einem Haus war sie in der rheinhessischen Schweiz, in der Nähe von Wöllstein, fündig geworden. Umgeben von Weinbergen, Wäldern und Hügeln, die sie mit einem inzwischen tröstlichen Gefühl an die Toskana erinnerten, hatte sie ein alleinstehendes Haus am Ortsrand von Bernheim gefunden. Marco, der zu einem munteren und mutigen Burschen herangewachsen war, und sie waren zu einem unzertrennlichen Team geworden. Nichts hätte sie mehr trennen können. Der Hund und sie waren seelenverwandt. Sie schätzte seine Anhänglichkeit und die Sicherheit, die ihr seine bloße Anwesenheit gab. Schließlich fand sie Kraft für die neue Herausforderung, die ihr Leben wieder in zukunftsfrohe Bahnen lenkte. Paul Sendelbach, ein 70jähriger Metzgermeister, wollte sich zur Ruhe setzen. Obwohl er geistig und körperlich fit war, suchte er einen Nachfolger für seine Dorfmetzgerei in Bernheim. Kinder hatte er keine und so kam ihm Julianes Angebot gerade recht. Sie fanden eine Übereinkunft, mit der beide Seiten zufrieden waren. Juliane konnte die Metzgerei nach ihren Vorstellungen betreiben und Paul Sendelbach, der, so lange er es wollte, mitarbeiten sollte, hatte bis zu seinem Lebensende ausgesorgt.

Julianes Geschäftsidee war ebenso verblüffend einfach wie genial. Sie übernahm das Konzept der Marcelleria Bartoli, indem sie es an die rheinhessischen Geschmacksknospen, Gewohnheiten und Eigenarten anpasste. All ihren Produkten hatte sie fantasievolle, mit der Region verbundene Namen gegeben, wie Bernheimer Bärlauchsalami, Kräuterhexenwurst oder Rieslingschwartenmagen. Zur Produktion verwendete sie ausschließlich Cinta Senese. Attilio hatte ihr eine Zuchtgruppe geliefert, nachdem sie im Nachbardorf Wendelsheim einen Bio-Bauern gefunden hatte, der die Schweine nach toskanischer Tradition für sie aufzog. Der Erfolg blieb nicht aus; innerhalb kurzer Zeit hatte sich Julianes Bernheimer Spezialitätenmetzgerei zu einem Wallfahrtsort begeisterter Kunden entwickelt, die von weit her kamen.

Das Wildschweinfleisch lieferte ihr Horst Rosenbacher, ein Bernheimer Winzer, der neben seinen Weinbergen auch eine Jagd gepachtet hatte. Er war bereits über fünfzig Jahre alt und keineswegs eine ästhetische, geschweige denn einnehmende Erscheinung. Das hielt ihn aber nicht davon ab, Juliane Avancen zu machen. Während sie ihn mit Humor auf Abstand hielt, zumal er seine Annäherungsversuche – wegen seiner Frau – äußerst diskret gestaltete, gab Marco zu verstehen, dass er damit überhaupt nicht einverstanden war.

Es war nicht zu übersehen und vor allem zu überhören, dass Juliane unter seinem Schutz stand. Sie sah es mit verständnisvollem Schmunzeln, schließlich wusste sie, was Marco fühlte. In Horst Rosenbacher regte sich ein genetisch verankerter Instinkt, der in der Tierwelt zu Revierkämpfen führt und bei triebgesteuerten Männern chauvinistische Verhaltensmuster gedeihen lässt. Im Laufe der Zeit baute sich bei ihm ein Hassgefühl auf Marco auf, das am 17. März 2008 in die Katastrophe führte.

An diesem Tag schlich sich Rosenbacher durch den Garten in die Wurstküche. Juliane stand mit dem Rücken zur Tür und beobachtete die Fleischmasse im Kutter, um rechtzeitig gestoßenes Eis hinzuzufügen. Das Mischwerk der Maschine übertönte jedes Geräusch. Sie bemerkte den Eindringling erst, als er sie mit dem linken Arm umfasste und mit der rechten Hand zielstrebig den Weg in ihren Ausschnitt suchte. Mit einem Aufschrei fuhr sie herum und versetzte ihm eine Ohrfeige. Aber statt den Rückzug anzutreten, schien ihn diese Reaktion anzuspornen. Mit einer täppischen Umklammerung bedrängte er sie nun von vorn und zog sie an sich heran. Dabei schnaufte er erregt: „Seit ich dich das erste Mal gesehen habe, wusste ich, dass wir zusammengehören. Ich habe Geld zur Seite geschafft – viel Geld."

Sie versuchte sich aus seiner Umklammerung zu befreien, woraufhin er den Druck verstärkte und forderte: „Lass es uns endlich tun!"

Sie hob ihr Knie an, verfehlte jedoch den männlichen Schmerzkosmos. Er lachte kurz auf. „Jetzt hab' dich doch nicht so – du willst es doch auch! Niemand weiß, dass ich hier bin, wir könnten ..."

Was sie könnten, sollte sein Geheimnis bleiben, denn kaum hatte er seine wenig originelle Verlautbarung mit heißem Atem in ihr Ohr gestöhnt, ließ er mit einem Schmerzensschrei von Juliane ab. Marco hatte ohne Warnung zugepackt und sich in seiner linken Wade verbissen.

Rosenbacher hielt plötzlich ein Knochenbeil in der Hand, das auf dem Hackklotz neben ihm gelegen hatte, und schlug es Marco mit voller Wucht auf den Nasenansatz, direkt unter die Augen. Als Jäger wusste er, wo er den Schlag anzusetzen hatte. Marco war auf der Stelle tot.

Juliane war unfähig einzugreifen. Wie eine Kapuze stülpte sich Finsternis über ihr Bewusstsein, als sie Marco am Boden liegen sah. Blut lief ihm aus Nase, Mund und Ohren und mittendrin stand Rosenbacher, der das Beil fallen gelassen hatte, um sich wimmernd seine Wade zu halten. Was ihr wie eine Ewigkeit erschien, spielte sich innerhalb weniger Sekunden ab. Sie kannte den Zustand, der ihr drohte: Hilflos ihren Depressionen ausgeliefert und verdammt zur physischen und psychischen Untätigkeit. Das sollte nicht noch einmal geschehen. In diesem Moment schaltete ihr Gehirn alle christliche Moral, alle Werte, ethischen Grundsätze und menschlichen Hemmungen aus. Rache, pulsierte es durch ihre Gehirnwindungen. Rache, die sie beim Tod ihres Mannes nicht hatte üben können. Rache, die ihren Verstand beherrschte und ihre Seele verdüsterte.

Alles was sie dachte, empfand und tat, war von diesem Impuls gesteuert: Rache.

Langsam, wie in Trance, bückte sie sich, griff das Knochenbeil, wog es in einer Hand und prüfte mit dem Daumen der anderen die Schärfe der Schneide. Währenddessen kniete Rosenbacher vor ihr, um die Bisswunde zu begutachten, wobei er wüste Beschimpfungen gegen den leblosen Marco ausstieß.

„Es tut mir sehr leid", beruhigte ihn Juliane in mildem Tonfall und strich ihm dabei sanft über den Rücken. „Die Schmerzen werden schneller vergehen, als du denkst."

Zielsicher ertastete sie den vorstehenden Dorn seines siebten Halswirbels, den Vertebra prominens. Sie hob das Beil, peilte die gewünschte Stelle an und durchtrennte mit einem präzisen und exakt dosierten Hieb aus der Rückhand die Verbindung zum darüberliegenden Wirbel. Wie ein Baum stürzte Horst Rosenbacher zu Boden. Er war nicht tot, noch nicht, aber vom Hals abwärts gelähmt. Hätte sie weiter oben getroffen, wäre eine selbsttätige Atmung nicht mehr möglich gewesen. Aber noch sollte er nicht sterben. Sie band einen Strick um seine Beine und schleifte ihn ins Schlachthaus. Ohne zu überlegen erledigte sie fast mechanisch ihre gewohnte Arbeit und tat, was sie tun musste, um Rosenbacher seiner letzten und erhabenen Bestimmung zuzuführen.

Er stank. Durch die Lähmung hatte er die Kontrolle über Blase und Schließmuskel verloren. In seinen Augen stand fassungsloses Entsetzen. Er stammelte unverständliches, wirres Zeug und schien dem Wahnsinn nahe. Aber Julianes Sinne waren gelähmt. Weder nahm sie den Geruch wahr noch versuchte sie das Gestammel zu verstehen. Mit dem Kopf nach unten hing Rosenbacher in der Hängevorrichtung, die ansonsten den Schlachtschweinen vorbehalten war, als er die letzten Worte in seinem Leben vernahm: „Marco, das tue ich für dich." Dann spiegelte sich kalter Stahl in seinen weit aufgerissenen Augen und durch eine sichere und schnelle Handbewegung war er erlöst.

Inzwischen war es dunkel geworden. Juliane hatte Marco in seine Lieblingsdecke gewickelte, eine kleine Grube in ihrem Garten ausgehoben, ihn bedächtig hineingelegt und die Grube wieder zugeschaufelt. Mehr Zeit blieb ihr nicht, denn Horst Rosenbacher beanspruchte ihre volle Zuwendung – er musste spurlos verschwinden. Für einen kurzen Moment flackerte der Gedanke in ihr auf, ihn zu einem Spezialangebot zu verarbeiten. Sie verwarf jedoch diese Idee so schnell, wie sie gekommen war. Allerdings nicht aus Erwägungen, die auf Pietät, sondern die ausschließlich auf ihrem Qualitätsanspruch basierten. Schließlich hatte sie einen Namen zu verlieren. Und so entsorgte sie ihn, statt ihn zu verwerten. Da sie unbemerkt ihrer Tätigkeit nachgehen konnte, war es ein Leichtes für sie, ihn in handliche Stücke zu zerlegen und diese an weit auseinander gelegenen Stellen im Bernheimer Wald zu vergraben. In wenigen Jahren würde nichts mehr aufzufinden sein. Bis auf etwas, das auch noch Jahrtausende unbeschadet überdauern würde und das sie daher sicherheitshalber in ihrem Garten verscharrte – sein künstliches Hüftgelenk. Beinahe hätte sie ihr teures Entbeinungsmesser an der Titan-Legierung eingebüßt.

Horst Rosenbachers Verschwinden war nach wenigen Tagen aus den Schlagzeilen der Presse und einige Monate später auch aus dem Klatsch und Tratsch der Dorfkneipe verschwunden. Es schien fast so, als hätte es ihn nie gegeben. Elke, seine Frau, war davon überzeugt, dass er sich abgesetzt hatte, um ein neues Leben zu beginnen. Das hatte er im Streit immer wieder erwähnt und die immense Geldsumme, die er über mehrere Stationen so geschickt transferiert hatte, dass ihr Weg nicht nachvollziehbar war, bestätigte diese Annahme. Dabei war er nicht zimperlich gewesen und hatte durch seine Aktionen noch

Schulden hinterlassen. Selbst seine Hüftoperation musste sie abstottern.

Julianes Leben nahm seinen normalen Gang – die schrecklichen Ereignisse hatte sie ausgeblendet. Auch einen Hund hatte sie wieder. Im Frühjahr 2009 stand er eines Tages in ihrem Garten. Irgendwo musste er im Zaun eine Lücke gefunden haben. Es war ein brauner Mischlingsrüde, etwa ein Jahr alt. Sie hatte ihm den Namen Bero gegeben. Dass eine Marke an seinem Halsband befestigt war und sie damit seinen Halter hätte ermitteln können, hatte Juliane nicht gestört. Sie hatte sie abgenommen und ganz hinten in einer Schreibtischschublade deponiert.

Juliane atmete tief durch. Es dämmerte bereits und bald würden die ersten Sonnenstrahlen durch das kleine Fenster ihrer Zelle in der Justizvollzugsanstalt Wöllstein fallen. Um acht Uhr würde man sie abholen, sie würde die weinrote Anstaltskleidung gegen ein schlichtes graues Kostüm tauschen und um zehn Uhr würde der Richter im Beisein ihrer beiden Verteidiger die Anklageschrift verlesen. Bereits in den Vorverhandlungen hatte man sich auf Totschlag im Affekt einigen können – wenigstens etwas.

Sie hatte nichts zu bereuen und zu bedauern. Bis auf eines: Heute, ein halbes Jahr, nachdem Bero das künstliche Hüftgelenk ausgegraben und Rosenbachers Witwe vor die Füße gelegt hatte, bedauerte sie, dass sie den Hund bei sich aufgenommen hatte, statt ihn seinen Besitzern zurückzugeben. Juliane weigerte sich, über den Tag der Geburt des Tieres nachzudenken. Sie wusste, es war der Tag, an dem Rosenbachers Seele seinen Körper verlassen hatte.

Die Sünderfalle

Olaf Paust

Als Trixi ihm zum Abschied lustvoll über die Lippen leckte und dabei mit der linken Hand in den Schritt fasste, hatte Skeeter gerade beschlossen, sich von ihr zu trennen. Er hatte das Für und Wider seiner Entscheidung in den letzten Tagen immer wieder abgewogen. Letzteres wog schwer. Sehr schwer. Deshalb zögerte Skeeter noch, seinen Gedanken sofort Taten folgen zu lassen. Stattdessen ließ er es geschehen, dass sich ihre feuchte Zungenspitze zwischen seine zusammengepressten Lippen drängte und ihr nikotingetränkter Atem in seine hochgezogenen Nasenflügel stieg.

„Ich hab' schon wieder Appetit", hauchte sie, und als er nichts erwiderte, drückte sie ihre Zunge drängend gegen seine weißen Schneidezähne. Einen kurzen Augenblick war er versucht, in das nasse Geschlängel zu beißen, so fest, dass sie jegliche Lust auf ähnliche Vorhaben ein für alle Mal verlor. Aber er presste nur weiter die Lippen zusammen und griff nach ihrer Hand, die im Begriff war, sich am Reißverschluss seiner Hose zu schaffen zu machen.

„Du musst los", sagte er. „Es ist schon spät."

Sie reagierte nicht, fingerte nur weiter zwischen seinen Beinen rum.

„Es ist spät", wiederholte er und zog sanft aber bestimmt ihre Hand hoch.

„Du bist so verdammt vernünftig." Sie umfasste seine Schultern und ließ ihre dunklen Augen über seinen nackten Oberkörper wandern, der im trüben Glühbirnenlicht golden schimmerte. Er trug nur seine Jeans, sonst nichts. Sein T-Shirt lag griffbereit auf dem Bett im Schlafzimmer. Er war nicht mehr dazu gekommen, es noch schnell überzustreifen, weil er zur Wohnungstür gehastet war, um sie zu verabschieden, was er jetzt bereute. Er hatte sie davon abhalten wollen, noch einmal ins Schlafzimmer zurückzukommen. Dann wäre sie vielleicht gar nicht mehr gegangen. Auch wenn er das nicht hätte beschwören mögen. Bei Trixi mochte er gar nichts beschwören.

„Bis später“, hauchte sie und hatte es plötzlich eilig, aus der Tür zu kommen. Es wirkte wie eine Flucht.

Nachdenklich lief Skeeter ins Schlafzimmer zurück und streifte sich das T-Shirt über. Er betrachtete das zerwühlte Bett, das sie seit sechs Monaten teilten. Es hatte einen robusten Metallrahmen und Überbreite. Trixi brauchte viel Platz. Sie schlief täglich mit mindestens drei Männern, und wenn es das Geschäft erforderte, auch mit allen gemeinsam. Befriedigen konnte sie niemand. Das schaffte nur er, Skeeter Daniels aus Ohio. Darauf wäre mancher sicher stolz gewesen. Er war es nicht. Nicht mehr. Ihre Beziehung war ihm zu eng, ihr Drang nach körperlicher Nähe zu viel, ihr Wesen zu besitzergreifend. Auch wenn sie ihm jede Nacht die Qualitäten eines arabischen Hengstes bescheinigte und er ihr zutraute, dass sie auch damit Erfahrungen hatte, fühlte er sich zutiefst unwohl. Er war satt, bis über beide Ohren und weit darüber hinaus. Eine ungewohnte Situation. Skeeter, der Hengst, der vor zu intensivem Sex weglief. Fast eine Lachnummer.

Als sie sich vor einem halben Jahr in der Mainzer Altstadt bei einem Cappuccino kennengelernt hatten, waren sie bereits nach zwei Stunden miteinander ins Bett gestiegen. Ein schnelles Einvernehmen, das ihn nicht überrascht hatte. Weiße Frauen flogen auf schwarze Männer. Dabei hatte er nach dem zweiten Cappuccino, den sie zahlte, nicht mal geahnt, dass er die Madonna der Nacht erobert hatte, ohne auch nur einen Cent dafür zu bezahlen. Vielleicht hätte es ihm geschmeichelt. Jetzt tat es das nicht mehr. Er hatte sie zur Genüge kennengelernt. Er wusste, dass er mit ihr weder alt werden konnte noch wollte. Dabei war er nicht mal eifersüchtig auf die vielen Typen, die sie täglich bediente. Trixi war eine Affäre. Nummer 34 in zwölf Jahren Deutschland. Genau genommen sogar Nummer 154, rechnete man alle Nuttenbesuche mit ein. Der richtigen Frau war er immer noch nicht begegnet und manchmal hatte er das Gefühl, dass er ihr vielleicht nie begegnen würde.

Schwungvoll warf Skeeter die Bettdecke zurück, schüttelte sie kräftig und schwang sie über die Kopfkissen. Trixi tat einiges, um ihm zu gefallen. Außerdem verdiente sie gut, obwohl ihr das angeblich nicht viel bedeutete. Sie teilte ihr Geld mit ihm, so wie ihr Bett, in dem er oft bis zum späten Nachmittag liegen blieb, während sie ihre Hausbesuche machte. Sein Job in der Eckkneipe begann erst abends. Das Auskommen als Barkeeper war alles andere als üppig. Ein alter Golf und eine Zwei-Zimmer-Wohnung in der Neustadt. Mehr war nicht drin.

Trotzdem würde er Trixi verlassen. Er hatte keine Lust mehr auf sie und zahlte immer häufiger für die Dienste von anderen Dirnen. Manchmal nur um zu quatschen. Es war eine Frage der Zeit, bis sie das merken würde. Außerdem ertappte er sich neuerdings dabei, dass er Abscheu empfand, wenn er morgens neben ihr aufwachte und sie sich als Erstes eine Zigarette in den Mund schob, um ihm danach die Zunge entgegenzustrecken. Es roch widerlich. Merkwürdig, dass ihn das früher nie gestört hatte. Da hätte er sich höchstens selber eine angesteckt. Wurde er tatsächlich älter, wie diese Vanessa neulich bemerkte?

„Aus? Aber warum? Habe ich etwas falsch gemacht?"

Sie saß nackt bis auf den String im Schneidersitz auf ihrem Bett und klang wie ein kleines Kind.

„Es ist nicht mehr so wie am Anfang", erwiderte er mit bemüht rauer Stimme, die sich anhörte, als hätte er eine halbe Flasche Tennessee Bourbon geleert. „Ich brauche meine Freiheit. Täglich nur im Bett rumhängen und abends in die Kneipe zum Malochen, das kann es nicht sein."

„Aber deshalb müssen wir uns doch nicht trennen. Wenn du Geld brauchst ..."

Sie wollte aufspringen.

„Darum geht es nicht."

Er hielt sie am Arm fest und drückte sie zurück. Nicht zu fest, weil er wusste, dass sie das mochte. „Ich will kein Geld von dir. Ich verdiene genug."

Was eine elende Lüge war.

Sie betrachtete ihn sehr lange. Schließlich sagte sie traurig: „Du liebst mich nicht mehr?"

„Nein."

„Auf einmal?"

„Ist eben so."

Er wandte sich ab, stand auf, griff nach der Zigarettenschachtel auf dem Schreibtisch, um etwas in der Hand zu haben, fingerte eine Filterlose heraus, steckte sie in den Mund, ohne sie anzuzünden. Was war mit ihm los? Warum fiel ihm das Schlussmachen so viel schwerer als sonst?

„Was hast du vor?", kam es leise vom Bett.

„Ich mache eine Kneipe auf."

„Was?"

„Du hast richtig gehört. Eine Kneipe." Er lächelte dünn. „Beschäftigt mich schon länger. Seitdem ich das alte Haus geerbt habe."

Ihre Augenbrauen kräuselten sich.

„Habe ich dir das nie erzählt? Meine Ex hat mich bedacht."

Den Namen ersparte er sich. Sie hätte damit sowieso nichts anfangen können.

„Ein Haus in Saulheim."

„Saulheim", wiederholte sie. Dann fing sie plötzlich an zu lachen. Erst leise, dann immer lauter. Dabei warf sie sich auf den Rücken und strampelte mit den Beinen, als säße sie auf einem Fahrrad.

„Was ist?“, fragte er irritiert. „Warum lachst du?“

„In Saulheim“, gluckste Trixi und lachte weiter. „Das wusste ich nicht. Was ist das für ein Haus?“

Er zuckte mit den Achseln.

„Nichts Tolles. Ein altes Gebäude. War früher schon mal eine Kneipe drin.“

Trixi lachte immer noch, und er kam sich saublöd vor. Sie schniefte und wischte sich mit einem Zipfel der Bettdecke die Nässe aus den Augen. Es dauerte eine Weile, bis sie sich beruhigt hatte. Dann wurde sie plötzlich ernst. „Ich komme aus Saulheim“, sagte sie. „Mein Vater lebt dort.“

„Wie lustig.“

Er setzte sich auf den Bettrand. Wartete. Auf eine Erklärung, mit der sie sich Zeit ließ.

„Na los“, drängte er.

Trixi zögerte, dann begann sie zu erzählen. „Ich lebe seit drei Jahren hier in Mainz. Als Studentin. Zumindest denkt mein Vater das. Er glaubt, dass ich Psychologie studiere. Diplom-Psychologin, klingt gut, oder? Aber nichts für mich. Es hat zwei Semester gedauert, bis ich merkte, dass mir das nicht liegt, weder das Fach noch das Studieren. Ich hatte eigentlich von Beginn an keine Lust dazu, habe es nur meinem Vater zuliebe getan.“

„Und warum bist du …?“

„Auf den Strich gegangen?“ Sie schien zu überlegen. „Die ersten Männer bekamen es noch umsonst. Irgendwann hat mir einer morgens einen Schein in den Slip gesteckt, als ich noch schlief, und ist verschwunden. Einen Hunderter. Zuerst war ich wütend, dachte, was bildet sich der Kerl ein? Mich zu bezahlen, wie eine …“ Sie machte eine abfällige Handbewegung. „Ein Jurastudent. So ein ‚Hoppla, ich bin auf der Überholspur‘-Typ. Ich habe den Hunderter auf den Kopf gehauen und noch ein paar dazu. Ich kam mir ziemlich mies vor. Mies und dreckig.

Ich kaufte wie wahnsinnig ein. Klamotten, Taschen, Schuhe, alles Mögliche. Und dann war ich plötzlich knapp bei Kasse, wollte aber meinen Vater nicht anpumpen. Schließlich gab er mir jeden Monat 500 Euro. Er hätte gefragt, was ich mit dem Geld mache, warum es nicht reicht. Also habe ich einen Typ in der Disco angehauen, der unbedingt mit mir ins Bett wollte. Er hielt das zuerst für ein Spiel, wollte es umsonst haben. Aber dann hat er mir doch zwei Fünfziger gegeben. Es war plötzlich so einfach, viel Geld zu verdienen. So verdammt einfach." Ihre Stimme war auf einmal sehr leise. Sie wich seinem Blick aus, sagte fast trotzig: „So hat es eben angefangen."

Skeeter dachte eine Weile nach. Dann fragte er: „Hast du es eigentlich mal mit einem anderen Job versucht?"

„Mit putzen oder an der Kasse hocken?" Sie holte Luft, seufzte. „Gib mir eine Zigarette!"

Er griff wieder nach der halb leeren Schachtel, nahm eine Zigarette heraus, reichte sie ihr und gab ihr auch das Feuerzeug. Die kleine Flamme flackerte, ein kurzer Zug, dann stieg ein dünner Rauchfaden auf. Noch bevor sie den zweiten Zug nahm, sah er, dass ihre Hand zitterte.

„Meine Mutter ist schon lange tot", fuhr sie fort. „Sie starb vor zehn Jahren an Brustkrebs. Weihnachten waren wir noch Skifahren gewesen. Ein paar Wochen später war alles vorbei und wir nur noch zu dritt." Als sie sein fragendes Gesicht sah, fügte sie leise hinzu: „Ich hatte einen Bruder."

„Hatte?"

„Ben kam mit Mamas Tod nicht klar. Zu labil, der kleine Benedikt. Er fing an zu saufen und raste eines Nachts gegen einen Baum. Danach lag er noch ein paar Tage im Koma, bevor er starb."

Von der Zigarettenspitze fiel etwas Asche auf das Bett. Sie fegte sie mit einer Bewegung weg. Zurück bleib ein dunkler Fleck. „Jetzt bin ich allein."

Skeeter schwieg betroffen. Er wusste nicht, was er sagen sollte, auch wenn er das Gefühl hatte, dass sie einen Kommentar von ihm erwartete. Ein paar tröstende Worte, ein Satz des Bedauerns, irgendetwas. Fast war er versucht, sie in den Arm zu nehmen, sie zu drücken, aber die Furcht, dass sie das missverstehen könnte, hielt ihn zurück.

„Ich will kein Mitleid, hörst du. Nicht von dir und auch von keinem anderen." Sie sah dem Rauch nach, der sich behutsam zur Decke tastete und dort mit der weißen Farbe verschmolz. Vom Nachttisch her war das feine Ticken ihres Weckers zu hören. „Es ist schon lustig, dass du ausgerechnet nach Saulheim willst. In die Gefilde meines ach so heiligen Vaters."

„Ihr mögt euch nicht?"

„Wir lieben uns. So sehr, dass ich ihm jeden Tag den Hals umdrehen könnte."

Als Skeeter das Haus in der Pariser Straße verließ, nahm er sich mehr Zeit als sonst, um die wenigen Schritte zu seinem Auto zu laufen. Es stand eingepfercht in einer winzigen Parklücke. An der Windschutzscheibe klebte ein Zettel: Irgendein Autohändler, der seine alte Karre kaufen wollte. Jetzt oder später. Oder nie. Der Zettel landete auf dem Pflaster. Er atmete die kühle Luft des feuchten Novemberabends ein und war mit sich und der Situation weder im Reinen noch zufrieden. Sie hatten die Beziehung beendet, in beiderseitigem Einvernehmen. Ein flüchtiger Abschiedskuss und der Wunsch, dass es beiden auch künftig gut gehen möge. Dann war die Tür hinter ihm zugefallen. Aber es war nicht wie sonst, wenn er die Segel strich, um mit neuem Elan wildern zu können. Diese Beziehung würde ihm nachhängen. Das spürte er.

Der Verkehr war um diese Zeit nur noch schwach, so dass er sich entspannt in den Sitz zurücklehnen konnte. Saulheim bot die Möglichkeit für einen Schnitt. Die Kneipe hatte er sich schon mehrmals angesehen. Sie war nicht berauschend, sie musste aufgemöbelt werden. Ein paar neue Stühle, ein frischer Anstrich, vielleicht auch ein paar neue Lampen. Aber sie gehörte ihm, und das war das Entscheidende. Ihm allein. Er konnte darin arbeiten, so wenig oder so viel er wollte, und musste niemandem Rechenschaft ablegen. Das war echte Freiheit, die offenbar auch Trixi suchte. Nach allem, was sie erzählt hatte, war ihr Vater ein Kotztyp. Jemand, der mit der Peitsche in der Hand seine Kinder erzog und dafür Dankbarkeit erwartete. Trixi, oder besser Manu, wie sie eigentlich hieß, konnte einem leid tun.

Im Grunde verband sie viel mehr, als er sich eingestand. Sie waren beide Streuner. Suchende im Labyrinth der Einsamen. Auch bei ihm war das Familiengefüge nach dem frühen Tod seiner Eltern auseinandergebrochen. An den Großbrand im vierten Stock in Ohio hatte er nur vage Erinnerungen. Ein Feuerwehrmann hatte ihn gerettet, indem er ihm ein schmutziges Taschentuch gegen den Mund presste, um den Rauch von seinen Lungen fernzuhalten. Das Taschentuch besaß er noch heute. Warum das Feuer ausbrach, war nie herausgekommen. In Niggerhäusern brannte es eben öfter mal. Aber er hatte Glück gehabt mit Pop und Kate, seinen Pflegeeltern. Sie waren strenge, aber faire Leute gewesen. Nur sieben Ohrfeigen in fünf Jahren. Allemal besser als das Waisenhaus mit seinen langen Gängen und bitteren Mienen. Dass es Pop mit der Treue nie eng gesehen hatte, störte nur am Rande. Liebe ist nur ein Wort, hatte Pop immer gesagt und Kate hatte dabei stumm genickt. Er war jedenfalls froh gewesen, mit der Army nach Deutschland zu kommen. Dann hatte er geheiratet, aber die Ehe war in die Brüche gegangen. Dass er das Haus erben würde, hatte er nicht gedacht. Die Erbschaft war genauso überraschend gewesen wie der plötzliche Tod seiner Ex kurz nach der Trennung. Ein betrunkener Autofahrer, und er war von einem Tag auf den anderen Hausbesitzer. Seine Ex war schon großzügig gewesen. Zum Glück hatte sie die meisten seiner kleinen Affären nie mitbekommen.

Knapp vier Wochen später saß Skeeter in seiner frisch gemieteten Zwei-Zimmer-Wohnung in Saulheim und war um eine Illusion ärmer. Er fragte sich, wie er 25 000 Euro aufbringen sollte. Genau so viel würde die Einrichtung samt Renovierung der Kneipe kosten. Das hatte ihm zumindest der Mann von der Sparkasse gesagt, der sich gut mit Immobilien auskannte. Geben wollte er ihm das Geld freilich nicht. Wer gab schon einem Typen 25 Riesen, der nur ein altes Taschentuch als Sicherheit zu bieten hatte? Auch der Mensch vom Ordnungsamt hatte ihm zwar höflich zugehört und ihm bereitwillig das Antragsformular für die Konzession in die Hand gedrückt. Hoffnung auf eine schnelle Genehmigung wollte er ihm aber nicht machen. Mit sechs Wochen würde er mindestens rechnen müssen. Immerhin mussten zehn Behörden angeschrieben werden, um herauszufinden, ob er wirklich so ein ordentlicher Mensch war, wie er vorgab. Skeeter hatte an die sechs führerscheinlosen Monate wegen Trunkenheit am Steuer gedacht und sich einen Kommentar erspart.

Als es an der Tür klingelte, war er gerade zu der Überzeugung gelangt, dass er vielleicht zu blauäugig an die Sache herangegangen war. Barfuss und ohne Eile schlenderte er zur Sprechanlage und drückte ohne nachzufragen auf den Knopf, um die Haustür zu öffnen.

Trixi sah prima aus. Sie trug enge Jeans, braune Westernstiefel und einen pelzgefütterten Ledermantel. Allein mit dem Geld, das der Mantel gekostet haben musste, hätte er ein Viertel der Kneipeneinrichtung bezahlen können.

„Woher hast du meine Adresse?“, begrüßte er sie uncharmant, als sie ihm einen Kuss auf die Wange drückte.

„In Saulheim haben die Wände Ohren und die Fenster Augen“, sagte sie sibyllinisch und sah sich neugierig um. Die Wohnung war fast so leer wie sein Konto. Im Schlafzimmer lag eine Matratze auf dem Boden und als Schrank dienten mehrere Regale. Im anderen Zimmer standen zwei Stühle, ein Tisch, eine durchgesessene Couch und ein Sessel, der auch schon bessere Zeiten gesehen hatte.

„Hübsch bei dir.“

„Danke. Ich weiß, dass die Bude ungemütlich ist. Außerdem bin ich spät ins Bett und schlecht drauf. Aber wenn du mich ganz lieb bittest, mache ich dir vielleicht einen Kaffee. Und dann erzählst du mir, warum du gekommen bist.“

Ohne auf seinen gereizten Ton einzugehen, sagte sie: „Was macht deine Kneipe?“

„Läuft prächtig. Jeden Abend volles Haus. Ohne Reservierung läuft gar nichts.“

Er füllte die Tasse mit Schnellkaffee, goss heißes Wasser nach und reichte sie ihr.

Sie nippte vorsichtig daran. „So schlimm?“

„Viel schlimmer. Ich muss mich völlig ausziehen. Und auch noch 25 Riesen aufbringen. Ganz abgesehen davon, ob ich die Genehmigung überhaupt kriege. Aber sonst geht es mir prima.“

Sie nahm einen kräftigeren Schluck, zögerte. „Ich möchte, dass wir wieder zusammenkommen, Skeet“, sagte sie leise. „Von mir aus stell‘ ich mich auch hinter die Theke, wenn du möchtest. Macht mir nichts aus. Ich brauche dich, Skeet. Und du mich auch.“

„Wir hatten doch darüber …“

Ihr Kopfschütteln ließ ihn verstummen.

„Wir haben viel gesprochen und nichts gesagt. Was wissen wir schon voneinander? Wir haben gerade erst begonnen, uns kennenzulernen. Ich habe in den letzten Tagen viel über uns nachgedacht, Skeet. Man kann das, was zwischen uns war, nicht einfach so wegwerfen wie ein altes Taschentuch. Ich will es nicht. Und du eigentlich auch nicht."

„Aber …"

„Nein, hör mir zu: Du brauchst Geld. 25 000. Okay. Ich gehe zur Bank und hebe sie ab. Dann kannst du die Handwerker anrufen. Vielleicht brauchst du auch mehr? Vielleicht 30 000? Das wäre auch kein Problem." Mit der Tasse in beiden Händen wartete sie auf seine Reaktion, die nicht kam. „Was hältst du von meinem Vorschlag?", fragte sie nach einer Weile.

25 000! Er brauchte bloß die Hand auszustrecken. Aber was kam danach? „Ich weiß nicht", murmelte er und drehte den Kopf weg, um ihr nicht in die Augen sehen zu müssen. Warum tat sie das? Was hatte sie davon?

„Ich denk' drüber nach", sagte er endlich.

In der Nacht schlief Skeeter nicht gut. Die Matratze kam ihm härter vor als sonst. Alles tat ihm weh, der Rücken, die Schultern, die Beine. Wie bequem und weich war dagegen Trixis Bett gewesen. Vielleicht sollte er sich endlich auch ein richtiges Bett kaufen. Nicht mit so viel Schnickschnack, aber wenigstens ein Bett. Er sah zu den Regalen hinüber, in denen sich die Klamotten unordentlich stapelten. Und einen Schrank. Oder am besten gleich zwei. Einen für die Kleider und einen kleinen schmalen für die Schuhe. Aber das alles kostete Geld, das er nicht hatte, womit sich der Gedankenkreis wieder schloss und er so weit war wie unmittelbar nach Trixis Besuch.

Als es an der Haustür klingelte, zuckte er zusammen. Trixi? Was sollte er ihr sagen? Dass er immer noch nicht wusste, ob er ihr Geld nehmen wollte, obwohl es so verdammt verlockend war? Es klingelte ein weiteres Mal und er sah auf den Wecker, der um kurz nach fünf stehengeblieben war.

„Ich komm ja schon", rief er und erhob sich mühsam. Barfuß

tappte er zur Tür. „Ja bitte?“, fragte er durch die Sprechanlage.

„Ich muss Sie dringend sprechen.“ Es war eine männliche Stimme.

„Warten Sie, ich mache auf.“

Den Mann, der kurz darauf vor der Tür stand, hatte er noch nie gesehen. Er war ziemlich dick, aber nicht sehr groß. Sein Gesicht war breit und das dunkle Haar ganz kurz geschnitten.

„Ich heiße Brenner“, sagte er knapp. „Cornelius Brenner. Manuelas Vater. Darf ich reinkommen?“

Skeeter machte einen Schritt zur Seite und der kleine Mann trat ihm beim Vorbeigehen fast auf die nackten Füße. Nach drei Schritten blieb er stehen, sah sich kurz um. „Sie wohnen noch nicht lange hier?“

„Nein, erst seit ein paar Wochen.“

„Darf ich mich setzen?“

„Bitte.“

Cornelius Brenner nahm auf einem der beiden Stühle Platz. Er trug eine schwarze Filzjacke, derbe Stiefel und Handschuhe, die er nicht auszog.

„Kennen Sie Manuela schon länger?“, begann er unvermittelt.

„Eine Weile.“

„Woher kennen Sie sich? Studieren Sie auch?“

Es war eine Frage, aber der Tonfall ließ deutliche Zweifel erkennen.

„Nein.“

„Sondern?“

„Ich arbeite in der Gastronomiebranche.“

„Aber nicht hier bei uns.“

„Noch nicht“, erwiderte Skeeter. „Mir gehört der ‚Adler‘. Ich will ihn wieder eröffnen.“

„Haben Sie denn so viel Geld?“

„Was soll denn das hier werden? Ein Verhör?“

„Bitte, Herr Daniels. Wir wollen doch höflich miteinander umgehen."

Langsam wurde es Skeeter zu bunt. „Ich weiß nicht, was Sie von mir wollen, Herr Brenner. Sie kommen hier hereingeschneit und stellen mir Fragen. Ich habe Sie nicht eingeladen und ehrlich gesagt auch keine Lust, Ihre Fragen zu beantworten."

Cornelius Brenner taxierte ihn von Kopf bis Fuß. Er schien zu überlegen. Als er weitersprach, war sein Ton sanfter. „Wissen Sie, Herr Daniels, Manuela ist meine einzige Tochter. Sie soll später einmal das Weingut übernehmen. Nach ihrem Studium."

Skeeter sagte nichts.

„Ich will offen zu Ihnen sein, Herr Daniels. Sie ist sehr ehrgeizig und wird ihren Weg machen. Da bin ich sicher. Aber sie braucht klare Vorgaben und eine feste Hand. Sie wird einmal Tom Kraus heiraten, einen Winzer aus dem Ort. Die beiden kennen sich von klein auf. Sie mögen sich und die Höfe passen gut zusammen. Manuela hatte noch nie etwas mit einem Mann. Das mag in Ihren Ohren altmodisch klingen, aber so ist es nun mal. Und ich bin froh, dass es so ist. Sie ist kein Flittchen, wie viele andere. Und ich möchte, dass es so bleibt." Forsch zog er ein zerknittertes Taschentuch aus der Hosentasche und entfernte dünne Speichelfäden, die in seinen Mundwinkeln hingen.

„Viele Eltern kümmern sich zu wenig um ihre Kinder", fuhr er fort. „Ich will mir das nicht nachsagen lassen. Manu weiß, dass sie sich auf mich verlassen kann und was ich von ihr erwarte. Sie hat mir vor Gott versprochen, dass sie bis zur Ehe mit keinem Mann etwas anfängt. Das ist nicht einfach. Manu ist hübsch und die Versuchung groß. Ich bin auch nicht von gestern. Aber sie hält sich dran."

Er holte tief Luft. Dann sagte er mahnend, und seine Augen schienen Skeeter zu durchbohren: „Tun Sie es auch? Wenn Sie es nämlich nicht tun, dann ist Manu nichts für Sie. Dann möchte ich Sie bitten, sich besser nach einer anderen umzusehen. Es gibt in Ihrer Branche genug Frauen, die gerne ein eigenes Lokal hätten."

Regungslos wartete Skeeter ab, ob von Brenner noch etwas kam. Als das nicht der Fall war, fragte er: „Finden Sie nicht, dass Ihre Tochter alt genug ist, selbst zu entscheiden, was gut für sie ist?"

„Das müssen Sie schon mir überlassen, Herr Daniels. Ich lasse nicht zu, dass sie von einem ..."

„Ja?", fragte Skeeter scharf.

Brenner schluckte das, was ihm auf der Zunge lag, herunter. „Ich habe Ihnen gesagt, was ich darüber denke. Ich habe schwere Schicksalsschläge hinter mir, Herr Daniels. Sehr schwere. Manuela ist alles, was mir geblieben ist. Ich möchte sie nicht auch noch verlieren."

Dann fragte er: „Was ist übrigens mit Ihrer Konzession? Und Ihrem Kredit? Ist der durch?"

Verblüfft sah Skeeter ihn an. „Woher wissen Sie?"

Brenner lachte. Aber es klang nicht echt. „Meinen Sie, das bleibt verborgen? Hier bei uns? Wo glauben Sie denn, wo Sie sind? Wenn Sie stur sind, können Sie die Kneipe vergessen. Aber wenn Sie sich kooperativ zeigen ...", der Ton wurde wieder weicher, „lässt sich über alles reden. Wie viel brauchen Sie? Na, ich schätze mal so 25 000? Daran sollte es nicht scheitern. Ich helfe Ihnen, Herr Daniels. Sie brauchen bloß ein Wort zu sagen. Aber lassen Sie die Hände von meiner Tochter!"

Spontan war Skeeter versucht, den Fettsack am Kragen zu packen und aus der Wohnung zu werfen. Aber er hielt sich zurück. Die Kneipe, seine Existenz, spätestens dann wäre es damit endgültig Essig, das spürte er. Also sagte er tonlos: „Ich werde es mir durch den Kopf gehen lassen."

„Noch mal: Was hat er genau gesagt?"

Mit zunehmendem Unbehagen erzählte Skeeter zum zweiten Mal die Geschichte von Brenners Besuch und bereute, dass er auch nur ein Wort darüber erwähnt hatte. Mit gerötetem Gesicht hörte Trixi zu und mit jedem Detail schien ihre Verbitterung stärker zu werden. Vor allem die Erwähnung des Namens Tom Kraus sorgte für Gelächter und heftiges Kopfschütteln.

„Dieser Trottel!"

„Wer ist denn dieser Tom?"

„Ein Schwachkopf", erklärte sie bissig. „Einer mit Wärmflasche in der Unterhose und Kniestrümpfen bis unter die Brustwarzen. Jemand, der mit 29 von seiner Mutter in der Badewanne zum Mann gevögelt wurde, wenn du verstehst, was ich meine. Als ich sechzehn war, hab' ich mich mit ihm in einer Eisdiele verabredet. Meinem Vater zuliebe. Er hat mich so lange mit seinem Gerede über sein Moped gelangweilt, bis mein Milchshake auf seiner Hose landete, was er nicht schlimm fand. Wahrscheinlich, weil die Latzhose sowieso schon feucht war. Oh, ich könnte vor Wut platzen!"

Zornig sah sie auf die Straße hinaus, auf der gerade ein älterer Mann den Bürgersteig kehrte. Es war Samstagvormittag und durch das gekippte Fenster drang das monotone Rattern eines Rasenmähers.

„Ich hätte es mir denken können. Diesen Bauern hier entgeht nichts. Gar nichts."

„Was hast du jetzt vor?", fragte Skeeter.

„Ich gehe zu ihm und frag' ihn, ob er noch alle Tassen im Schrank hat. Was glaubt er, wer er ist? Der heilige Johannes? Erst mit Schmutz werfen und sonntags dem Pfarrer in den Talar heulen. Amen. Ich könnte kotzen."

Sie wandte sich zum Gehen. Aus der Tasche ihres Ledermantels zog sie einen Umschlag. „Hier die 25. Gib's mir irgendwann zurück, wenn du kannst."

„Ich habe mich noch nicht entschieden, ob ich das Geld von dir nehmen möchte."

„Dann mach's dir doch selbst!"

Wütend stürmte sie zur Tür und verließ grußlos die Wohnung. Ihre Pfennigabsätze knallten auf dem Steinfußboden des Hausflurs. Großartig, dachte Skeeter, zweimal 25 000 futsch. Und nur, weil er den Mund nicht halten konnte.

Er verfolgte vom Fenster aus, wie Trixi einem Mann, der den Bürgersteig kehrte, einen Stinkefinger zeigte und ihr der ältere Mann irritiert nachsah, während sie mit wallendem Mantel die Straße hinunterlief. Dass er das Geld eben nicht angenommen hatte, war ein Fehler gewesen. Vielleicht würde er das irgendwann bereuen. Was war, wenn sie sich nicht mehr meldete? Dann hatte er kein Geld und einen Traum, der zur Luftblase geworden war. Du bist ein Idiot, dachte er.

Am nächsten Mittag läutete das Telefon so lange, dass Skeeter keine Chance hatte, es durch konzentriertes Weghören zu ignorieren. Noch mühsamer als sonst quälte er sich von der Matratze hoch, tappte ins Nebenzimmer und krächzte seinen Nachnamen in den Hörer.

„Sind Sie noch an dem Geld interessiert, Daniels?", fragte Cornelius Brenner.

„Sie?" Verblüfft rieb sich Skeeter mit der freien Hand über die Augen. Offenbar war er noch nicht ganz wach.

„Sie können es haben. Noch heute, wenn Sie wollen. Können Sie zur Wohnung meiner Tochter kommen?"

Skeeter umklammerte den Hörer fester, weil er seinen Ohren nicht traute. „Wohin?"

„Zur Wohnung hier in der Pariser Straße. Ach so. Verstehe. Sie wundern sich, weil ich in Mainz bin. Ist schon in Ordnung. Manuela weiß über alles Bescheid. Wann könnten Sie denn hier sein?"

„Ich weiß nicht, vielleicht in einer Stunde. Aber hören Sie ..."

„Gut. In einer Stunde. Das wäre mir recht. Es ist jetzt kurz vor zwölf. Sagen wir also gegen eins. Ich warte auf Sie. Bis nachher."

Mit dem Hörer in der Hand stand Skeeter noch eine Weile neben dem Telefon und kam sich dämlich vor. Er fühlte sich überrumpelt und ärgerte sich, dass er nicht anders reagiert hatte. Wieso wollte ihm Brenner in Mainz Geld geben? Und dann auch noch in Trixis Wohnung. Das konnte doch nur bedeuten, dass sie ihn überredet hatte. Weil er es von ihr nicht angenommen hatte, musste jetzt Papa ran. Papas Geld und Papas Wort. Von wegen Familienkrach. Und Brenner wollte ihn sowieso loswerden. Auch gut. Wenn ihm schon beide ihre Kohle wie Sauerbier anboten, war es an der Zeit, sie anzunehmen. Er war kein Heiliger und wollte es auch nie sein.

In der Pariser Straße war wie üblich viel Verkehr und er hatte Mühe, einen Parkplatz zu finden. Beim Aussteigen stieß er mit der Wagentür gegen ein anderes Auto. Er beugte sich vor, begutachtete erst seine Tür, dann die des anderen Wagens. Ziemlich genau in der Mitte war eine kleine Schramme zu sehen. Mist, dachte er und schielte zu den Fenstern der angrenzenden Häuser. Es war niemand zu sehen. Glück gehabt. Ein Palaver mit irgendeinem Spinner hätte jetzt noch gefehlt. Rasch schloss er die Wagentür und ging los. Als er um die Ecke bog und die langen Häuserreihen der Pariser Straße vor ihm lagen, hatte er den kleinen Vorfall bereits vergessen.

Beim Betrachten der aufgeklappten Fensterläden und kleinen Vorgärten dachte er an die vielen Male, die er hier vorbeigelaufen war. Oft frühmorgens nach der Arbeit. Meist hatte Trixi bereits tief geschlafen, wenn er kam, und auch er war hundemüde ins Bett gefallen.

Er klingelte an der Haustür und oben, im dritten Stock,

erschien ein Kopf hinter der Gardine. Wenig später ging die Tür auf. Im Treppenhaus war es wohltuend still. Der Lärm der Straße blieb draußen. Leichtfüßig nahm er die Stufen. Er war gespannt auf die Begegnung mit Brenner. Und auch darauf, was Trixi sagen würde, wenn sie denn überhaupt zu Hause war. Unten hörte er die Tür aufgehen und Schritte. Vielleicht die Simon aus der Nachbarwohnung? Die alleinstehende Frau hatte ihn immer groß angesehen, wenn er aus der Tür kam. Manchmal hatte er sie angelächelt, bis sie rot anlief. Einmal war ihr Morgenrock aufgeschwungen und sein Blick war an ihren Schamhaaren hängengeblieben. Es wäre ein Lseichtes gewesen, von einem Bett ins andere zu springen. Aber die hagere Simon war nicht sein Typ.

Weitere Gedanken musste er sich darüber nicht machen, denn es war nicht die Simon, die hinter ihm die Treppe hochkam, sondern Trixi. Sie sah ihn mindestens so erstaunt an wie er sie. Dann huschte ein Lächeln über ihr Gesicht.

„Schön dich zu sehen."

„Ich hole nur mein Geld ab."

„Bitte?"

„Der Anruf deines Vaters."

„Wieso? Was hat das mit meinem Vater zu tun?"

Kopfschüttelnd verschränkte er die Arme und lehnte sich rücklings gegen die Wand. Was spielte ihm Trixi nun wieder vor?

„Na hör mal: Er hat sich vorhin bei mir gemeldet und gesagt, dass er mir das Geld für die Renovierung gibt. Hier bei dir. Ihr hättet alles abgesprochen. Jetzt sag bloß nicht, dass das nicht stimmt."

„Das kann nicht sein", flüsterte sie. „Wieso will er …?"

Sie sah die Stufen hoch, ballte die Fäuste. „So was Scheinheiliges."

Skeeter seufzte. Ihm war klar, dass an dem Anruf etwas faul

war. Wie konnte es auch anders sein. „Hey, wo willst du hin?" Er hielt sie am Arm fest.

„Lass mich!"

„Dann sag mir, was los ist!"

„Was los ist?" Höhnisch verzog sie den Mund. „Ich habe ihm gesagt, dass er sich das Studium sonst wohin stecken kann. Dass er von mir aus seinen ganzen Hof der Kirche vermachen kann. Dass er mich mal kreuzweise kann. Dass nur du es noch umsonst bekommst. Und dann ist er so dreist und bietet dir Geld an. Der hat sie doch nicht mehr alle!"

Mit einem Ruck riss sie sich los, stapfte wütend weiter die Treppe hoch. Skeeter hörte, wie sie an die Tür pochte, diese aufflog, und dann hörte er ein unendlich lautes Krachen, wie von tausend Gewittern.

Die Schreie nahm er nur noch am Rande war.

Cornelius Brenner ließ sich die Schrotflinte, mit der er seine Tochter erschossen hatte, widerstandslos abnehmen. Ein Polizist hielt seinen Arm, ein anderer kümmerte sich um die Leute, die sich vor der Wohnungstür versammelt hatten, und versuchte sie zurückzuhalten. Skeeter beantwortete wie durch einen Nebel hindurch einem schwitzenden Beamten mit roten Backen und feuchter Stirn alle möglichen Fragen, ohne dass er hinterher noch hätte sagen können, was er gefragt worden war. Zwei Flaschen Tennessee hätten ihn nicht mehr betäuben können. Immer wieder musste er auf die Tücher starren, die sie über Trixis Leiche gelegt hatten, um sie vor neugierigen Blicken zu schützen.

Als Brenner an ihm vorbeidirigiert wurde, blieb der kurz stehen. In seinem Blick lag ein Hass, der für drei Kriege gereicht hätte.

„Warum hast du sie zur Hure gemacht, du schwarzes Schwein?"

Als keine Antwort kam, spuckte er Skeeter ins Gesicht. Dann ließ er sich wie ein Roboter abführen, während sich Skeeter mit dem Handrücken über die Wange wischte.

Irgendwann am späten Abend kehrte Skeeter angetrunken und mit bleischweren Beinen zu seiner Saulheimer Wohnung zurück.

Im Briefkasten steckte ein dicker Umschlag.

Es waren genau 25 000 Euro und eine kurze Notiz: „Als Starthilfe. In Liebe, T.“

Einen Schritt zu weit

Claudia Platz

Er war ihr immer einen Schritt voraus. Das war vor ihrer Hochzeit so gewesen und änderte sich auch danach nicht. Drei Jahre hatten sie eine glückliche Ehe geführt. Anfangs entsprach sie zwar nicht ganz seiner Vorstellung einer perfekten Ehefrau, aber das änderte sich rasch.

Ihr Kennenlernen verdankte er dem Zufall. Beim Verlassen eines Geschäftes in der Mainzer Innenstadt war er mit ihr zusammengestoßen. Obwohl er den Zusammenprall verursacht hatte, war sie es, die sich wortreich entschuldigte. Ihr Verhalten weckte sein Interesse, denn er erkannte sofort, dass sie die Richtige für ihn war.

Nachdem er Witterung aufgenommen hatte, heftete er sich an ihre Fersen, ohne dass sie ihn bemerkte. Bald wusste er alles über sie und je tiefer er in ihre Privatsphäre eindrang, um so mehr bestätigte sich sein erster Eindruck. Sie war ein Geschöpf mit eklatantem Mangel an Selbstbewusstsein und gehörte der Kategorie Mensch an, die übersehen wurde. Betrat sie einen Raum, bemerkte es keiner. Saß sie in einem Lokal, dauerte es ewig, bis ihre Bestellung aufgenommen wurde. Für ihre Umgebung schien sie einfach nicht zu existieren, jeder schaute durch sie hindurch. Wäre er in der Lage, Mitleid zu empfinden, hätte er ihr welches entgegengebracht.

Nachdem er genug über sie wusste, sprach er sie unter einem Vorwand an und seine Rechnung ging auf. Sie erkannte ihn nicht wieder und da sie ein höfliches Wesen hatte, ließ sie sich in ein Gespräch verwickeln. Seine Einladung in ein Café schmeichelte ihr genauso, wie es sie erstaunte. Nach kurzem Zögern nahm sie an und von da an war es für ihn ein Leichtes. Weitere Einladungen folgten, nie schlug sie eine aus. Er trat ihr nicht zu nahe, ließ ihr den notwendigen Freiraum, denn alles andere würde sie verschrecken. Erst nach vier Wochen gab er ihr den ersten Kuss, der ihn weit mehr erregte als sie.

Mochten andere ihre Qualitäten nicht erkennen, für ihn waren sie offensichtlich. Unter ihrer sackförmigen Kleidung verbarg sich ein erotischer Körper. Ihre aschblonden, schulterlangen Haare ließen sich mit Farbe und einem guten Schnitt in eine ansehnliche Frisur verwandeln. Und ihr Gesicht würde mit dem entsprechenden Make-up durchaus apart wirken. Sie verkörperte genau das Wesen, nach dem er schon so lange suchte. Anschmiegsam, formbar, ohne eigene Ansprüche.

Etliche Beziehungen zuvor waren gescheitert, mit ihr würde es anders sein. Das schwor er sich und dafür würde er bis zum Äußersten gehen. Schon nach ihrem ersten Treffen hatte er in der Gewissheit eines Wiedersehens begonnen, für die Zukunft zu planen. Aber er musste behutsam vorgehen, das hatten ihn die Erfahrungen der Vergangenheit gelehrt.

Es dauerte einige Monate, bis er ihre Zuneigung ganz gewinnen konnte. Zeit, die ihm viel Kraft und Disziplin abverlangte. Aber er hielt durch und nach einem Jahr hartnäckiger Werbung gab sie ihm endlich das Jawort. Währenddessen hatte er nie versucht, sie ins Bett zu kriegen, und auch sie hatte keinerlei Ambitionen in dieser Richtung gezeigt. Er wusste nicht, ob ihre Zurückhaltung auf Schüchternheit oder moralischen Prinzipien beruhte. Und es war ihm auch gleichgültig.

Um seine Auffassungen einer vollkommenen Ehe auszuleben, begann er direkt nach der Hochzeit, ihr seine Vorstellungen nahezubringen. Sie ließ ihn gewähren. Ihr gefiel wohl, wie er sie ihrem Aschenputteldasein entriss und sie zu seiner persönlichen Prinzessin machte.

***

Er war mir immer einen Schritt voraus. Das war schon vor unserer Hochzeit so gewesen und änderte sich auch danach nicht. Für ihn hätte es immer so weitergehen können. Und auch ich war anfangs für eine gewisse Zeit glücklich.

Bevor ich ihm begegnete, lebte ich in meiner kleinen Welt und gab mich damit zufrieden. Morgens ging ich pünktlich ins Büro, nachmittags verließ ich es genauso pünktlich. Die abendlichen Höhepunkte meiner Woche bestanden im Besuch eines Spanisch- und eines Literaturkurses an der Volkshochschule und – obwohl ich noch keine 30 war – in der Teilnahme an der Rückengymnastik des örtlichen Turnvereins.

Aufgrund meines wenig reizvollen Erscheinungsbildes wurde ich bereits in meiner Jugend nur zur „Freundin" auserkoren, damit die anderen neben mir noch schöner, intelligenter und witziger wirkten. Auch als Erwachsene änderte sich für mich nicht viel daran. Für meine Kolleginnen stellte ich keine Konkurrenz dar und den Männern war ich nicht einmal einen Balzversuch wert. Am Arbeitsplatz fügte ich mich jeder Anordnung und gab nie ein Widerwort. Kurz gesagt: Ich war die ideale, anspruchslose Mitarbeiterin. Oder anders formuliert: eine unscheinbare graue Maus.

Den Gedanken an eine eigene Familie hatte ich längst aufgegeben, auch wenn meine Mutter mich stets in anklagendem Tonfall daran erinnerte, wie gern sie Enkel hätte. Ich quittierte ihre Tiraden mit einem Augenrollen und einem beschwichtigenden „Jaja, ich weiß."

Deshalb war ich total verblüfft, als er mich das erste Mal ansprach und auf einen Kaffee einlud. Ich drehte mich um, weil ich mich vergewissern wollte, dass hinter mir keine andere stand, die er meinen könnte. Aber da war nur ich. Demnach galt die Einladung tatsächlich mir! In diesem Moment setzte mein Verstand aus und mein Sprachorgan entwickelte ein Eigenleben, das mir bis dato völlig unbekannt war. Aber er sah so verdammt gut aus und war dermaßen charmant, dass er – der abgedroschene Vergleich sei mir verziehen – in diesem Augenblick sogar das ewige Eis zum Schmelzen gebracht hätte. Auch ich schmolz dahin und sagte völlig verdattert: „Gern!“

Wir trafen uns von nun an regelmäßig und mein Leben änderte sich schlagartig. Ich blieb den Volkshochschulkursen fern und die Damen und Herren jenseits der 50 regenerierten ihre maroden Rücken ohne mich. Von Anfang an zeigte er sich aufmerksam und riet mir zu einer neuen Frisur, Make-up und anderer Kleidung. Ich streifte meinen alten Kokon ab und wurde zu einem neuen Menschen. Nun war ich nicht länger ein geschlechtsloses Wesen, sondern sah plötzlich aus wie eine Frau und ich fühlte mich auch so. Im Nachhinein hätte mich das eigentlich stutzig machen müssen, denn seine Vorschläge kamen, kaum dass wir uns vierzehn Tage kannten. Doch ich befand mich in jenem rosaroten Zustand, in dem sich der Verstand vom Kopf verabschiedet und der Bauch das Denken übernimmt.

Meine Metamorphose blieb natürlich auch innerhalb der Firma nicht unbemerkt. Schon bald war ich ersten Attacken von Stutenbissigkeit ausgesetzt und der eine oder andere Kollege begann mit mir zu flirten. Was meinem Ego nach jahrelanger Abstinenz mehr als gut tat. So kamen niemals Zweifel in mir auf und ich genoss diese neue Situation einfach nur in vollen Zügen.

Nie vergesse ich den Tag, an dem ich das erste Mal von ihm abgeholt wurde. Er parkte auf dem Firmenparkplatz und lehnte lässig am Kotflügel seines schnittigen Wagens. Die Damen der Abteilung schmachteten ihn an und rätselten, auf wen er wohl wartete. Als ausgerechnet ich zu ihm ging und ihn küsste, hörte ich eine neidisch zischen: „Ich glaub's nicht, ausgerechnet unser Mauerblümchen angelt sich diesen Hengst.“

Da wusste ich, dass ich es geschafft hatte! Auch Neid will

hart erarbeitet sein. Über Monate fühlte ich mich wie im Märchen. Er las mir jeden Wunsch von den Augen ab und selbst meine Mutter hörte zu nörgeln auf und schwebte auf Wolke Sieben. Sah sie sich doch bereits von einer Schar Enkelkinder umringt.

***

Seine Ehe entwickelte sich genauso, wie er es sich erträumt hatte. Ihm zuliebe kündigte sie ihren Job und blieb, wie es sich für eine gute Frau gehörte, zu Hause, um für ihn zu sorgen. Wenn er abends heimkam, stand das Essen bereits auf dem Tisch. Danach sahen sie fern und später ging es ins Bett, wo sie seine Wünsche erfüllte.

Musste er arbeiten, rief er sie zu den unterschiedlichsten Zeiten an. Er teilte ihr dann mit, wie sehr er sie liebte. Manchmal kam es vor, dass sie nicht da war. Das mochte er nicht und wenn sie ihm keine gute Begründung lieferte, hatte das Konsequenzen. Er wollte wissen, ob sie ehrlich zu ihm war, und überprüfte ihre Telefonate, ihre Internetverbindungen und E-Mails. Nach einem Monat Ehe kaufte er ihr ein Handy mit eingebautem GPS und bat sie, es immer bei sich zu haben, wenn sie das Haus verließ.

Da er ab und zu auf Dienstreise war und sichergehen wollte, dass während seiner Abwesenheit alles den gewohnten Gang lief, verwanzte er ohne ihr Wissen fast das ganze Haus und baute an versteckten Stellen kleine Kameras ein. Nur den Keller sparte er aus, er erschien ihm nicht wichtig. Diese Maßnahme bot zusätzlich den Vorteil, dass er sie immer dann, wenn er sich nach ihr sehnte, auf den Monitor holen und betrachten konnte. Was er oft tat.

Im zweiten Ehejahr kam es kurzfristig zu kleinen Unstimmigkeiten. Sie behauptete, sich zu langweilen. Als sei es langweilig, für ihn da zu sein. Sie faselte davon, dass sie „ihr Leben mit Sinn erfüllen wollte“ und sprach von einem Kind. Ein Kind konnte er nicht gebrauchen – weder zum jetzigen Zeitpunkt noch später. Er wollte die Zweisamkeit mit ihr genießen und war nicht bereit, ihre Zuneigung mit einer dritten Person zu teilen. Nachdem er ihr seine Ansicht auseinandergesetzt hatte, verstand sie ihn.

Allerdings schien sie nicht ganz so glücklich zu sein wie er, denn sein Schwiegervater sprach ihn kurz darauf auf die angeblichen Eheprobleme an. Das erzürnte ihn, denn seine Ehe war absolut in Ordnung. Er machte ihr deutlich, dass ihre Eltern offensichtlich einen Keil zwischen sie treiben wollten und hielt es für besser, wenn sie jeglichen Kontakt zu ihnen abbrach. Sie gehorchte und die Harmonie war wiederhergestellt.

Als Folge ihrer engen Beziehung reduzierten sich ihre Verbindungen zur Außenwelt auf ein notwendiges Minimum wie Einkaufen oder Arztbesuche. Die wenigen Freunde, die sie anfangs noch besessen hatte, meldeten sich nicht mehr. Wenn sie Besuch bekamen, waren es seine Kumpels, die zum Skatspielen oder Fußballgucken hereinschauten. Gemeinsame Ausflüge, Essengehen, Kino- oder Theaterbesuche gaben sie nach und nach auf, bis er den einzigen Bezugspunkt in ihrem Leben darstellte.

Sie verlor an Gewicht, aber es stand ihr. Nun begehrte er ihren Körper noch mehr, sie wirkte so zerbrechlich. Auch dass sie immer schweigsamer wurde, störte ihn nicht. Unterhaltungen waren ihm eh nur lästig. Es bedurfte keiner Worte, sie sollte nur an seiner Seite sein.

Jetzt hatte er die perfekte Frau, die sich ihm ganz hingab. Sie genoss es, wenn er sie badete, eincremte, manikürte und frisierte. Sie ließ auch zu, dass er sie schminkte. Dann zog er ihre verheißungsvollen Lippen in dem satten Rotton nach, den er so aufreizend fand. Auch dass er ihr die Kleider für den Tag und die Wäsche für die Nacht heraussuchte, schien sie nicht zu stören. Und wenn sie gemeinsam shoppen gingen, kaufte sie die Kleider, die ihm gefielen.

Als sie irgendwann mit der Idee kam, Nordic Walking machen zu wollen, zeigte er sich großzügig. In unmittelbarer Nähe ihres Hauses führte ein kaum frequentierter Fahrradweg vorbei. An ihm gab es nur wenige Häuser und er bot schöne Ausblicke auf die rheinhessische Landschaft. Diese Strecke hielt er für geeignet.

Die Bewegung an der frischen Luft schien ihr gut zu tun. Sie bekam eine gesündere Gesichtsfarbe und ein neues Körperbewusstsein, was ihm durchaus zusagte.

***

Als er mich fragte, ob ich ihn heiraten wolle, war mein Glück perfekt. Ich hatte nicht den geringsten Zweifel, dass er der Richtige war, und fühlte mich wie in einem Märchen: Es war einfach zu schön, um wahr zu sein.

Doch dem Liebestaumel folgte rasch die Ernüchterung. Kaum trug ich den Ring, mutierte mein Märchenprinz zu Rumpelstilz. Für mich kam seine Wandlung einem Bauchplatscher vom Drei-Meter-Brett gleich. Genauso unvorhersehbar und mindestens ebenso schmerzhaft. Urplötzlich war sein Charme wie weggewischt, sein Witz wich Sarkasmus und seine Fürsorge wuchs sich zu Paranoia aus. Funktionierte etwas nicht so, wie er sich das vorstellte, folgte eine „Lektion" – wie er seine Züchtigungen beschönigend nannte.

Die erste „Lektion" hielt ich für einen einmaligen Akt, denn ich wollte nicht an seine 180-Grad-Kehrtwende glauben. Liebe macht eben blind. Doch die Maßregelungen häuften sich. Bald kündigte ich meinen Job, denn ich konnte meinen Gemütszustand nur schwer verheimlichen. Vor allem aber wollte ich nicht, dass die Zimtzicken in der Firma mein Elend bemerkten und über mich triumphierten.

Bis heute kenne ich die Auslöser für seine Wutattacken nicht. Es gab Warnsignale, sobald ich sie bemerkte, war es zu spät. Wenn er zuschlug, wurde er nie laut. Sein ganzer Zorn kanalisierte sich in zielgerichteter Gewalt. Seine Schläge trafen mit solch kalkulierter Präzision, dass ich mir jedes Mal wünschte, ich wäre tot. Aber er kannte immer den Zeitpunkt des Innehaltens. So waren die Resultate seiner „Lektionen" nicht zu sehen, wenn ich normale Kleidung trug. Ich hatte nie ein blaues Auge oder eine aufgeplatzte Lippe. Dafür waren Rumpf und Oberschenkel von Blutergüssen übersät. Wie oft hinderten mich Schmerzen daran, auf Rücken oder Bauch zu liegen. Ich schlief dann im Sitzen.

Schlimmer als die körperliche Pein waren jedoch die Belehrungen, die seine Schläge begleiteten. Dezidiert setzte er mir auseinander, warum ich Strafe verdiente und wie ich das in Zukunft vermeiden konnte – und dass er alles nur aus Liebe zu mir tat. Aus Liebe? Welch verquere Auffassung der angeblich schönsten Sache der Welt!

Zu Beginn suchte ich die Schuld tatsächlich bei mir, bemühte mich, ihm alles recht zu machen. Doch so sehr ich mich anstrengte, die Lage verschlimmerte sich nur. Ich verfeinerte meine Anpassungsmechanismen bis hin zur Selbstaufgabe, lernte, ihn nicht durch ein unbedachtes Wort oder eine falsche Geste zu reizen. Aber er brauchte keine Gründe. Es war ein permanenter Teufelskreis aus Gewalt und Unterwerfung.

Heute schäme ich mich dafür, doch es gelang mir nicht, ihn zu durchbrechen. Trage ich eine gewisse Mitschuld an der Entwicklung, weil ich mich nicht wehrte? Aber diese alles dominierende Angst stellte lange Zeit ein ungeheuer effizientes Druckmittel dar. Gerade durch dieses stille Erdulden verlieh ich ihm uneingeschränkte Macht über mich. Zu meiner Verteidigung ließe sich vorbringen, dass er mir körperlich überlegen ist. Zudem sind seine Drohungen, mich jederzeit an jedem Ort der Welt zu finden, keineswegs aus der Luft gegriffen. Bei anderen Männern mögen es leere Worthülsen sein. Bei ihm nicht. Für mich gibt es kein Entrinnen und nirgendwo ein sicheres Versteck.

Er perfektionierte seine Überwachung. Es begann mit den Kontrollanrufen zu Hause, dann schnüffelte er im PC und kaufte das Handy mit GPS, von dem er meinte, ich sei zu dumm, um zu wissen, dass er mich damit verfolgen konnte. Er musste auch unser Haus verwanzt haben. Ich wagte zwar nie, nach Abhörgeräten oder Kameras zu suchen, aber er hat sich zwei Mal verplappert, als er zu viel Wein getrunken hatte.

Als er mich zwang, die Verbindung zu meinen Eltern abzubrechen, begehrte ich in einem Anflug von Fatalismus auf. Einen letzten Rest Selbstachtung zusammenkratzend, meinte ich nur: „Wer schlägt, hat keine Argumente."

Seine Bestrafung war mit keiner vorherigen vergleichbar. Nach stundenlangem Martyrium und mehreren Tagen der Genesung gelangte ich an einen Wendepunkt. Ich sah endlich klar. Noch angepasster als jetzt konnte ich nicht sein. Ich würde es ihm nie recht machen. Es gab nur einen einzigen Ausweg: den Tod. Wobei logischerweise nur seiner in Betracht kam.

Nachdem ich diesen Entschluss gefasst hatte, erstarkte ich innerlich. Ich sann auf Rache, ließ dabei meiner Kreativität freien Lauf und malte mir die schönsten Mordszenarien aus. Die meisten Ideen verwarf ich wieder, hatten sie doch keine Aussicht auf Erfolg. Entweder war die Methode zu kompliziert oder ich stand am Schluss nicht als Opfer, sondern als Täterin da. Was natürlich völlig inakzeptabel war.

Inzwischen legte er auch längst keinen Wert mehr auf eine Unterhaltung mit mir. Stattdessen behandelte er mich wie eine dieser „real dolls", die in den USA so gefragt sind. Und ich war tatsächlich nicht mehr als eine lebendige Liebespuppe, ihrem Herrn stets zu Diensten. Was er wollte, waren Brot und Spiele, und beides bot ich ihm. Wenn er mich herrichtete, um dann über mich herzufallen, waren dies die demütigendsten Augenblicke meines Lebens. Ich schluckte den Ekel hinunter, schloss die Augen und malte mir aus, wie ich ihn ins Jenseits befördern könnte. Mal stieß ich ihm ein Messer zwischen die Rippen, mal strangulierte ich ihn mit der Garrotte, mal sah ich ihm zu, wie er einen langsamen, qualvollen Gifttod starb. Wochenlang schmiedete ich einen Plan. Als das „Wie" endlich feststand, feilte ich so lange daran, bis er mir ausgereift erschien.

Er fühlte sich unantastbar, glaubte, alles sei in Ordnung. Doch er irrte. Ausgerechnet er öffnete mir das Tor zur Freiheit. Ohne sein Zutun wäre ich jetzt immer noch unter seiner Fuchtel. Schade, dass ich ihm das nicht unter die Nase reiben kann. Wenn er es auch nur im Ansatz geahnt hätte, hätte er sich wahrscheinlich vor Wut in den Hintern gebissen. Was für eine hübsche Vorstellung!

Wäre er nicht so ein Kontrollfreak, wäre ich auch nie zu dieser Frauenärztin gekommen. Aber er selbst suchte sie für mich aus. Mir war ziemlich schnuppe, wer mir die Pille verschrieb. Da er sich jedoch wegen einer möglichen Schwangerschaft ängstigte, weil ich signalisiert hatte, dass ein Kind doch „ganz nett" wäre, sah er sich zum Handeln gezwungen. Ihm erschien die bisherige Verhütungsmethode zu unsicher und deshalb war ein Besuch beim Frauenarzt eben unausweichlich. Einen Vorteil brachte das mit sich. Er unterließ die Misshandlungen, damit die Blutergüsse abheilten.

Wie erwartet, begleitete er mich in die Praxis, aber ich konnte wenigstens verhindern, dass er mit ins Sprechzimmer kam. Die Ärztin schien zu spüren, dass etwas nicht mit mir stimmte. Oder war es nur Routine, als sie fragte, ob alles in Ordnung sei? Ich sah meine Chance gekommen und nutzte sie. Nachdem ich ihr von den Demütigungen, den Schlägen und Vergewaltigungen erzählt hatte, bot sie mir spontan ihre Hilfe an. Dabei machte ich ihr unmissverständlich klar, dass ich auf keinen Fall die Polizei oder andere behördliche Hilfe in Anspruch nehmen würde, weil dies meine Situation nur verschlechterte. Sie nahm meine Worte ernst und versicherte mir, niemanden zu informieren. Nachdem sie mir die Pille verschrieben hatte, bescheinigte sie mir noch eine Infektion, die es erforderte, dass ich in zwei Wochen wieder zur Kontrolle erschien. Zwei weitere Wochen ohne Züchtigungen. In dieser Zeit überlegten wir uns, wie mir zu helfen sei. Bei meinem nächsten Besuch schlug sie mir vor, mit Nordic Walking zu beginnen. Wir hofften, dass wir uns so ab und zu sehen könnten, ohne sein Misstrauen zu erregen. Mir gefiel der Gedanke, an Stöcken durch die Landschaft zu marschieren, nicht sonderlich. Trend oder nicht, ich finde, es sieht total albern aus. Aber einen Versuch war es wert.

In langen Diskussionen konnte ich ihn überzeugen, dass Sport mir gut täte, und so bekam ich das erste Mal in unserer Ehe meinen Willen. Ich musste allerdings den Schrittzähler des Handys einschalten, den er später kontrollierte. Für mich bedeutete dies trotz der Einschränkung einen kleinen, aber keineswegs unbedeutenden Sieg. Ich informierte die Ärztin über meine Laufstrecke, und nachdem er aufgehört hatte, mir zu folgen, trafen wir uns immer mittwochmittags und besprachen die Details.

Mit jedem Kilometer, den ich zurücklegte, wuchsen meine Zuversicht und mein Selbstvertrauen. Ich fühlte mich nicht länger als das willenlose Opfer seiner Gewaltattacken, sondern war zum Gegenschlag bereit. Meine Wandlung entging ihm keineswegs, doch führte er sie fälschlicherweise auf den Sport zurück. Aus nachvollziehbaren Gründen klärte ich dieses Missverständnis nicht auf.

***

Er hasste Veränderungen, für ihn hätte es immer so weitergehen können. Aber dieses Miststück hatte ihn gelinkt. Sie war weg und er allein. Heilloser Zorn erfüllte ihn. Stetig kreisten seine Gedanken um ihre Hinterhältigkeit. Morgens beim Aufstehen, tagsüber bei der Arbeit, abends vor dem Fernseher, nachts im Bett. Er malte sich aus, was er mit ihr anstellen würde, wenn er sie endlich wieder in seinen Fängen hätte. Erst dann fand er Schlaf.

Nach dem Erwachen kochte die Wut erneut in ihm hoch und führte ihm sein eigenes Versagen vor Augen. Sie hatte ihn eingelullt und gerade, als er sich ihrer besonders sicher glaubte, verschwand sie. Nie hätte er gedacht, dass ihr das gelingen könnte, und vor allem so effektiv. Längst hatte er alle zur Verfügung stehenden Möglichkeiten ausgeschöpft, doch sie blieb wie vom Erdboden verschluckt. Das bedeutete, dass sie einen Helfer haben musste, denn sie verfügte weder über eigenes Geld noch über irgendwelche Kontakte. Und sonderlich clever war sie auch nicht.

Er erstattete Vermisstenanzeige und der Polizeiapparat setzte sich in Gang. Zunächst verschaffte sich die Kripo einen „Überblick über die häusliche Situation". Er wusste, dass sie abklären mussten, ob er ihr Mörder sein könnte. Aber sie rückten ohne Ergebnis ab. Dann befragten sie ihre Eltern, ehemaligen Kollegen und Freunde – alles ohne Resultat. Sie konzentrierten sich auf ihre Laufstrecke, unterhielten sich mit jedem, den sie zur in Frage kommenden Zeit antrafen, aber niemand erinnerte sich an sie. Die Fahnder fanden nur ihre Walkingstöcke am Wegrand. Irgendwann zogen sie sogar die Möglichkeit eines Gewaltverbrechens in Betracht. Doch er wusste es besser.

Die Ungewissheit nagte weiter an ihm. Bevor sie ihn aufzufressen drohte, beschloss er zu handeln und nahm Urlaub. Während dieser Zeit spionierte er ihren Eltern nach, drang in deren Haus ein, weil er hoffte, sie dort zu finden. Aber da war sie nicht. Er zapfte sogar das Telefon an, um auf dem Laufenden zu bleiben. Irgendwann würde sie ihre Deckung verlassen und mit ihnen Kontakt aufnehmen. Und dann würde er sie finden. Er musste nur warten. Darin war er gut.

***

Am Morgen meines Verschwindens verhielt ich mich wie all die Tage zuvor. Wie üblich machte ich Frühstück, setzte mich zu ihm, während er aß und Zeitung las. Ich verabschiedete ihn voller Widerwillen mit einem „Kuss" und blieb an der Haustür stehen, bis er mit dem Auto außer Sichtweite war. Danach widmete ich mich der Zeitung, trank Kaffee, räumte ab, belud die Spülmaschine und zog die Sportklamotten an. Um die übliche Zeit verließ ich das Haus, selbstverständlich mit Handy.

Ich lief einen Teil der Strecke, bis ich an die Stelle kam, wo Marianne, so heißt meine Ärztin, kurz vorher ein Fahrrad für mich deponiert hatte. Es war ein altes, klappriges Ding ohne Gangschaltung, das niemandes Interesse weckte und bestimmt keinem aufgefallen war. Ich warf die Stöcke weg und schaltete das Telefon aus. Allein dieser Akt kam einem Befreiungsschlag gleich. Dann fuhr ich quer durch die Felder bis nach Schwabsburg, Mariannes Wohnort. Ihr Haus liegt am Ortseingang auf einer Anhöhe, so dass man einen schönen Blick auf den Ort, die Weinberge und die Burg hat. Bei meiner Ankunft begegnete ich niemandem und, da ich das Versteck des Schlüssels kannte, ließ ich mich selbst ein.

Marianne ist verwitwet, was mein Untertauchen immens erleichterte, denn so kannten nur wir beide meinen Aufenthaltsort. Ich wohnte solange bei ihr, bis ich in die Eigentumswohnung eines mit ihr befreundeten Paares aus Oppenheim, das für ein Jahr ins Ausland ging, ziehen konnte. Den Tagen der Angst folgte eine Zeit ungestörter Ruhe, fern jeglicher Bedrohung. Ich nutzte sie, um Kraft zu tanken und mich auf ein Leben in Freiheit vorzubereiten.

Mit Interesse verfolgte ich die Suche nach mir in den Medien. Anfangs wurde viel berichtet, doch das ebbte bald ab. Ich sah sogar ein Interview mit meinem Mann, in dem er sich bestürzt über mein Verschwinden äußerte. Dieser Heuchler! Aber ich muss gestehen, dass er sehr telegen wirkte. Vor allem als er den Betroffenen mimte und ein paar Tränen verdrückte, dürfte er die Sympathien auf seiner Seite gehabt haben. Niemand hätte hinter diesem markanten, gut aussehenden Gesicht den Teufel in Person vermutet.

Inzwischen bin ich eine Andere. Nicht nur vom Äußeren. Marianne schnitt mir die Haare kurz und ich färbte sie schwarz. Das habe ich absichtlich gemacht, denn er mag diese Farbe nicht. Ich trage grüne Kontaktlinsen und habe etwas zugenommen, so dass ich nicht mehr wie eine Bohnenstange aussehe. Ihm wäre ich wahrscheinlich zu fett, ich dagegen finde mich weiblich. Ein paar Mal traute ich mich schon unter Menschen. Niemand hat mich erkannt oder misstrauisch beäugt. Das macht mir Mut.

Zu meinem eigenen Erstaunen habe ich das Trauma meiner Ehe erstaunlich schnell verarbeitet und ich fühle mich so stark wie nie zuvor. Marianne glaubt, dass er aufgegeben hat, nach mir zu suchen. Immerhin ist viel Zeit seit meinem Untertauchen vergangen. Doch ich kenne ihn besser. Er wird mich niemals, wirklich niemals aus seinen Klauen lassen. Aber wenn er mich findet – und das soll er auch – werde ich mich zu wehren wissen. Ich will mein Leben zurück, und zwar ohne ihn.

Meine Zeit bei Marianne neigt sich dem Ende entgegen. Es war eine der besten meines Lebens. Abends saßen wir oft bei einem Glas Wein zusammen und redeten. Meistens über meine Zukunft, auf die ich trotz einer gewissen Zuversicht mit gemischten Gefühlen schaue. In die Vorfreude schleichen sich Zweifel. Gelingt es mir, meinen Plan durchzuziehen? Ich habe nur diese eine Gelegenheit. Wenn ich sie vermassele, dann helfe mir Gott!

***

Das Warten zermürbte. Er hatte sämtliche Frauenhäuser im näheren Umkreis überprüft. Keine Spur von ihr. Die Polizei hatte eine Pressenotiz nebst Foto von ihr veröffentlicht und um Mithilfe gebeten. Doch es gingen keine Hinweise ein. Ihre Eltern bezichtigten ihn des Mordes. Aber das ließ ihn kalt. Seine Kollegen dagegen hielten ihn für unschuldig und behandelten ihn rücksichtsvoll, was ihn total nervte. Er stand kurz davor durchzudrehen. Wie schaffte sie es nur, völlig von der Bildfläche zu verschwinden? In düsteren Momenten glaubte er fast an ihren Tod. Dann steigerte sich seine Wut ins Unermessliche. Dabei war es nicht ihr mögliches Ableben, das ihn erzürnte, sondern dass sie sich so ihrer Strafe entzog. Aber tief in seinem Innern wusste er, dass sie noch lebte.

Seine Frustration ertränkte er in Alkohol. Längst war er von Wein auf Schnaps umgestiegen, weil er schneller wirkte. Wenn er eine gewisse Menge intus hatte, kamen seine Gewaltfantasien. Sie wurden immer brutaler, bloß Befriedigung brachten sie keine. An der Wand hing ein vergrößertes Foto von ihr, das er mit unflätigen Bemerkungen bedachte und mit Dartpfeilen bewarf. Doch war dies nur ein mieser Ersatz.

Ihre Abwesenheit ließ ihn verfallen und er glitt immer mehr in einen Zustand psychischer Auflösung. Morgens kam er nur schwer aus dem Bett. Meistens waren die Lider geschwollen, die Augen blutunterlaufen und sein Gesicht aufgedunsen. Er duschte und rasierte sich nur noch jeden dritten Tag, der Wäschekorb quoll genauso über wie das Spülbecken. Seine Hauptmahlzeiten bestanden aus Tiefkühlpizza und Hamburgern. Das Resultat waren fünf Kilo Übergewicht.

Ganze Nächte verbrachte er vorm Computer in der Hoffnung, auf ein wichtiges Detail zu stoßen. Er hatte ein Foto von ihr eingescannt und Veränderungen wie bei einem Phantombild vorgenommen. Einmal war sie blond, dann brünett oder rothaarig, mit kurzen oder langen Haaren, die sie hochgesteckt oder offen trug. Die Bilder warteten darauf, herumgezeigt zu werden. Er musste nur wissen wo.

***

Die Zeit des Wartens ist vorbei. Ich bin gerüstet und lege den Köder aus. Er hat alle Mittel zur Verfügung und findet mich bestimmt innerhalb eines Tages. Also: Vorhang auf zum letzten Akt!

Mein Handy mit seinen Kontroll-SMS habe ich behalten. Nur ein neues Ladegerät musste ich kaufen. Ich habe auch meine Misshandlungen auf Fotos dokumentiert. Glücklicherweise hat er sie nie gefunden. Er ist wohl nicht auf die Idee gekommen, dass ich mich mit dem Handy selbst fotografieren würde. Das habe ich im Garten getan, im Haus fühlte ich mich beobachtet. Es ist ihm auch entgangen, dass ich die Bilder ausdruckte. In technischen Dingen hält er mich für ahnungslos. Ein grober Schnitzer seinerseits. Die Abzüge versteckte ich im Wäschetrockner. Ein gutes Versteck, denn den Waschkeller hat er während unserer Ehe stets gemieden. Das wird jetzt wohl anders sein.

Handy und Fotos werden mir später als Beweismaterial dienen und meine Geschichte untermauern. Morgen werde ich das Telefon erstmals wieder einschalten. Ich frage mich, ob er reagiert und anruft oder mich in Sicherheit wiegen will und schweigt. Auf alle Fälle wird er darüber so erfreut sein, dass er keinen Verdacht schöpft und mir in die Falle tappt. Denn er hält mich ja für blöd.

Ich habe jetzt einen Bekannten, er heißt Hugo und ich lernte ihn übers Internet kennen. Hin und wieder gehen wir zusammen aus. Er fungiert als mein Lockvogel, was er allerdings nicht weiß. Mir tut es fast ein bisschen leid, dass ich ihn für meine Zwecke missbrauche. Aber es muss sein, denn wenn mein Mann uns zusammen sieht, wird er austicken und sein Gehirn schaltet automatisch in Standby. Das ist genau das, was ich beabsichtige.

Sein Ende habe ich in so vielen Variationen durchgespielt, dass es keine Überraschungen mehr für mich birgt. Aber ich bin kein Unmensch. Sein Tod wird nicht unausweichlich sein. Er erhält eine faire Chance. Die Entscheidung liegt allein bei ihm. Er muss nur im richtigen Moment innehalten. Doch ich weiß schon jetzt, wie es enden wird.

Ich wage den ersten Schritt und verlasse meine Deckung, indem ich meine Eltern anrufe. Sie kommen bestimmt um vor Sorgen, aber ich durfte ihnen einfach nichts sagen. Hätten sie geahnt, was ich plane, hätten sie sich ihm gegenüber anders verhalten. Da er ein guter Menschenkenner ist, hätte er es gespürt und sie unter Druck gesetzt. Das musste ich ihnen ersparen. Er wird bestimmt das Telefonat belauschen und vor Wut kochen, wenn er erfährt, wie gut es mir geht.

***

Das Warten hatte sich gelohnt. Sie lebte und hatte mit ihren Eltern telefoniert. Was ihm da zu Ohren kam, gefiel ihm ganz und gar nicht. Diese Schlampe verbreitete Lügen über ihn, sagte, dass sie sich vor ihm verstecken müsse. Aber das war jetzt zweitrangig. Sie hatte ihren ersten Fehler begangen, weitere würden folgen. Glaubte sie wirklich, er hätte die Suche nach ihr eingestellt? Er traute ihr dies zu, so naiv wie sie war. Dummerweise hatte sie nicht gesagt, wo sie sich aufhielt. Doch das würde er bald herausgefunden haben. Schlagartig war sein Zorn verraucht und er konnte wieder klar denken. Ab jetzt war Alkohol tabu.

Am nächsten Morgen, einem Samstag, setzte er sich früh an seinen Schreibtisch und warf die Überwachungsmaschinerie in Gang. Stundenlang geschah gar nichts. Aber er wartete und starrte auf den Monitor, bis ihm die Augen zu tränen begannen. Sein Instinkt hatte ihn nicht getrogen. Sie hatte tatsächlich ihr Handy behalten und schaltete es an. Sofort beschleunigte sich sein Puls und seine Nebennieren schütteten eine erhöhte Dosis Adrenalin aus.

Sein erster Impuls war, ihr eine SMS zu schicken. Auch wenn es ihm schwerfiel, ließ er es bleiben, sonst wusste sie Bescheid. Und das wollte er nicht, damit wäre die Überraschung hinüber. Sie hielt sich im Ortszentrum von Oppenheim auf. Wenig später erlosch das Signal wieder. Das war zwar ärgerlich, aber wenigstens hatte er einen guten Ausgangspunkt für seine Suche.

Er nahm die Fotos und fuhr nach Oppenheim. Um sicherzugehen, dass sie seinen Wagen nicht vorzeitig entdeckte, parkte er außerhalb der Stadt, oberhalb des Stadttores. Die wenigen Meter bis zum historischen Ortskern legte er zu Fuß zurück. In den Geschäften, Cafés und Restaurants, die rund um den beschaulichen Marktplatz lagen, begann er mit den Erkundigungen. Zu seiner eigenen Überraschung wurde ihm überall bereitwillig Auskunft erteilt und er dankte im Stillen den Rheinhessen für ihre freundliche Aufgeschlossenheit und ihren mangelnden Argwohn. Anfangs ergaben seine Befragungen nichts, keiner konnte sich an sie erinnern. Aber gegen Abend bekam er in einem Restaurant den entscheidenden Hinweis. Ein Kellner identifizierte sie. Während einer Rauchpause hatte er vor der Tür gestanden und gesehen, wie sie sich eine Pizza holte und in einer schmalen Gasse verschwand.

Die Pizza deutete er als sicheres Zeichen, dass sie dort wohnte. Am Ende der Gasse, die nicht sonderlich lang war, bezog er Posten. Von dort hatte er einen guten Überblick. Wenn sie eines der Häuser verließ oder betrat, würde er sie sehen, ohne dass sie ihn gleich bemerkte.

***

Ich war gut vorbereitet. Nach dem Gespräch mit meinen Eltern und dem Einschalten meines Handys war mir klar, dass nur noch wenige Stunden bis zu unserem Zusammentreffen vergehen würden. Ich hatte mir keine Mühe gemacht, meine Spuren zu verwischen. Je eher alles vorüber war umso besser. Hugo holte mich ab, und wir verbrachten einige Stunden im Strandbad am Rhein. Wir aßen auch im dortigen Restaurant zu Abend und er fuhr mich anschließend nach Hause.

Hugo ist wirklich ein lieber Kerl, auch wenn er meinem Mann vom Optischen her nicht das Wasser reichen kann. Doch Aussehen ist mir nicht mehr wichtig. Inzwischen weiß ich, dass das Äußere schön sein kann, während das Innere bis ins Mark verrottet ist. Er setzte mich vor der Haustür ab und ich gab ihm zu seiner Verblüffung einen langen Kuss auf den Mund. Daraufhin hoffte er wohl, ich würde ihn hinaufbitten. Aber solange ich noch keine Witwe bin, halte ich es – allein aus Rücksicht auf seine körperliche Gesundheit – für klüger, dies nicht zu tun. Ich winkte ihm nach, ging in die Wohnung hoch und machte die Lichter zur Straßenfront an, damit mein Mann wusste, wo ich wohnte. Dann schenkte ich mir ein Glas Wein ein, setzte mich aufs Sofa und wartete.

Nur wenig später hörte ich ein Geräusch an der Haustür und schon stand er vor mir. Bei seinem Anblick rutschte mir das

Herz in die Hose. So groß und kräftig hatte ich ihn nicht mehr in Erinnerung. Hatte er etwa zugenommen? Und heruntergekommen wirkte er auch, er war längst nicht mehr so smart wie früher. Mein wochenlanges Mentaltraining zahlte sich aus und ich bewahrte Ruhe. Für ihn mimte ich jedoch die Erschreckte und sprang auf.

Mit wenigen Schritten war er bei mir und umfasste mit beiden Händen meine Schultern. „Hast du wirklich gedacht, du könntest mir entkommen?", meinte er mit gefährlich sanftem Unterton.

„Nein. Das wollte ich auch nicht", entgegnete ich und starrte ihn hasserfüllt an.

Irritiert hielt er inne und lockerte seinen Griff. Er hatte wohl erwartet, dass ich Angst zeigte. Mit Widerstand rechnete er seiner Miene nach zu urteilen jedenfalls nicht.

„Warum bist du abgehauen?"

„Weil ich es konnte", entgegnete ich forsch.

Früher hätte er mir sofort eine gelangt, jetzt war er nur baff. „Überleg dir gut, was du sagst. Umso schlimmer wird die Strafe."

„Ich lasse mir das nicht mehr gefallen. Heute Abend ist endgültig Schluss damit!"

Er glotzte mich an, als käme ich von einem anderen Stern. Dann lachte er laut los, so laut, dass er das Geräusch aus dem Schlafzimmer überhörte. „Du traust dich was. Gefällt mir. Ehrlich! Unsere Ehe war in letzter Zeit doch ziemlich fad. Du warst so verdammt devot. Jetzt hab' ich endlich wieder etwas Spaß", meinte er und zog den Gürtel aus seiner Hose.

„Ich sage es ein letztes Mal: Lass es sein! Ich gebe dir die Chance, diese Wohnung lebend zu verlassen. Aber gehst du einen Schritt zu weit, und sei es nur ein einziger, hat das Konsequenzen."

„Red' nicht so geschwollen", entgegnete er unbeeindruckt

und spannte den Gürtel mit seinen Händen. „Wie willst du mich hindern? Ich sehe hier keine Waffe, du bist allein, niemand hilft dir und gegen deine Schreie habe ich probate Mittel, wie du ja aus Erfahrung weißt."

„In einer Sache irrst du dich gewaltig. Ich bin eben nicht allein."

„Ich hab' doch gesehen, wie der Typ weggefahren ist."

„Das stimmt, aber ich habe jemand anderen hier. Er ist ein Freund und bereit, mich zu beschützen. Also hau ab!", sagte ich ruhig.

Seine Antwort bestand darin, dass er mir mit dem Gürtel fest auf die Oberschenkel schlug. Der Schmerz war so fürchterlich, dass mir die Luft wegblieb. Aber ich krümmte mich nicht wie früher, sondern versuchte, Haltung zu bewahren. Das reizte ihn noch mehr und er peitschte mich ein zweites Mal. Gut so! Ich brauchte Beweise. Ich schaffte es, keinen Mucks von mir zu geben, und blieb gerade stehen.

Das brachte ihn noch mehr in Rage. „Senk gefälligst die Augen", befahl er.

Ich weigerte mich. Seine Reaktion war ein Schlag ins Gesicht, so dass mein Kopf gegen den Rahmen der Schlafzimmertür flog. Das würde eine dicke Beule geben. Noch besser! Er drosch weiter auf mich ein. Als ich genug hatte, öffnete ich die Tür einen Spalt breit.

Er interpretierte diese Geste falsch und deutete sie als Kapitulation. „Endlich kapierst du's."

„Irrtum. Ich sag's dir ein letztes Mal. Verschwinde und komm nie wieder, sonst ..."

„Sonst was?"

„Bist du ein toter Mann."

„Du drohst mir?"

„Ja", lächelte ich, stieß mit dem Fuß die Tür weiter auf und rief einen Befehl.

Sofort schoss meine Lebensversicherung herbei. Putin, mein Dobermann, stellte sich knurrend neben mich. Er hob die Lefzen und ging in Lauerstellung. Das Bellen hatte ich ihm abtrainiert, weil ich unnötigen Krach vermeiden wollte. Die Nachbarn brauchten nicht zu wissen, was sich hier abspielte. Sie schätzten ruhige Mitbewohner. Das hatten sie mir gleich bei meinem Einzug unmissverständlich klargemacht. Und ich wollte Ärger mit ihnen vermeiden. Mein Mann erstarrte in seiner Bewegung. Er mag Hunde nicht sonderlich und Putin wirkte echt furchteinflößend. Aber er glaubte wohl trotzdem nicht, dass er eine Gefahr darstellte. „Das ist dein ‚Freund'?"

„Genau. Bleib stehen, wenn dir dein Leben lieb ist", sagte ich und trat zur Seite.

Mein Kalkül ging auf. Zu meiner Befriedigung ignorierte er meine Warnung. „Du bluffst doch. Dafür fehlt dir der Mumm", stieß er hervor und machte einen Schritt auf mich zu.

Das war genau der eine zu viel. Ich erteilte Putin den Befehl und er gehorchte. Mit einer Präzision, die ich so nur von meinem Mann kannte, zerfetzte er mit dem ersten Biss Kehle und Halsschlagader. Ohne einen Laut ging sein Opfer zu Boden. Der zweite und dritte Biss galten dem Gesicht, die nächsten beiden den Oberarmen. Ich bedauerte zutiefst, dass „mein Herr und Gebieter" nicht viel davon mitbekam. Sein Leiden war im Vergleich zu meinem viel zu kurz. Im Vorfeld hatte ich mir ausgemalt, wie ich wohl auf Putins Attacke reagieren würde. Meine Reaktion überraschte mich. Statt wegzuschauen, starrte ich fasziniert auf das Hund-Mensch-Bündel und ergötzte mich an diesem Schauspiel. Schließlich rief ich Putin zurück.

„Braver Hund! Gut gemacht", lobte ich ihn, bevor er ein Leckerli bekam und liebkost wurde.

Dann setzte ich mich so, dass mein Blick nicht auf den Leichnam fiel, und leerte mein Glas. Es wäre schade um den guten Tropfen gewesen, zumal der Wein genau die richtige Trinktemperatur hatte. Erst dann wählte ich den Notruf, erklärte mit tränenerstickter Stimme, was vorgefallen war, und ging mit Putin ins Treppenhaus, um auf die Polizei zu warten.

Zwei Beamte der Oppenheimer Polizeiinspektion trafen wenig später ein. Bevor sie die Kripo in Mainz informierten, wollten sie sich vergewissern, dass meine Angaben stimmten. Dazu musste ich aber zuerst Putin ins Bad sperren, denn er war ihnen nicht geheuer. Während der männliche Beamte die Wohnung in Augenschein nahm, wurde ich von der Polizistin befragt.

Als ich mich vorstellte, stutzte sie. „Irgendwie kommt mir Ihr Name bekannt vor."

„Ich werde seit Monaten gesucht. Aber ich musste mich vor meinem Mann verstecken. Wie Sie sehen, hatte ich auch gute Gründe. Er schlug mich. Außer diesen Verletzungen habe ich noch mehr Beweise", sagte ich und erwähnte die Fotos und seine Überwachungs-SMS.

„Warum nahmen Sie denn keine amtliche Hilfe in Anspruch?", wollte sie wissen.

Ich schaute sie voller Erstaunen an. „Sie kannten meinen Mann wohl nicht?"

„Nein."

„Er war quasi ein Kollege von Ihnen. Zielfahnder. Deshalb hatte er auch leichten Zugang zu allen Informationen. Er sagte immer, dass er mich töten würde, wenn ich ihn verließe, und dass er mich überall fände. Seine Drohungen waren ernst gemeint und ernst zu nehmen. Deshalb kaufte ich mir auch den Hund als Leibwächter. Putin hat mich nur verteidigt", schluchzte ich.

Die Beamtin schaute mich nachdenklich an. Ich kann nicht sagen, ob sie einen Verdacht hegte.

Aber selbst wenn, würde mir niemand eine Absicht beweisen können.

Nachwort
Wolfhard Klein

Wir leben in einer mordsmäßigen Landschaft.
Zwischen den rheinhessischen Hügeln wachsen nicht nur Wein, Rüben und Raps, Obst, Spargel und Getreide, in Rheinhessen blühen, wachsen und gedeihen – sogar ganzjährig und in ungewöhnlicher Vielfalt – kriminelle Ideen. 13 schreibende Täterinnen und Täter haben sich vor zwei Jahren auf Anregung von Gerd Merz zur Autorengruppe „Mörderisches Rheinhessen" zusammengefunden. Eine Pfarrerin, ein Winzer, ein Kanzleiberater und Dozent, die Inhaberin einer Textagentur, ein Übersetzer und Polizeidolmetscher, eine Lehrerin, eine Anthropologin, zwei Journalistinnen und vier Journalisten, das sind die „Mörderischen Rheinhessen", das sind die 13 Autorinnen und Autoren der Anthologie „Perfekte Opfer". Alle haben Wurzeln in Rheinhessen, alle schreiben kriminelle Geschichten und spannende Kriminalromane, die in Rheinhessen spielen. Die Anthologie „Perfekte Opfer" ist das nachlesbare Ergebnis dieser anregenden, produktiven Zusammenarbeit. Ein anderes ist das 2. Rheinhessische Krimifestival, das diesmal vom 2. bis zum 4. Oktober in Oppenheim und Umgebung stattfindet. Dort werden die schreibenden Spezialisten für Mord, Totschlag und sonstige Verbrechen bei mörderisch guten Weinen ihre Geschichten aus der Anthologie „Perfekte Opfer" lesen. Wein und Verbrechen lassen sich auf diese Weise hervorragend zusam-men genießen: Kriminalliteratur hat in Rheinhessen eine ideale Heimat.

Wir, die Autorinnen und Autoren, sind Angelika Schulz-Parthu dankbar, dass unsere rheinhessischen Kurzkrimis in ihrem Leinpfad Verlag in Ingelheim ein Zuhause gefunden haben. Als Herausgeber habe mich bei unserer hoch engagierten Verlegerin zu bedanken. Ohne sie hätte dieses Buch nicht die Qualität, die es hat. Mein Dank gilt auch unserer Lektorin Ursula Niggemeyer, die den Storys mit behutsamer Gründlichkeit den nötigen Feinschliff verpasst hat. Und bedanken möchte ich mich bei Kriminalhauptkommissar Peter Metzdorf, der uns nicht nur die Räume des Beratungszentrums der Polizei für unsere mörderischen Sitzungen zur Verfügung gestellt hat, sondern uns auch durch seine gediegene Fachkompetenz davor bewahrt hat, stümperhaft zu morden. Sein Engagement hat uns geholfen, „Perfekte Opfer" zu produzieren.

Wolfhard Klein
Jugenheim, September 2009

Vera Bleibtreu

Angela Rinn, die ihre Krimis unter dem Namen Vera Bleibtreu schreibt, wurde 1961 geboren. Nach ihrem Theologiestudium und der Promotion hat sie seit 1997 die Pfarrstelle West in Mainz-Gonsenheim inne, ist daneben ehrenamtliche Feuerwehrpfarrerin in Mainz und arbeitet als Autorin in der Rundfunkarbeit. Angela Rinn hat einen Sohn und lebt in Mainz. Ihre Hobbys sind: Joggen, Reisen, Handkäs mit Musik essen, Feuerwerke anschauen, literweise Tee trinken, Doppelkopf, Fahrrad fahren, lesen.
Als Vera Bleibtreu mag sie Mainz und die Mainzer und schätzt ein gutes Tröpfchen. Beim Krimischreiben allerdings schwört sie auf Fencheltee mit frischen Ingwerstückchen. Mit ihrer Roman-Heldin Susanne Hertz hat sie den Beruf gemeinsam und die Leidenschaft fürs Joggen im Gonsenheimer Wald.
Neben wissenschaftlichen Veröffentlichungen hat sie als Vera Bleibtreu zwei Krimis veröffentlicht: „Und führe mich nicht in Versuchung", „Trauerspiel" (beide: Knecht Verlag)

Antje Fries

Geboren 1966, Studium der Germanistik und Anglistik, später Lehramt an Grund- und Hauptschulen. Heute „Lehrerin im Grünen" im Wormser Umwelthaus. Seit 1985 journalistische Arbeit für regionale Tageszeitungen und seit 2000 regelmäßig für die GEW-Zeitung Rheinland-Pfalz. Nachhaltige Erfahrungen als Baustellensekretärin. 1987 und 1988 Preisträgerin beim Jungen Literaturforum Hessen. Fries lebt in Osthofen. Veröffentlichte Krimis: „Stille Wasser mahlen langsam", 2005, „Kaltgestellt oder Die Rechte des Künstlers", 2006, „Knielings Garten", 2008, „Kleine Schwestern"2009, alle: Leinpfad Verlag.
www.antjefries.de

Jürgen Heimbach

Jürgen Heimbach wurde 1961 in Koblenz geboren. Nach einer Ausbildung zum Kaufmann und Abitur in Koblenz studierte er ab 1985 Germanistik und Philosophie in Mainz. Während des Studiums war er Regieassistent am Staatstheater Mainz und Mitbegründer und Regisseur einer Freien Theatergruppe und eines eigenen Theaters in Mainz (darK-Halle). Er ist Mitglied der Künstlergruppe V-I-E-R, mit der er seit 1997 mehrere Ausstellungen in Mainz organisierte. Seit 1996 arbeitet Jürgen Heimbach als Redakteur bei 3sat und dem ZDFtheaterkanal; er lebt mit seiner Familie in Mainz.

Bisher sind von ihm der Jugendroman „Johannes' Nacht" (Societäts Verlag) und der Krimi „Plötzlicher Tod einer Nutte" (Leinpfad Verlag) erschienen.

www.juergen-heimbach.de

Heidrun Immendorf

Nach dem Germanistik- und Geschichtsstudium in Aachen arbeitete sie als Redakteurin im Hörfunk bei WDR, SFB und Radio FFH. Mit der Familienpause wechselte sie in die Freiberuflichkeit als Literaturkritikerin für Zeitungen und Online-Medien. Zur Schriftstellerei kam sie über einen Krimi-Wettbewerb. 2002 erschien der Mainz-Krimi „Falters Schrei", 2004 folgte „Falters Zweifel". „Falters Fall" wird die Krimi-Trilogie im Frühjahr 2009 abschließen. Neun Jahre lang lebte Immendorf in Mainz-Bretzenheim, dem Wirkungsort ihrer literarischen Figur Benno Falter. 2002 zog sie nach Bremen und betreibt dort eine Textagentur für gute Worte.

Wolfhard Klein (Herausgeber)

Nach einem Studium in Publizistik, Soziologie und Sport arbeitete er als Journalist für Stern, konkret und Twen, für Zeitungen, Hörfunk und Fernsehen. Er ist zur Zeit Programmchef von SWR4 Rheinland-Pfalz. Klein ist Autor mehrerer Sachbücher und Romane. Zuletzt erschienen in der éditions trèves die Kriminalromane „Flughafen Ibiza“ und „Schwarzgeld Ibiza“. Im Label Castigo veröffentlichte er unter dem Titel „Dialog“ eine CD mit Gedichten, im Leinpfad Verlag ist sein Gedichtband „Landliebe“ in Vorbereitung. Klein lebt in Jugenheim. www.wolfhard-klein.de

Timothy McNeal

Der Autor ist Anglist und arbeitet als Übersetzer und Polizei-Dolmetscher. Er wurde mit folgenden Preisen ausgezeichnet: SPN – Featured Poet 1995 (USA), Freiburger Geschichtenpreis 1997 (D), VERSES – Featured International Writer 1997 (USA), PIC – American Poetry Awards 1998 (USA), Stockstädter Literaturpreis 2002 (D), DRAGONFLY PRESS – The Poet's Award 2002 (USA), Pulitzer Kurzgeschichtenpreis 2006 (D), KIT – Kurzgeschichtenpreis 2006 (D). McNeal lebt in Alzey. Veröffentlichungen: „ACB-Mystery-Reihe“; „VES-Mystery-Reihe“ (www.nitzscheverlag.de) „Timeless Without Time“ (Poetry Chapbook) (www.shadowpoetry.com) „Rheinhessen-Requiem“ (Alzey-Krimi) (www.iatros-verlag.de)
www.timothymcneal.de

Gerd J. Merz

Geboren 1944, aufgewachsen in Frankfurt, München und Wiesbaden. Nach einem betriebswirtschaftlichen Studium verlangte sein Beruf immer wieder Umzüge und längerfristige Auslandsaufenthalte, wie London, Chicago und Genf. Er ist Mitglied im Syndikat, der Vereinigung deutschsprachiger Kriminalautoren, und im Biographiezentrum, einer Vereinigung deutscher Biografen. Als Ghostwriter verfasst er biografische Romane und hält Workshops zum Thema „Schreiben“ ab. Der Kanzleiberater, Dozent und Fachbuchautor lebt mit seiner Fa-

milie im rheinhessischen Stein-Bockenheim. Unter dem Pseudonym Christopher Stahl hat er mehrere Kriminalromane veröffentlicht: „Tödliche Veranlagung“ (2002), „Schwarzes Geld für schwarze Schafe“ (2003), „Mörderische Bilanz“ (2006), „Mordsverlust“ (2007).
www.christopher-stahl.de

Olaf Paust
Geboren 1963 in Alfeld an der Leine und in Pirmasens aufgewachsen. Nach dem Abitur Besuch einer Journalistenschule, danach für die Pirmasenser Zeitung sowie den Saarländischen Rundfunk tätig. Heute arbeitet er als Redakteur und Sprecher in der Nachrichtenredaktion des SWR in Mainz. Paust hat Kriminalromane („Pfälzisches Roulette“, „Handicap 13“, „Das vierte Erbe“) sowie die Anthologie „Nur ein Tag im Jahr“ geschrieben. Darüberhinaus sind Kurzkrimis vom ihm u.a. in den Anthologien „Tatort Deutsche Weinstraße“ und „Todsicher kalkuliert – Mord(s)geschichten aus Rheinland-Pfalz“ erschienen. Paust lebt mit seiner Familie in Saulheim.
www.olaf-paust.de

Christian Pfarr
1959 in Hanau geboren und in Unterfranken aufgewachsen, lebt seit 1980 in Mainz. Er studierte an der Mainzer Johannes Gutenberg-Universität Musikwissenschaft, Kunstgeschichte und Publizistik (MA). Heute ist er Musikredakteur beim SWR, Autor und Komponist. Zuletzt erschien von ihm: Unter dem blauen Mond. Romantische Szenerien (Buch und CD) so wie die beiden Krimis „Zaubernuss“ und „Königsweg oder: Der steinerne Zeuge“, beide im Leinpfad Verlag.
www.christianpfarr.de

Claudia Platz

Aufgewachsen in Mainz und in der Pfalz. Nach dem Abitur zunächst Ausbildung zur Medizinisch Technischen Assistentin. Danach Studium der Anthropologie, Ethnologie und Philosophie. Anschließend im Bereich Sportförderung für Kinder und Jugendliche tätig. Seit 2001 freiberufliche Autorin. Die ersten drei Romane sind als Hörbücher erschienen. Platz lebt mit ihrer Familie in der Nähe von Mainz. Veröffentlichungen: „Der Lubberer", Rhein-Mosel-Verlag 2001, „RosenmonTod", Rhein-Mosel-Verlag 2002, „Der Korridor", Rhein-Mosel-Verlag 2003, „Der Zweite Blick. Tod in Nahaufnahme", Leinpfad Verlag 2006, „Die falschen Caesaren" (Historischer Kriminalroman aus dem römischen Mainz), Leinpfad Verlag 2008
www.claudiaplatz.de

Astrid Reck

Geboren 1966 in München kam Astrid Reck als Vierzehnjährige nach Mainz. Den Traum einmal ein Buch zu schreiben, hatte sie schon damals, genauso wie die Einsicht, dass das Dasein als Schriftstellerin nicht unbedingt einfach ist. Trotzdem machte sie das Schreiben zum Beruf und wurde Journalistin. Auf das Studium in Mainz folgten ein Volontariat bei der Mainzer Allgemeinen Zeitung und anschließend Hörfunk und Fernsehen beim SWR in Mainz und Freiburg sowie bei Radio Bremen.
Sie lebt derzeit auf den Kanarischen Inseln, heißt mittlerweile Eriksson und hat einen Sohn. Mainz ist aber immer noch eine feste Größe für sie.
2002 beteiligte sie sich am Wettbewerb „Ein Kinderkrimi für Mainz" und gewann mit „Die verschwundene Kassette" den ersten Preis gewann. Weitere Kinderkrimis folgten: „Das Geheimnis von Mohas Papa", „Gefährliche Freunde" (alle Emons Verlag).

Marion Schadek

Geboren 1968. Studium der Anglistik, Politikwissenschaft und Sinologie in Göttingen. Danach Volontariat bei dpa in Frankfurt, Filmarbeit für den SWR, Redakteurin für die Rhein-Main-Verlagsgruppe und Mitwirkung bei Multimedia-Projekten der Landeszentrale für politische Bildung in Mainz. Seit mehreren Jahren Bildredakteurin für eine internationale Nachrichtenagentur in Frankfurt. Ihre erste Kurzgeschichte „Small Talk mit Herrn Gott" erschien 1993, ein Roman folgte 2002 mit der Mediensatire „Mainzer Scharade". Im Frühjahr 2006 startete sie www.joe-mayence.de, eine Mainzer Internet-Literaturseite für Kinder (und Eltern) mit Buchbesprechungen, Geschichten und Berichten rund ums Lesen und Lernen. 2007 erschienen die Mainzer Kinder-Krimis „Joe Mayence und die Taschendiebe" und „Joe Mayence und die Kunsträuber" im Iatros Verlag, sowie „Joe de Mayence und der verschwundene Lehrer".
Schadek lebt in Mainz.

Andreas Wagner

Geboren 1974 in Mainz. Nach einem Geschichtsstudium in Leipzig und an der Karlsuniversität in Prag (Promotion) Rückkehr auf das elterliche Weingut. Zum Krimi ist der Winzer und Historiker über Umwege gekommen. Erste wissenschaftliche Veröffentlichungen beschäftigten sich mit der deutschen Geschichte des 20. Jahrhunderts oder der Weinbaugeschichte. 2007 erschien sein erster Wein-Krimi „Herbstblut"; es folgten „Abgefüllt" (2008) und „Gebrannt" (2009), alle Leinpfad Verlag. Wagner lebt mit seiner Familie in Essenheim.
www.wagner-wein.de/Krimi

Claudia Platz: Der zweite Blick. Tod in Nahaufnahme
Deutschland-TV, ein Privatsender mit Sitz in Mainz, plant ein auch im Sender heiß umstrittenes neues Sendeformat. In der Pilotsendung soll das Publikum per TED entscheiden, ob der vor 15 Jahren zu lebenslanger Haft verurteilte Sexualstraftäter Peter Schwarz wirklich schuldig ist.
Wenige Tage nach der Ausstrahlung ist für Claire Flaanke, die Moderatorin der Sendung, für Katharina Neu, die verantwortliche Redakteurin, und deren Tochter Anne plötzlich nichts mehr wie es war. Alle drei Frauen werden nach und nach Opfer psychischer und physischer Gewalt.
Andrea Fischer schreibt im „Tagesspiegel“ (Berlin): *„Claudia Platz kann die spannende Geschichte einer Verfolgung gut erzählen und verbindet sie geschickt mit einigen scharfsinnigen Beobachtungen über einen Journalismus, der seine eigenen Schamgrenzen immer weiter absenkt. Das ist solide Krimikunst, mit der Platz das Genre „Regionalkrimi“ deutlich hinter sich lässt und zeigt, dass auch in kleinen Verlagen Schriftstellerinnen heranwachsen können.“*
ISBN 978-3-937782-51-5, Broschur, 263 S., 10,90 €

Claudia Platz: Die falschen Caesaren.
Ein historischer Krimi aus dem römischen Mainz
Im Jahr 27 n. Chr. reisen auf Geheiß des Kaisers Tiberius der erfahrene Architekt Claudius und sein junger Kollege Marius nach Mogontiacum, um dort eine feste Brücke über den Rhenus zu bauen. Sie erreichen die Hauptstadt des obergermanischen Heeresbezirkes rechtzeitig, um an den im ganzen Imperium berühmten Drusus-Festspielen teilnehmen zu können. Doch gleich am ersten Abend der Festspiele findet Marius einen ihrer Reisebegleiter als Opfer eines Mordanschlages …
„Die historische Landschaft von Mogontiacum (Mainz) wird in einem spannenden Kriminalfall lebendig. Die Akteure treten im einfachen Garnisonsalltag auf, aber auch in einem politischen Zusammenhang von fast imperialer Bedeutung. Aus der Sicht der Landesarchäologie fügen sich hier hervorragend historische Quellen und Grabungsergebnisse mosaiksteinartig zu einem farbigen Mainz-Bild zusammen, das vor fast 2000 Jahren einmal Wirklichkeit gewesen sein könnte.“
Dr. Gerd Rupprecht, Landesarchäologe
ISBN 978-3-937782-65-2, Broschur, 314 S., 11,90 €

Antje Fries: Kaltgestellt oder: Die Rechte des Fälschers
Ein Kunstfälscher, fies und erfolgreich, wird ausführlich gewarnt und dann doch brutal ermordet. Eine Spur führt in eine Mainzer Galerie, eine andere in ein Frankfurter Museum. Und was wissen der Bruder und die Ex-Frau über seine Fälschungen? – Auch beim zweiten Fall ihrer sympathischen Kommissarin Anne Mettenheimer erzählt Antje Fries mit viel Lokalkolorit

von den Ermittlungen rund um die Westhofener Inselmühle.
ISBN 3-937782-43-5, Broschur, 252 Seiten, 10,90 €

Antje Fries: Knielings Garten oder: Gegen jeden ist ein Kraut gewachsen
Knielings Garten liegt in Osthofen und ist einer der schönsten in Rheinhessen. Aber in ihm blühen nicht nur bunte Blümchen, sondern auch Giftpflanzen wie Fingerhut, Tollkirsche und Eisenhut. Als unter spektakulären Umständen die Leiche des Winzers Karl Knieling in den unterirdischen Gängen unter Osthofen gefunden wird, gehören deshalb auch bald seine Frau Gitte und sein Sohn Markus zu den Verdächtigen. Aber der Winzer bleibt nicht der Einzige, gegen den ein Kraut gewachsen ist …
Im ihrem dritten rheinhessischen Fall muss sich Kriminalkommissarin Anne Mettenheimer mit Giftpflanzen befassen und eigene Magenprobleme bewältigen.
ISBN 978-3-937782-69-0, Broschur, 240 S., 10,90 €

Antje Fries: Kleine Schwestern
Anne Mettenheimer ist nach der Geburt ihrer Zwillinge eigentlich noch in der Elternzeit, da wird ein Mädchen vermisst und ein anderes tot aufgefunden. Als aber nicht nur ihre Verwandtschaft um Mithilfe bittet, sondern auch Hauptkommissar Norbert Olmer vor der Tür steht, weil er seine Kollegin gern wieder im Team hätte, geht alles ganz schnell: Anne arbeitet wieder beim K1, denn nicht nur ihr, sondern dem ganzen Team von der Wormser Kripo geht dieser Fall besonders zu Herzen – muss man wirklich davon ausgehen, dass in Rheinhessen ein Serientäter mordet?
Schließlich haben beide Mädchen braune Augen und lange braune Haare …
ISBN 978-3-937782-81-2, Broschur, 188 Seiten, 9,90 €

Christian Pfarr: Zaubernuss
Die Zaubernuss (lat.: Hamamelis virginiana) wird von den Indianern als Heilpflanze genutzt – ist das der Grund, weshalb plötzlich ein Zaubernuss-Stämmchen im Botanischen Garten ohne seine Rinde da steht? Und wer wird damit behandelt, etwa der verschwundene Kunststudent Mario E.? – Auf der Suche nach einer zündenden Idee für sein elektronisches Tagebuch stößt der Mainzer Stadtschreiber Martin Echter auf abgesägte Totempfähle, geheimnisvolle Tierzeichen und durchgeknallte Professoren. Gemeinsam mit Pater Stephan Braun, einem Freund aus Studientagen, erkundet er die Gutenberg-Metropole, um das Rätsel der Zaubernuss zu lösen. Dabei findet er echte Rothäute, erotische Bleichgesichter und jede Menge Anregungen für ein Musical.
Die Zaubernuss ist mehr als ein Mainz-Krimi: Komödie, Liebesgeschichte, Wissenschaftssatire und vor allem eine respektvoll-augenzwinkernde Hom-

mage an Sherlock Holmes, Hercule Poirot, Father Brown und Co.
„Ist diese Geschichte hier gut? Ja, sie ist gut! Ist sie aufregend? Das ist sie! Kann Christian Pfarr erzählen? Ja, kann er! Da ist ein Talent im Anflug, ein großes Talent.“ (Jacques Berndorf)
ISBN 978-3-937782-78-2, Broschur, 206 Seiten, 9,90 €

Christian Pfarr: Königsweg oder: Der steinerne Zeuge
Aus dem Mainzer Dom-Museum ist eines der bedeutendsten und schönsten Exponate, der ‚Kopf mit der Binde', gestohlen worden. Und zwar ausgerechnet am Rosenmontag! Und nicht nur das: Es gibt keine Spuren eines Einbruchs, jemand muss sich also sehr gut ausgekannt haben …
Es ist nicht so, dass das Zaubernuss-Team, der ehemalige Mainzer Stadtschreiber Martin Echter und sein Freund aus Studienzeiten, der Oblatenbruder Pater Braun, sich unverzüglich dieses Diebstahls annehmen. Erst als Pater Braun anonyme, rätselhafte Botschaften mit Spielkarten – Pik-König, -Dame und -Bube – erhält, stellt er einen Bezug zu sich selbst und zu seiner Vergangenheit her. Weil das Rätsel anspruchsvoll ist, ist dann auch Martin Echter schnell mit im Boot. Ihre Spurensuche führt die beiden sowohl kreuz und quer durch Mainz wie auch auf den Binger Rochusberg und in die besten Niersteiner Weinlagen.
Christian Pfarr bleibt auch mit diesem Krimi seinem Stil treu, der wieder, wie schon in der Zaubernuss, eine respektvoll-augenzwinkernde Hommage an Sherlock Holmes, Hercules Poirot, Father Brown und Co. ist.
ISBN 978-3-937782-84-3, Hardcover, 80 Seiten, 9,90 €

Jürgen Heimbach: Plötzlicher Tod einer Nutte
Der ehrgeizige Politiker Wolfgang Anstett hat alles erreicht, wovon andere nur träumen können: Seine Karriere scheint ungefährdet, sein Familienleben ist glücklich – wenn da nicht seine Vorliebe für käuflichen Sex der übelsten Spielart wäre. Als die Prostituierte Elena plötzlich tot vor ihm liegt, erhält er unerwartete Hilfe, die aber ihren Preis hat und Jahre später nicht nur ihn, sondern auch den gut aussehenden „Reza", der endlich aus dem Milieu ausstiegen will, in einen tödlichen Sog zieht …
ISBN 978-3-937782-86-7, Broschur, 312 Seiten, 11,90 €